KB261797

제논 프라이어

노규민 퓨전 판타지 소설
Fantasy Exciting Style

제논 프라이어 5

노규민 퓨전 판타지 소설

초판 1쇄 찍은 날 § 2008년 7월 18일
초판 1쇄 펴낸 날 § 2008년 7월 28일

지은이 § 노규민
펴낸이 § 서경석

편집장 § 문혜영
편집책임 § 이재권
편집 § 서지현　문정흠

펴낸곳 § 도서출판 청어람
등록번호 § 제1081-1-89호
등록일자 § 1999. 5. 31
어람번호 § 제1-0979호

주소 § 경기도 부천시 원미구 심곡1동 350-1 남성B/D 3F (우) 420-011
전화 § 032-656-4452　팩스 § 032-656-4453
http://www.chungeoram.com
E-mail § eoram99@chollian.net

ⓒ 노규민, 2007

ISBN 978-89-251-1409-5 04810
ISBN 978-89-251-0805-6 (세트)

제논 프라이어
5 [완결]
Fantasy Exciting Style
노규민 퓨전 판타지 소설
Zenon Fruit
BLUE BOOK
도서출판 청어람

목차

Chap. 1
빨강머리 레이디 아가씨

빨강머리 레이디 아가씨

"제논! 아마자디~!"

캉!

"읍!"

이번에도 메탄이었다. 얼룩이의 후임이 된 흑마의 안장에서 제논이 내려서자마자 불구대천(不俱戴天) 원수의 빈틈을 노리듯 기습해 온다. 매번 그랬듯이 코웃음을 누른 제논은 내려쳐 오는 그의 검을 간단하게 쳐냈다.

다른 때와 다른 점이라면 공격도 약간 가미한 방어였다는 것 정도? 단박에 검을 놓쳐 버린 메탄이 자칫 베일 뻔한 제 손목을 그러쥐며 이를 간다.

“이 자식, 제논! 이거 고의지?”

“선배의 기습도 고의였지 않습니까. 그나저나, 다치셨습니까? 그렇다면 이제 아마자디는…….”

“안 다쳤어! 고로 이후 아마자디 재청에도 하등 문제가 없네. 알았나? 아직 끝나지 않았다고!”

“하지만 메탄, 검을 놓쳤잖아. 그러니 오늘 너는 게임 오버! 대신 내 차례는 아직 남았네, 제논.”

뒤따라 말에서 내리던 각터 네리만의 발언이다. 몬스터 부대에서 그들과 재회하던 순간부터 비슷비슷하게 반복되어 온 일이라 아가페마저 이젠 아무런 감흥도 일지 않는 모양인지 혀를 차는 투로 뇌까린다.

“에효, 형님들, 적당히 하실 일이지.”

“아가페, 넌 빠져라!”

“그래, 아가페. 넌 빠지는 게 좋겠다.”

“끄응.”

이구동성으로 묵살당한 아가페처럼 제논도 끙끙거리고 싶어졌다. 귓전의 소음밖엔 안 되는 애송이 일행과의 밀고 당기는 게임 때문에 그런 것이 아니다.

‘이거 오늘도 제대로 된 잠자리는 그른 건가? 따뜻한 밥 정도는 먹을 수 있었으면 좋겠는데.’

북상할수록 낮이 짧아지는 제국의 북부. 토레노의 한겨울과 같은 체감온도 속에 말을 달려온 곳은 광활한 벌판을 지나

 제논 프라이어

드물게 형성되어 있는 인가 중의 하나였다.

먼발치에 오밀조밀 모여 있는 마을의 집채들을 등지고 있는 소규모의 번화가. 그곳의 몇몇 늘어서 있는 건물들 중에 여행자들을 위한 숙소에 이르러 말을 세웠는데 불빛이 흘러나오는 예의 건물 분위기가 심상치 않다.

젊은 기사들과 외투를 걸친 로브 차림의 소년, 제논이 포함된 새 손님들의 도착을 발견한 종업원 소년이 뛰어나오려 했다. 그런데 두툼한 퀼트를 걸친 웬 남자가 우악스럽게 그를 제치고 입구의 문틀에 떡 기대고 섰던 것이다.

'얼씨구, 서부극이라도 찍나?'

그자가 걸치고 있는 화려한 무늬의 퀼트 때문에 저쪽 동네의 서부극을 연상하는 제논이었다.

필시 자신들을 기다리고 있었을 놈에게 밀쳐져 비틀거리던 여관 종업원, 양측의 눈치를 보느라 주춤주춤 다가와 맞이하는 모양도 썩 시원치 않다.

"어, 어서 오십시오. 고삐를……."

"흠, 네게 말들을 맡겨도 되겠느냐?"

"그, 그럼요! 말을 돌보고 마구간을 치우는 것도 제 일인걸요. 말을 타지는 못하지만 어려서부터 해온… 아니, 저기, 달리 따로 찾으시는 숙소라도……?"

각터도 눈치는 있었다. 도착지의 예정된 잡음을 첫눈에 파악하곤 못 미더워하는 어조로 되물었던 것이다. 선제공격에 실패해 또다시 제논에게 패한 메탄도 놓친 검을 주워 들며 이죽거리는 표정으로 대꾸한다.

"우리가 요런 촌락에 따로 아는 숙소 주인이 있을 리가 있나. 투숙이야 아무 데서나 하면 어때. 하지만 오는 중에 어찌나 같잖은 애로 사항을 겪었어야 말이지."

"네? 무슨 애로 사항을……."

"멀쩡하던 말들이 밤새 거품을 물고 날뛰질 않나, 멀쩡하던 말굽에 대못이 박혀 운행이 막히질 않나, 멀쩡하던 박차에 밤송이가 끼워져 있질 않나."

"그, 그런……."

"아, 지레 겁먹고 너무 놀라지는 마라. 그래 봐야 우리에게 시비를 걸어오던 조무래기들을 묵사발 내준 후엔 언제 그랬냐는 듯이 도로 멀쩡해지곤 했으니까. 그저 잠깐씩 발이 묶여 여정이 지체된 정도였거든."

"거, 걱정 마십시오. 저희 여관은 절대 그런……."

당혹스러워하는 종업원 소년을 구해준 것은 표면적으로 일행 중에 가장 연장자인 각터였다. 선뜻 고삐를 던져 주며 소년을 지나쳤던 것이다.

"그래, 더는 그런 불상사가 없으리라 믿는다. 이러니저러니 해도 쓸데없이 지체되는 것은 싫거든."

종업원 소년이 열렬히 고개를 끄덕이자 아가페도 그에게 고삐를 건네며 말한다.

"말[馬]들의 안전도 그렇지만 난 잠자리도 편했으면 좋겠어. 특히 식탁 예절만큼은 꼭!"

"걱정 마십… 식탁 예절이요?"

"때아니게도 수프에 날카로운 이물질이 들어 있다거나 돼지도 못 먹을 기막힌 잡탕 요리를 내온다거나, 모처럼 먹을 만하고 맛있는 메뉴다 싶으면 꼭 불한당 같은 잡배들이 껄렁거려서 식탁이 두 동강 난다거나!"

'인마, 그게 다 누구 때문이었냐?

"자식이, 말이나 못하면……."

제논의 속내와 같은 생각을 떠올렸는지 더욱 이죽거리며 뇌까리는 메탄 메세티였다.

제논과 합류하여 함께 북상해 오는 동안 아가페가 저지른 실책에 대해 설명을 들어 이미 알고 있었던 것이다. 아가페가 소속되었던 비인가 마법 동호회에서 녀석이 받았던 '협박'이 가시화되고 있음도 체감하고 있었고.

그랬기에 각터를 방패 삼아 냉큼 입실하는 아가페의 검붉은 뒤통수를 엄호하듯 잠자코 쳐다본다. 제논도 묵묵히 돌아가는 상황을 주시했다.

입구의 문틀에 기대어 있던 우락부락한 남자—전문 용병으로 보였다—는 각터와 아가페의 진입을 가로막지 않았다. 그러나 경계를 늦추지 않은 메탄은 엉거주춤하고 있던 종업원 소년에게 딱딱하게 권했다.

"한꺼번에 네 필을 다 끌고 갈 테냐? 먼저 갔다 와라."

"어, 네! 잠깐만 기다립시오."

푸릉.

다각다각.

주춤하던 종업원 소년이 그렇게 자리를 뜨자 검집에 넣지 못하고 있던 검을 가지고 메탄이 손장난을 친다, 입구를 반쯤 막고 있는 생면부지의 사내를 향해.

그러나 일부러 도발하는 메탄의 행동에도 상대방은 별다른 반응을 보이지 않았다. 정작 그자의 눈길을 받고 있던 것은 제논 쪽이었으니 그럴만하다.

"메탄, 시장할 게 아닙니까. 먼저 들어가시죠."

"자리야 각터 형이 잡아두고 있겠지. 안에도 다른 자들이 있긴 하겠지만……."

그런데 밖에도 상대편의 일행이 더 있었다.

한산한 거리의 어둑어둑한 안쪽에서 몇몇 인기척이 쏨벅쏨벅 서로와 합류하더니 그중 두세 명이 저벅저벅, 혹은 또박또박 다가왔던 것이다.

역시 용병으로 보이는 중년 남자 둘이었다. 그리고 그들과 조금 떨어져 걸어온 젊은 여자 검객 하나.

"이번엔 그저 그런 잡배 수준의 치들은 아닌 것 같군. 근데 어째 자네가 집중 표적이 된 것 같네? 아가페가 말하기론 토레노에서 우릴 따돌려 먼저 출발하게 한 것도 애초에 이렇게

 제논 프라이어

되길 의도해서였다고는 했지만.”

“……..”

그래서이기도 하지만 저들로서도 어쩔 수 없으리라. 각터와 메탄은 북방의 유력가 자제이니 함부로 해할 순 없을 테고, 일의 발단자이긴 해도 아가페는 그런 두 청년 기사의 호위를 받고 있는 입장이었으니까.

그렇지 않아도 아가페 역시 북방 출신인데다 귀한 마법사 가문의 후계이기까지 하니 제일 만만한 것은 제논이 될 수밖에 없었고 말이다.

공격다운 공격을 해오기가 여의치 않아 집적이는 수준의 접촉을 해오기 일쑤인 상대방들과 마찬가지로 제논 역시 선택의 여지는 없었다. 조잡한 시비들이라도 적당한 선에서 다 받아주는 수밖에 없었던 것이다.

자칫 과하게 대적하거나, 반대로 아예 무시한다거나 하여 토레노의 식구들에게 화살이 돌아가선 절대 안 될 일이었기에 대응하는 강약에도 필히 주의를 기울여야 했다. 이런저런 어중이떠중이들을 내세워 태클을 걸어오는 저들의 배후는 황족을 중심으로 한 귀족 자제들의 동호회가 아니던가. 백번천번 조심해도 지나치지 않았다.

‘그래도 이제 한두 군데만 들르고 나면 주변 정리가 되겠지. 아가페는 아라드 가의 마중을 받는 대로 귀성할 것이고, 녀석과 헤어지면 각터와 메탄도 떼어내기 쉬워질 테고, 그러

면 엘다와도 금방 만날 수 있을……'

"휘익~ 저 누님, 끝내주네."

'…누님이라니?'

현진인 제논에겐 누님이기는커녕 아직 새파랗게 어린 꼬맹이로 보였다. 많아야 갓 이십대가 되었거나 십대 후반으로 어림되었던 것이다. 또한 직감에 따르자면, 다른 용병들과는 노는 물이 전혀 다른 아가씨인 듯했다.

여하튼 낮게 휘파람을 불며 뇌까리는 메탄의 의견에 어느 정도 동의를 하는 제논이었다.

'확실히, 남자깨나 잡을 타입이구나.'

손꼽힐 만한 미모는 아니었지만 여성스런 몸매에 자유분방한 이미지의 붉은머리 미인이었다.

언뜻 남자들을 후려 등쳐먹는 신참내기 '꽃뱀'이 연상되었으나 단지 외모에서 풍기는 인상일 뿐이고, 또박또박한 걸음걸이나 고집스런 표정에선 상류층 교육을 받은 것이 분명한 면면이 엿보인다.

'안내 격인 걸까?'

그녀를 꼬리에 달고 앞서 나란히 걸어온 두 명의 용병도 원래부터 서로 친숙하게 지내온 동료로는 보이지 않았다. 하지만 어쨌든 간에 아가씨 쪽은 보수를 받고 일하는 용병 직업과는 거리가 있을 것이 분명했다.

가늘고 가벼운 여성용 검을 휴대하고 있었지만 용병으로

 제논 프라이어

잔뼈가 굵은 우락부락한 제 동행들과만 비교해도 풋내기 실력의 계집애로 보일 뿐이지 않은가.

물론 암기나 비수를 품 듯 외투 안쪽에 걸치고 있는 그녀의 검이 마냥 장식용일 것 같지는 않았다. 하지만 거친 용병들과 행동을 같이하는 여자라기보다는 차라리 그들을 고용한 측이란 짐작이 맞을 듯하다.

엘다에 비할 바는 못되지만 제법 여러 해 동안 신경 써서 가꿔왔을 법한 S라인 체형이며, 약간 신경질적이긴 해도 미인 축에는 들게끔 곱게 자란 티가 은근히 풍기는 용모며, 소지한 무구나 옷가지만 봐도 평민 계층은 충분히 웃돌고도 남을 신분으로 판단되었으니까.

"흐음."

"그렇지. '흐음' 이군."

'…허어.'

제논은 속으로 혀를 찼다. 지척에서 우뚝 멈춰 선 용병 남자들의 짧은 대화 때문이었다. 탐색하던 자신처럼 그들 역시 자신과 메탄을 살피고 있었지 않은가.

그들을 뒤따라 멈춰 서는 붉은머리 아가씨에게 제논보다 더욱 시선이 팔려 있던 메탄도 미미하게 움찟한다. 그러다 상황이 묘하게 흘러갔다.

멈춰 선 그들이 여관 입구에 진을 치고 있는 퀼트 차림의 용병과 합류하지 않았던 것이다. 그저 제논과 메탄의 인근에 무심히 버티고 서 있기만 했다.

'메탄, 말려들지 마라. 떠보는 것뿐이니……'

"이거 참!"

그러나 제논의 마음속 당부를 알아채지 못한 메탄이었다. 아무리 군사아카데미의 생도로 제국 최고의 기사로 육성되고 있다 하여도 아직은 학생인 형편이 아닌가.

솔직히, 이제 겨우 십팔 세의 나이인 그로선 아버지뻘인 용병 사내들과의 신경전에 우위를 점하기란 쉽지 않은 일일 것이다. 덕분에 그리 길지 않은 무언(無言)의 침묵을 견디지 못하고 결국 먼저 입을 열어버린다.

"밤새 이러고 있어야 하나? 아님, 손수 마구간으로 말[馬]들을 옮겨가야 하려나?"

그래도 그나마 다행이다. 뜬금없는 소리는 아니었고 미숙한 경륜이 드러나는 경솔한 실언도 아니었으니까.

제논과의 아마자디를 위해 제논의 일거수일투족에 신경을 할애하며 종일 말을 달려왔으니 꽤 지쳐 있던 메탄이었다. 그러나 역시 기본기는 갖춘 놈이라 대책없이 얕잡아 보일 발언이나 섣부른 행동은 범하지 않는다.

'그래, 잘했다. 뒤는 내게 맡겨라.'

소리 내어 칭찬해 주고픈 마음이 된 제논도 당연하고 주의 깊은 답변을 되돌렸다.

"선배, 고삐는 내게 맡기고 먼저 들어가십시오. 둘이나 종업원이 돌아오길 기다리고 있을 필요는 없죠."

"그래도 자네에게만 맡겨둘 순……."

그런데 그러자,

"선배에~?"

"뭐? 지금 나 불렀나?"

"형씨, 웃기지 마쇼잉~! 어느 쪽인 진짜 선배 같냐는 거지. 그렇게 불린 쪽이? 아님 부른 쪽이?"

"뭐, 교육 도시에선 선후배의 의미가 반대로 통하나 보지. 아님 자네가 잘못 들었거나, 잘못 불렀거나."

"잘못 부른 쪽이겠징~ 설마 내가 잘못 들었을라고. 난 귀도 엄청 좋고 눈썰미도 그만이걸랑. 게다가 들은 바에 의하면, 두 살 차이가 나고 전공도 전혀 다른데 아마자디인가 뭔가로 한 번도 이기지 못했다던데?"

"어이어이, 한 번도 안 졌다는 말이 더 낫지 않아?"

"글쎄, 그니까 어느 쪽이~?"

그쯤 되자 앙다문 메탄의 턱 근육이 불끈거린다. 그 모양에 중년의 용병들은 비웃듯이 피식피식, 붉은머리 아가씨 검객도 조롱하듯 픽 웃는다.

"메탄 선배, 신경 쓰지 마시고……."

그러나 그대로 물러나기엔 자존심을 너무 다친 메탄이었다. 가로채듯 제논의 말을 막았으니까.

"맞는 말이야. 자넨 사실 전공이 따로 있잖아?"

“……?”

“머리 좋기로는 제국에서 으뜸가는 황립 행정아카데미 생도가 아니더냐고! 그곳 모토가 발걸음은 느긋하게 머리 회전은 빠르게. 뭐, 그런 거 아니었나?”

“…머리는 바쁘게 발걸음은 느긋하게. 모토라기보다는 선도 규범입니다.”

“그래, 선도 규범이든 모토든~!”

그러니까, 연구 학습에 주안을 두는 행정아카데미생답게, 머리를 써서 응수해 보라는 뜻이었다.

산전수전 겪어왔을 저 능청스런 용병들의 기를 팍 꺾을 수 있게끔, 젊은이다운 참신함이 가미된 지능적인 달변 같은 것으로 말이다. 하지만 제논의 실체는 문제의 용병들 못지않게 폭삭 삭은 중년의 현진이지 않은가.

외교관으로서의 소임에 필요한 강의를 수강한 적은 없고, 설득을 위한 웅변 연설문 따위도 아직은 작성할 일이 없던 1년 차인데 어쩌라는 것인지.

덕분에 뜻하지 않게 뜸을 들이게 된 제논, 더는 답변을 늦춰서는 안 되겠다 싶어져 일단 입을 열었다.

“그러고 보니, 양해를 구해야 할 일이 있었습니다.”

“응? 뭔데?”

“다음 목적지인 와이번 부대에서 개인적으로 지체할 일이 있거든요. 같이 입소하든 밖에서 기다리든, 내 용건이 끝날 때까지 좀 더 기다려 주겠습니까?"

"가업과 다른 용무가 있나 보군. 무슨 일인데?"

"마나 테스트를 신청할까 하고."

그런데 막상 말해놓고 보니 그게 무슨 머리 회전 빠르고 가방끈 길기론 제국에서 으뜸인 황립아카데미 생도다운 응대인가 싶다. 지켜보고 있던 용병들과 빨강머리 아가씨도 웬 느닷없는 소린가 하는 눈빛들이다.

그러나 메탄으로선 충분히 기대에 부응한 화제였나 보다. 미간을 모으긴 했으나 그것도 잠시, 재깍 눈을 빛내며 맞장구 쳐왔던 것이다.

"아, 마나수련법의 성취도 테스트! 그거 좋은 생각인데? 그럼 자네도 일찌감치 준기사 자격을 보유하게 되니 나와도 훨씬 공평한 아마자디 대결을 꾀할 수 있을 것이고! 괜찮아. 양해만이 아니라 협조도 할게."

"일정이 지체될 텐데요?"

"그 정도로 뭘? 행여 그곳 부대의 사정상 테스트에 시간이 걸릴 것 같으면 각터 형에게라도 부탁해 보게. 각터 형은 졸업반이라 이미 장교나 다름없고 가문이 보유해 온 마나수련법도 꽤 정평을 받고 있어서 심사 자격이 충분하거든. 다수의 신청자라면 몰라도 자네 한 명쯤이야~"

"그럼 간단하겠군요."

"그렇지. 그런데 제논, 한 가지 물어도 될까?"

“무엇을……?”

“마나홀을 형성한 것이 몇 살 때였나?”

녀석, 희희낙락하며 덥석 화제를 문 이유를 알고도 남음이겠다. 약간 쓴웃음을 떠올린 제논은 간결하게 답했다.

“열네 살에.”

“그런가? 그래서 기사 예비 학교가 아니라 프리―아카데미로 진학했었나 보군. 어쨌든, 난 열한 살에!”

창!

겨우 제논을 누르는 데 성공했다는 듯이 통쾌하게 받아치며 쓰지 못하고 있던 검을 갈무리한다. 연이어 고삐도 던져주더니 뒷일은 알아서 하라는 것처럼 성큼성큼 자리를 뜬다. 거들먹거리듯 같은 말을 덧붙이면서.

“열한 살! 아가페보다 진척은 느렸지만 녀석과 같은 해였던 열한 살에! 열 살에 마나홀을 형성한 각터 형보다는 일 년쯤 늦었지만 여하튼 열한 살에!”

‘그래그래, 내 원판보다 두 살 많은 대신 삼 년 먼저 마나홀을 형성했다 그거지? 장하다, 인마.’

그러다 문틀에 기대고 있던 퀼트 차림의 용병에게도 따끔하게 쏘아주며 입실해 가는 메탄이었다.

“그대는 뭔가? 들어가려면 들어가고 나가려면 나갈 것이지, 왜 계속 문을 막고 있어?”

“…….”

우락부락한 중년 용병의 대꾸는 침묵이었다. 대신에 각터와 아가페가 앞서 들어가 있던 실내를 흘끗 쳐다본다. 그자의 시선이 무엇에 쏠리고 있는지는 극명했다.

지지직~!

"윽……!"

"앗, 쏘리, 쏘리, 쏘리이! 이게 실은 살상용 마법 무구걸랑요! 실수로 그만 방전시켜 버렸네요. 괜찮아요~ 그저 조금 베인 정도니 죽지는 않을 겁니다."

아가페가 실내의 누군가에게 마법 장갑을 사용하고 있었다. 데비스 던컨과 에드릭 란스를 기억하는가? 아라드 자작과 테트론 칼린츠의 전령 삼아 토레노에서부터 적병을 가장하여 뒤쫓아왔던 행정아카데미의 3년차들.

각터와 메탄으로 인해 다시 재회했는데 함께 하루를 경유했던 몬스터 부대에 행정반의 실습생으로 남게 되어 이미 수일 전에 그들과는 길이 나눠졌었다.

하지만 그들과의 첫 만남에 전리품 삼아 챙겼던 한 쪽짜리 마법 장갑은 아가페가 그대로 가지고 있었던 것이다. 연구해 보고 별 볼일 없으면 넘겨주겠다더니 제 딴에도 꽤 쓸모가 있긴 했던 모양이다.

에드릭 란스가 제논을 상대로 그걸 사용했을 때는 방전되는 파공음까진 나지 않았었는데 검을 통한 고단수의 마나발현처럼 스파크가 튀기지 않은가.

입구의 용병을 지나쳐 실내로 들어가던 메탄 메세티도 좀
더 떠벌릴 겸, 그 점을 상기시킨다.

"얌마, 아가페! 조금 베인 정도라니? 피가 철철 나는구만!
네 응용력으로 그걸 발동시키면 어쩌자는 거냐. 진짜 살상용
실수가 되기 전에 집어넣어~"

"그래, 그만 넣어둬라. 그리고 거기 숨어 있는 주인장! 여
기 널브러진 환자 데려가 돌봐주고 내보내게. 식사도 가능한
빨리 내어오고! 슬슬 짜증이 나려 하니까."

"어, 네… 넵!"

각터의 마무리로 그렇게 내부의 소란이 진정되어 간다. 뒤
이어 제논 혼자 남겨져 있던 애매모호한 밖의 상황도 정리되
어 갔다. 정적을 깨고 입을 연 용병들의 발언이 시작이었다.
퀼트 차림의 용병을 선두로.

"이보시오, 빨강머리 레이디 아가씨."

"그렇게 부르지 말랬잖아……! 말랬잖아요!"

"어쨌든, 우리 계산을 다시 해야겠는데? 벌써부터 부상자
가 나와서 말이오."

"그쯤이야 미리 정산했잖……!"

"여보오, 아가씨, 미안하지만 내 쪽도 흥정을 다시 해야겠
어. 수락 여부를 두고 아예 처음부터."

"뭐예요? 그런 법이 어디 있……."

"섹쉬한 칼잡이 아가씽~ 우째야 쓰까, 나도 마찬가진데?

막 굴러먹은 것처럼 보여도 내가 목숨 귀한 줄은 참 잘 알거
덩. 위험 부담이 꽤 크다고~"

'저런, 이쁜 아가씨가 열 오르겠네.'

제논은 짐짓 동정 어린 눈빛이 됐다. 아닌 게 아니라 모욕
을 당한 것처럼 빨강머리 아가씨의 안면이 붉으락푸르락해진
다. 종국에는 관전하듯 잠자코 지켜보고 있는 제논을 씹어 먹
을 듯이 노려보다 날카롭게 호명한다.

"도나! 주판 가져오너라."

"아, 네, 아가씨!"

탁탁탁!

도나라고 불린 여자애도 비슷한 또래였다. 제 주인 아가씨
와 외모도 비슷했다. 평범한 하녀의 복장이었으나 찬바람이
휘도는 뒤편의 어둠 속에서 역시 불그스름한 머리칼을 나부
끼며 뛰어왔던 것이다.

"킴바 아가씨, 여기……."

철썩!

"앗! 죄송……."

주판을 대령하자마자 후려치듯 제 하녀의 따귀를 올려붙
이는 붉디붉은 머리색의 '킴바'.

무심결에 주인의 이름을 발설한 것에 대한 제재라는 것을
즉각적으로 깨달은 도나였다. 실핏줄이 터지는 뺨을 감싸지
도 못한 채 제 주인 아가씨와 제논 쪽을 번갈아 쳐다보며 몸

둘 바를 몰라 했던 것이다.

그러나 낭패감이 스치던 킴바의 눈빛은 여전히 사나웠다. 표독스럽게 질책하며 주판을 받아 든다.

"쓸모없는 것!"

"죄, 죄송……."

'이목(耳目)이 없는 자리였다면 당장 매질이라도 당했겠구먼. 하지만 교육깨나 받고 있는 귀족 아가씨와 몸종의 위치라는 것이 다 그런 거지 뭐.'

무심히 동석(?)해 있던 용병들의 공통된 생각이었다. 그런 모두를 지켜보던 제논은 자리를 떠야 할 시점이라는 것을, 자리를 비켜줘야 할 때라는 것을 결정해야 했다.

늦장을 부리고 있던 종업원 소년도 주춤주춤 다시 나타나 말고삐를 줄 것을 청해왔던 것이다. 용서해 달라는 간곡한 눈빛으로 매우 공손하게.

"손님, 많이 기다리셨지요? 고삐를……."

"네 탓이 아닌지는 알지만 말들이 탈나지 않게 잘 부탁한다. 우린 내일아침 일찍 떠날 거야."

"네. 최선을 다할게요."

걱정 말라는 장담이 아니라 최선을 다하겠다는 다짐이었으니 힘없는 일개 종업원 소년으로선 최선의 답변인 셈이다. 그렇게 제논이 걸음을 떼자 입구를 막고 있던 퀼트 차림의 용병 남자도 겨우 문턱을 넘어온다.

"내 여관은 아니지만 푹 쉬시오, 프라이어 가의 장자."

"…고맙습니다."

곁을 스치던 그가 슬쩍 던져 온 인사말이었다. 예의 바르게
답하던 제논은 재빨리 질문 하날 곁들였다.

"그런데 오늘 밤만?"

"내일 일은 내일 생각해야 하지 않겠소?"

"……."

오늘은 몰라도 내일의 평안은 장담해 줄 수 없으니 알아서
하라는 뜻이었다. 그는 그렇게 다른 용병들과 합류해 갔고 제
논도 입실해 갔다.

잠깐 돌아볼까 했지만 관두었다. 제논 자신과 일행 청년들
을 도마에 올려놓고 거래가 오갈 것이 빤한데 몸값이 어떻게
계산되는지 기웃거릴 수도 없지 않은가.

앞으론 아예 조직적으로 덤벼올 태세였지만 지금으로선
딱히 저지할 방도도 없다.

'그래도 오늘 밤만큼은 편히 쉴 수 있겠지.'

"제논, 여기야!"

이제 막 차려지고 있던 요리 접시에 군침을 삼키던 아가페
가 손을 흔들어온다. 각터와 메탄은 문을 닫고 들어오라는 손
짓을 해왔다. 찬바람 들어오는 현관문을 기꺼이 닫아건 제논
은 속생각을 좀 더 이었다.

'도나를 하녀로 둔 '킴바'라. 어디 출신의 어떤 가문의 레

이디일까나. 나이도 있으니 기사예비학교 학생은 아닐 테고, 그저 자기 가문 소속의 여기사일까? 설마 메탄이나 각터처럼 실습 여행 중인 아카데미생은 아니겠지?

지나친 기우이리라.

적어도 토레노의 황립 기사아카데미생은 아닐 것이 분명했다. 만에 하나 그렇다면 메탄이나 각터가 그녀를 모를 리는 없을 것이고, 설사 서로 안면이 전혀 없던 동학(同學)이라도 애초에 무리의 대장 격으로 판단되는 용병들을 데리고 표적을 지목하고자 직접 나서지도 않았을 테니까.

조금 아쉬운 일이었다. 도나의 실수가 조금만 더 컸더라면, 어떤 식으로든 킴바의 풀 네임을 모두 들었다면 메탄이나 각터나, 어쩌면 아가페라도 그녀가 누군지 기억해 낼 수 있었을지도 모르는데.

그래도 소득이 아주 없지는 않았다. 일행에게 그녀의 정체에 대해 언급하자 제법 타당한 가설과 추측이 제시되었던 것이다. 더 이상 아무런 방해도 없이 푸짐히 배를 채운 후엔 아가페도 토론에 가담해 왔다. 포만감으로 한결 느긋해져서인지 확신에 가까운 결론을 내리기도 했다.

"내 생각엔 사립아카데미생인 것 같아."

"사립아카데미?"

"응. 그것도 황성 부근의 수도에 있는 사립아카데미생이겠지. 거긴 남녀공학처럼 행정반과 기사반이 한 교정에서 공부한다잖아. 우리 황립아카데미와는 비교도 못하게 등록금이 비싼 곳인데, 그에 반해 실속은 별로 없어. 글쎄, 토레노에 있는 다른 사립아카데미의 재학 비용보다도 배는 더 든다고 하더라니까. 안 그래요, 형들……? 앗!"

"흐음?"

"에이, 메탄 혀엉! 오해하는 거 아니지? 형의 형님들과는 아무런 관계도 없는 소리였어. 알지~?"

관계가 없긴?

그러고 보니, 메탄의 손위 두 형은 수도의 사립아카데미 출신이라고 했었다. 어쩌다 보니 사립아카데미를 나온 친형들의 수준을 깎아내리는 격의 대화가 되었지만 눈을 가늘게 뜨던 메탄도 곧 어깨를 으쓱한다.

"그래, 봐주마. 네가 내 형님들의 실력을 모르는 것도 아니고, 형들의 학벌을 아는 딴 놈이 그런 소릴 했다면 묵사발을 내줬겠지만, 아가페 너니까 넘어간다."

"헤헤, 고마워~ 형."

"게다가 네 말이 아주 틀린 것은 아니니까. 사실 사립아카데미의 실태가 그런 면이 있긴 해. 형들도 재학 시절엔 엄청나게 지출을 하곤 했거든. 학비도 학비지만 제국에서 제일 고급스런 도시에 설립된 탓이랄까?"

그쯤에서 제논은 의문을 던졌다.

"그럼 사립아카데미의 실속에 대한 이야기는 어떻습니까? 학비와 물가를 떠나 학생들의 실력은……? 사실 킴바라는 그 아가씨가 황립이든 사립이든 '아카데미' 생일 거라고는 여겨지지 않았던 터라. 메탄 선배의 형님들은 필히 제외하고, 그녀에 한정된 평가라 이해해야 할까요?"

"그야 그 빨강머리 레이디의 실력이 동급생들에 비해 부진한 편일 수도 있겠지. 그런데……."

"메탄, 내가 설명하마."

어물거리는 메탄을 제치고 각터가 뒤를 잇는다. 민감한 사항을 논하듯 낮게 깐 음성으로.

"제논, 보편적인 평가라고 봐도 되네. 사립아카데미생들 중에도 실력자들은 많지만 교육 체계가 자유 방임이 지나치다 못해 개인주의적이기까지 해서 개개인의 실력 차가 너무 큰 편이거든. 의무 복무에 대한 강제성도 그리 없고 졸업 연수 후엔 대부분 자신들의 출신 가문 소속이 되지."

"그렇군요."

요점만 간추린 아주 담백하고 객관적인 설명이었다. 하지만 그래도 친형들에 대한 의리를 떠올렸는지 변명하듯 메탄이 덧붙인다.

"황실근위대로 편입되는 연수생들도 있잖아. 특히 그곳 황성 쪽 사립아카데미를 다니는 학생 기사들은 황성 근무를 위해 양성된다고 해도 과언이 아니고."

제논 프라이어

"그래, 메탄. 출신 가문으로 복귀하는 대신 황실근위대의 스카우트를 받는 졸업생들도 꽤 있지. 하지만 황실근위대에 발탁되는 것도 보통의 실력과 인맥으론 어림없다. 황실과 황제의 경호를 위해 모집되는 거잖아."

"그걸 누가 모르나."

"어쨌든 제논, 황성 근무가 목표인 사립아카데미생이라면 우리처럼 잦은 실습과 병영 복무쯤은 거쳐야 해. 그러니 그 여학생도 실습 여행 중일 가능성이 크고, 그렇다면 각별히 조심해야 해. 아가페의 실책이 빌미가 되어 우리나 자네가 그 대상이 되고 있는 것일 수도 있으니까."

"그래도 문제의 소지는 없겠습니까? 그러다 그쪽이든 우리 쪽이든 사상자라도 나면……."

"그럴 때를 위해 조심해야 한다니까. 저들이 목적을 이룬 후엔 '실습에 따른 불가피한 사고'로 처리하기 딱 좋으니까. 직접 검을 휘두르며 정면 대결을 불사해 오지 않는 이상, 나중에 오리발 내밀기도 좋을 게 아니야."

"그렇군요."

그래서 수족 삼아 용병들을 모집해 왔던 모양이다. 스스로의 실력 고하를 의식해 주제 파악을 잘한 셈이기도 하고.

어쨌든 조심해야 한다는 각터의 조언에 전적으로 동의하는 제논이었다. 행정아카데미의 비밀 마법 동호회로부터 사주를 받았을 그 킴바라는 여학생의 처세가 단독 행동으로 그

칠지, 비슷한 목적을 가진 상대가 꼬리를 물고 계속 나타날지 단언할 수 없는 형편이 아닌가.

아가페는 물론이거니와 녀석을 보호해야 하는 처지인 각터와 메탄도 주의를 기울여야겠지만 제논 자신은 특히 안전에 만전을 기해야 했다. 이곳 북방 출신인 꼬맹이 일행의 뒤로 숨을 수도 없는 노릇이니 더욱.

정치적으로 중립을 표방하는 중부 출신의 외지인인데다 얼마 전까진 기껏해야 몰락한 남작 가문의 이름뿐인 후계자로나 구별되던 신분이었으니.

"그 아가씨의 소속 가문이라도 알았으면 싶군요. 일선에 나선 적군의 정보가 부실하니 답답해서."

그래도 명색이 여행 중인데 거미줄에 걸린 듯 찜찜하고 자유롭지 못하다는 기분에 한 소리였다. 그런데 기대하지 않았던 인물에게서 명쾌한 답이 돌아온다.

"내가 알아볼게. 조셉! 잠깐 와줘."

"어, 네!"

아가페였다. 그새 이름까지 부르며 친해진 종업원 소년에게 빈 쟁반과 송곳 하나를 주문하며 말을 잇는다.

"도나라는 이름의 붉은머리 몸종을 데리고 다니는 빨강머리 레이디 킴바. 검을 수련하고 있을 거라는 것 외에 다른 특징이 더 있지는 않았어?"

제논은 대답을 미뤘다. 질의 응답의 대상이었지만 메탄도

 제논
프라이어

잠시 뜸을 들였다. 한산해진 여관 식당과 주방을 오가며 조용히 식기들을 치우고 있던 종업원 소년. 아가페의 주문을 받드느라 자릴 떴던 그가 재깍 돌아왔던 것이다.

"여기……."

"고마워. 그런데 이거 새 거네? 훼손시켜야 할 텐데 괜찮을까? 닳은 것으로 다시 가져올래?"

"그냥 쓰셔도 되요. 쟁반쯤이야 많이 있거든요."

"그래, 잘 쓸게, 조셉."

"필요한 것 있으시면 또 부르세요!"

"땡스, 땡스~ 자, 그럼… 첫인사말을 어떻게 쓰지? 내친김에 동생의 안부도 묻고……."

아가페 녀석, 부모님 전상서 삼아 마법통신을 시도하려는 모양이었다. 얇은 금속 쟁반에 송곳을 필기도구 삼아 문구를 작성할 준비를 했으니까.

랏시 집사의 누이가 있다는 아라드 가의 본성(本城)으로 보내는 전문이 될 것이다. 그러면 아라드 남작(아가페의 친부)의 보좌관이라던 '앗시'가 수신하게 되겠지. 랏시 집사가 있는 토레노가 멀어진 대신, 아라드 가문의 영지가 가까워진 시점이었으니 효율적인 선택이었다.

"준비 끝! 메탄 형, 그럼 말해봐. 추가할 거 없어? 북부 출신이 아닐 수도 있을 가능성이라든가."

"그건 모르겠고, 나보다 서너 살쯤 많아 보였다. 그러니 사립아카데미생이라면 5년차쯤 되겠지. 앗시 아줌마에게 우리 형들과 연락이 닿으면 물어보라고도 해봐라. 형들 중에 누군가 그녈 알지도 모르니까.”

“오케이~ 일단 내용을 간추려서……”

‘아니? 스물이 안 된 것처럼도 보였는데? 하지만 비슷한 연배인 메탄이 그렇게 느꼈다면……’

그러나 제논의 속생각을 듣지 못한 일행 청년들이 화제를 잇는다. 농담 따먹듯이.

“그럼 나랑 동년배였을 수도 있었단 거냐? 이거, 어떤 아가씨였는지 궁금하네. 어쩌면 안면이 있는 여학생이었을 수도 있잖아. 잠깐이라도 내다볼걸.”

“어허! 약혼녀가 이미 있는 주제에 외간 여자에게 웬 관심? 우리 누나를 생각해서 참아주삼~”

“젠장. 메탄, 네 녀석과 실습 파티를 이루는 것이 아니었는데. 실은 이게 다 아가페 너 때문이다. 아느냐?”

“네네, 죽을죄를 졌스므니다. 그리고 더 없어요? 제논, 너는 어때? 더 덧붙일 거 없어? 너의 그 동물적인 육감으로 뭔가 색다른 특징을 포착했다거나.”

“한두 가지 있긴 한데……”

동물적인 육감이라니까 생각난다. 그러고 보니 오늘도 신경성 두통이 없었다. 누군가 자신들을 슬쩍슬쩍 감시하고 있는 듯한 정체불명의 마법적 눈길, 그것이 근래 들어 잘 느껴

 제논 프라이어

지지 않았던 것이다.

어느 날 갑자기 사라진 현상은 아니었다. 기억을 더듬어보자면, 메탄과 각터와 합류한 후부터였다.

아가페야 태어나던 순간부터 존재를 탐색당해 왔던 터라 누군가 감시의 눈길을 보내고 있음을 처음부터 아예 깨닫지 못할 입장이었다지만, 메탄과 각터는 달라야 했다. 신출내기라도 마나수련법을 익힌 정식 기사의 직위이지 않은가. 그런데 그들도 캐치하지 못했다.

물론 메탄과 각터가 잠깐이든 본격적으로든 수시로 마나를 발현했던 것이 원인일 수도 있었다.

전공이 전공이니만큼 여행 중에도 틈만 나면 마나홀을 깨워 훈련을 하곤 했는데, 서치아이 마법이든 스캔 마법이든 마나의 이상 변이가 없는 통상적인 지역에서나 유효한―특히 스캔 마법이―탐색이라고 했지 않았던가.

각터의 경우엔 개인적인 슬럼프를 떨치고자 달리는 안장 위에서도 마나를 실은 검을 휘두르며 연습을 한 적이 있기까지 했다. 그런 상황이니 누군지 모를 상대 마법사의 탐색 시도도 효과적으로 지속되긴 힘들었으리라.

아무튼 새 일행 청년들과 투덕거리며 운행할 때부터 뜸해지기 시작하더니 요 며칠은 거의 느껴지지 않았다. 덕분에 뒷골이 당기는 증상은 더 이상 없었고.

'거슬렸는데 잘된 거지. 그나저나 누구였을까……?

"야, 제논!"

잠시 딴생각에 잠겨 있던 제논은 현실로 돌아왔다. 앉아서 조느냐는 눈빛으로 아가페가 묻는다.

"한두 가지 더 있다며? 그게 뭔데?"

"그전에, 너 괜찮겠냐? 자꾸 마나를 유동해도 상관없어? 아까도 마법 장갑을 썼잖아."

"가끔은 괜찮다니까. 오늘은 컨디션도 좋고."

"알아서 해라. 네 전공이니 네가 더 잘 대처하겠지. 그럼 먼저…… 그 아가씨, 북부 출신이 아닐 수도 있다."

"왜 그렇게 생각하는데?"

"옷차림 때문에. 주인이었던 아가씨 쪽은 이곳의 기후에 적당한 '새 옷차림'이었지만, 도나라고 했던 하녀 쪽은 좀 부실한 편이었거든. 때가 탄 외투 안쪽의 실밥 풀린 치맛자락이 북방 복식이라기엔 많이 얇아 보였다."

"역시 너답다. 좋아, 그럼 중부나 동부, 혹은 서부 출신일 수도 있겠네. 다른 한 가지는?"

"……이런 말을 해도 되나 모르겠다만, 그 아가씨, 실은 배우자가 있을지도 모른다."

"그래, 배우자…… 잉? 배우자?"

눈을 끔벅이는 아가페처럼 각터와 메탄도 뜻밖이라는 눈빛으로 빤히 쳐다본다. 덕분에 괜한 소릴 했다 싶은 생각이 더 강해지는 제논이었다. 하지만 자식들아, 경륜과 실전이란 검술에서만 다뤄지는 덕목이 아니란다, 라는 것이 진짜 속내라면 너무 속 보이는 거드름이 될 것인가?

어쨌든 이미 입 밖에 내어버린 사견이다. 주워 담을 수 없는 일이니 수습은 해야지.

"그러니까, 이미 결혼을 했거나 친밀한 사이의 약혼자가 있거나 적어도 각별한 사이의 남자 친구쯤은 있을 거라는 거지. 만약 그렇다면 그 아가씨의 등장이 자의로 인한 판단에 따른 것이 아닐 수도 있는 것이고."

"……요컨대, 그녀는 그저 남편이나 애인의 심부름을 하고 있는 것일 수도 있다?"

"확실치는 않으니 그냥 참고만 해라."

직후 잠시 침묵.

그러다 각터와 메탄이 비슷한 콧소리를 낸다. 아가페의 야유하는 식의 반응도 재깍 뒤따랐고.

"호오~?"

"우아~?"

"형들! 감탄하는 척하지 마요. 저 녀석, 실은 여자들에게 도가 튼 '꾼'이라니까요. 우리 할머니마저 단박에 구워삶아 버릴 정도였으니 어련하려고. 흥!"

"호오오~?!"

덜컹!

메탄은 머리를 긁적이는 정도였다. 그런데 탄성을 지르는 시늉을 하던 각터가 벌떡 일어나 말한다.

"제논! 그러고 보니 나 좀 보세. 아마자디, 내 차례였잖아. 우리 잠시 바람 좀 쐬고 올까?"

"바람은 무슨… 쉬어야지요. 안 피곤합니까?"

"우리 나이에 피곤은 무슨! 대련이 싫으면 대작(對酌)이라도 하지. 촌락이긴 해도 늦게까지 영업하는 술집쯤은 여기도 있을 거야. 어때? 내가 산다니까?"

"각터 형, 지금 뭐 하는 겁니……."

"메탄, 신경 꺼라. 흠! 그니까 제논, 아가페는 부모님이랑 아우에게 소식을 전해야 하니 놔두고. 메탄은 아가페를 경호해야 하니 역시 놔두고! 나랑 나가세~ 응?"

끽! 끼익! 끼기익!

"주인장!"

그러나 각터의 노골적인 희망은 손쉽게 묵살됐다. 제논이 무어라 거절할 겨를도 없었다. 아가페가 심술부리듯 송곳으로 쟁반을 긁어 글자를 쓰기 시작했고 메탄도 가만있지 않았던 것이다. '쥔장! 여기 술상 부탁하네! 누구누구가 엄청 술이 땡기나 보니 통째로 가져오게!' 라는 말로.

후배들의 훼방에 그대로 눌러앉아 술을 마시게 된 각터가 이만저만 좌절한 것이 아니었음을 짐작하리라. 그러나 그 못지않게 제논도 실망이 컸다.

거스르는 소음을 내며 쟁반을 긁어대는 아가페를 피해 각

터가 자리를 옮기는 바람에 제논도 그에게 끌려가야 했다. 뒤이어 전문을 다 작성한 아가페가 그걸 어떻게 보내는지 제대로 구경하지를 못했던 것이다.

제논의 눈길이 가려진 순간을 노려 약삭빠르게 통신을 해치워 버린 아가페 놈의 처사도 문제였지만, 줄기차게 대작을 청해온 각터의 탓이 더 컸다. 동행하게 된 예비 처남 때문에 당최 사나이로서의 기개를 못 펴겠느니 어쩌느니 넋두리를 하며 제논의 '관람' 을 방해했으니까.

아가페가 금속 쟁반에 새긴 문구를 송신한 후엔 메탄이 뒤처리를 맡았다. 주방의 화덕으로 가져가 녹여 버렸던 것이다. 그에게 증거인멸(?)을 부탁하던 아가페는 인상을 쓰는 제논에게 혀를 내밀며 약을 올리기도 했다.

그렇게 밤이 지나갔다.

하루쯤은 성가실 일이 없을 테니 푹 쉬라던 용병 남자의 말처럼 간만에 조용하고 편안한 휴식을 취할 수 있었다. 아침이 되자 일찌감치 조반을 청해 먹고 안장에 올랐으나 역시 어떤 시비나 애로 사항도 생기지 않았다.

그저 아마자디를 빌미로 또다시 성가신 기습을 감행해 오는 메탄과의 실랑이 정도가 다였다. 그러나 물론 그리 오래가지 못한 평화였다.

Chap. 2
까불다 봉변

까불다 봉변

"수고하셨습니다! 부디 다음에 또 찾아주시길! 제국의 나이트들에게 경의를! 살펴 가십시오!"

"네네."

"아그그, 지겨웠다. 겨우 도망 나왔네. 야아, 데비스! 돌아보지 마, 도로 붙들릴까 봐 무섭다."

"퇴소 처리도 끝났는데 이제 와서 붙잡으면 자기네들이 또 어쩔 거야. 하지만……이럇!"

"이봐, 같이 가~!"

황실 직할령인 중부의 북쪽 경계선을 앞둔 북방의 하단, 자치령인 북부 연맹에 속하는 모(某) 군부대의 앞이었다. 몇몇 병사들의 씩씩한 배웅을 받던 두 명의 귀족 자제가 검문소를 통과해 박차를 가한다. 또다시 발목이 붙들릴세라 꽁지 빠지듯 말을 모는 그들이 뒤로한 군부대.

아가페와 함께 토레노를 떠나왔던 제논이 가업과 관련된 일로 맨 처음 들렀던 '몬스터 부대'였다. 이미 수일 전에 그곳을 떠났던 제논의 일행과는 달리, 내내 행정반의 보조 업무—실제론 업무의 주체였다—에 투입되었다가 오늘에야 퇴소 절차를 밟은 행정아카데미의 3년차들.

행여 부대의 병사들이 뭔가의 핑계를 대 불러 세우진 않을까 하는 우려 속에 부리나케 말을 달린다. 그러다 충분하리만치 검문소와의 거리를 확보하자.

"워어~! 이봐, 에드릭!"

"그래, 천천히 가자. 졸음이 쏟아져서 잘못하면 낙마하겠다. 너무 피곤해서인지 머리까지 울려."

그렇게 속도를 줄인 데비스 던컨과 에드릭 란스. 안장 위에서 하품과 기지개를 켜며 잡담을 나눈다.

"으아아암~!"

"아으, 삭신이 쑤시네…… 그래도 나름은 보람있지 않았어? 재수할 때 생각나더라. 그땐 정말 몇 날 며칠 밤새며 미친 듯이 공부만 하던 게 예사였는데."

"자식아, 그래서 그립든? 생각만 해도 끔찍하다! 그나마 그때는 황립아카데미라는 대외적인 목표라도 그럴듯했지. 겨

 제논 프라이어

우 병영 실습 점수나 따려고 저 '몬스터' 소굴 같은 부대에
갇혀서 밤낮으로 서류 작업만 했던 것을 생각하면…… 아으,
치가 떨린다! 노예가 따로 있나."

"하하, 그래도 대우는 장교였잖아. 노예가 아니라."

"그래그래, 장교든 뭐든 이제 끝났……."

"주인니임!"

자신들의 잡다한 시중을 드는 종자(從者)였다. 여행 시의
신변 경호차 토레노에서부터 동행해 왔던 두 명의 경호원, 그
들을 데려오라고 새벽같이 부대에서 내보냈던 종자였는데 지
금 함께 돌아오고 있었다.

바늘에 실처럼 어디서든 항시 대동할 수 있는 종자와는 달
리 민간 용병의 신분에 가까운 그들 경호병은 군부대 내의 입
소 절차가 까다로웠다. 그래서 몬스터 부대에서의 병영 체험
실습을 결정하던 첫날, 지나왔던 민간인 마을로 돌아가 그곳
에서 체류하며 기다리게 했었다.

"어이, 데비스 던컨! 에드릭 란스!"

"어……? 자네들은……."

그런데 종자가 데려온 것은 자신들의 경호원들만이 아니
었다. 익히 낯이 익은 귀족 자제들과 그들의 호위로 보이는
초면의 기사들도 뒤따르고 있다.

"뭐야, 자네들! 어떻게 여기까지……? 아! 자네들도 병영
체험 실습을 신청했었나?"

"와아, 반가우이! 병영 실습 시즌이라고 동학들과 이런 곳에서 마주치기도 하는군!"

"하하, 그러게 말이야. 반갑네!"

같은 행정아카데미의 3년차들이었던 것이다. 평소 교정에서 그리 친한 사이는 아니었으나 이미 1년차와 2년차를 함께 보낸 동창들이라 서로 다들 안면쯤은 트고 지내던 차. 타향에선 같은 출신지의 지명만 들어도 향수에 젖을 수 있는 것이 사람들의 심리가 아니던가.

얼싸안듯 어깨를 두드리며 악수를 나누는 그들의 모습도 다시없을 죽마고우와 조우한 것처럼 화기애애했다. 하지만 그런 그들도 단 한 사람의 존재만큼은 분위기에 따라 허물없이 대할 수가 없었다.

여학생이었던 것이다.

그것도 원체 얌전하고 다소곳하기만 한 아가씨여야 말이지. 역시 같은 3년차인 여학생이라 얼굴과 이름 정도야 서로 알고 있었지만 정식으로 인사를 나눈 적은 단 한 번도 없을 만큼 소극적인 성격이었다.

심지어 지금도 이도 저도 아닌 자리에서 머뭇거리고만 있다. 각자의 주인들이 뜻하지 않은 상봉을 자축하도록 물러나주고 있는 호위병들과 떠들썩한 동창생들의 중간에서 어느 쪽에도 끼이지 못한 채 쭈뼛쭈뼛.

그 모양이 답답하기도 하고 왠지 안타깝기도 해서 데비스

 제논 프라이어

와 에드릭은 가만있을 수가 없었다.

"그런데 이제 보니 자네들, 수상쩍은데? 단순히 병영 체험 실습을 나온 것이 맞나? 돈독한~ 친목 삼아 봄나들이 '꽃구경'을 나온 것은 아니고?"

"맞아, 서로 같은 동아리 회원이잖아."

"뭐, 겸사겸사. 우리 동아리가 꽤 회원이 많거든. 실습 기간이겠다, 경치 좋은 군부대를 낙찰받아 동아리 친목을 도모해 보고자 했었지. 그 때문에 4년차 선배들까지 동부를 목표로 용의주도하게 실습지를 신청했었는데……."

"이봐, 그 말이 아니고."

"그럼 뭐……? 아!"

"눈치만이 아니라 기사도도 꽝인 친구들일세. 둘 다 비켜~! 안녕, 파프리카 파탈 양?"

"안녕하세요, 데비스 던컨 경, 에드릭 란스 경."

"하하, 여전히 예의 바르……."

"하지만 다들 그렇듯 경칭은 생략해도 되요. 저부터 그래야겠지요? 그럼 다시…… 안녕, 데비스, 안녕, 에드릭! 만나서 반가워. 두 사람의 경호원과 종자에게 이야길 듣고 만나길 고대했어. 물어볼 것이 있었거든."

"에……?"

미리 준비하고 있었던 듯 단숨에 주워섬기는 인사말. 덕택에 데비스와 에드릭은 약하게나마 신선한 충격을 받았다.

교내에서든 교외에서든 내외해야 하는 이성(異性)이라는
이유로 3년차가 되도록 고집스럽게 말을 내리지 않는 동급생
들이 간혹 있긴 했다. 소극적인 성격과 자라온 남방의 풍습
탓에 그녀도 그런 부류에 들어갔다.

그런데 인사를 건네자마자 경어를 탈피하질 않나, 무엇보
다 데비스와 에드릭은 그녀가 누굴 상대로든 그렇게 길게 말
을 한 것은 처음 접했다.

"그, 그래. 우리도 반가워. 그런데 무엇을⋯⋯?"

"흠! 뭐가 궁금한데? 뭐든 물어봐."

건강미 흐르는 약간 거뭇거뭇한 피부색에 얌전한 이목구
비의 귀엽고 착실한 인상을 가진 남방 출신의 아가씨, 피치
못한 개인적인 이유로 토레노에서의 부재(不在)를 위해 과감
히 북방행(行)을 실행한 파프리카였다.

"파프리카?"

"그래, 파프리카. 직접 물어봐. 뭐든 물어보라고 하잖아.
레티샤의 서신을 부탁받은 것도 파프리카이고."

"으응."

'레티샤의 서신?

'레티샤? 어디서 들어본 이름인데⋯⋯?

점점 궁금해지는 데비스와 에드릭이었다. 레티샤란 아가
씨가 병영 실습을 간 자신들에게 위문편지라도 보냈나?

그들의 의문을 아는지 모르는지 좀 더 뜸을 들이던 파프리

카. 동행해 온 동아리 남자 동기들의 재촉 같은 응원으로 겨우 다시 입을 연다.

파탈 부족의 족장을 아버지로 둔, 그 아버지가 동의한 낯모르는 약혼자를 가진 그녀, 스멀스멀 가슴 안쪽에서 피어오르는 조급함을 누르면서.

"제논 프라이어와 아가페 아라드, 그리고 그들과 일행이 된 군사아카데미의 학생 기사들을 만났다면서? 그들이 지금쯤 얼마만큼 북상해 어디쯤에 있을까?"

"에……?"

과연 무슨 질문을 받을 것인지 잔뜩 기대하던 데비스와 에드릭, 그들은 저도 모르게 고갤 갸웃했다.

*　　　*　　　*

기존과 다른 목적을 가진 새로운 꼬리―파프리카 파탈이 포함된 학술동아리 회원들―가 생겨났음을 알지 못하는 제논이었다. 하지만 모종의 위기의식 속에 전방(前方)을 훑어보는 그의 눈빛은 극도로 예민해져 있었다.

'위험해.'

용무를 마친 후 점심까지 먹고 이른 오후에 퇴소하던 와이번 부대에서 주의하라며 언질해 준 상황 그대로였다.

북상해 온 지금까지도 그렇게 평탄하기만 한 지형은 아니었지만 거무스름한 빛깔을 내는 험준한 산지를 본격적으로 앞두게 된 시점. 꽤 규모가 큰 산맥이 시작되는 부근으로 '익룡들이 잠든 산' 이라고 불리는 기슭이었다.

그런데 거기에 이제까지는 비교적 조용한 여정이었음을 대변하는 광경이 펼쳐지고 있었던 것이다.

챙! 챙!

"와아아~!"

눈 씻고 둘러봐도 사람들이 터를 잡을 만한 지역은 아니었는데 다수의 캠프가 들어서 있었고, 편을 갈라 대립하고 있는 자들의 싸움판이 벌어지고 있었다.

무기가 튀어 오르고 우격다짐이 오가는 먼발치의 그 모습에 경계심을 발동하고 있는 것은 나란히 멈춰 선 일행 청년들도 마찬가지였다.

"여긴 불모지였는데……."

"전엔 그랬지만 이젠 아니라잖아."

"잘못하면 큰 싸움으로 번지겠다. 금광도 아니고 겨우 부스러기 탄광 채굴권을 놓고 저리 다투나? 그러다 잘못하면 결국 새우 싸움에 고래 등 터지지."

"아가페, 아라드 가의 후계자가 할 말이 아니다. 너희 가문도 탄광촌에서부터 시작했었잖아. 금광이든 은광이든 채굴을 포기하지 않아야 따르는 행운이고."

"메탄 형, 약 올리는 거야? 우리 영지에서 금광이 터진 일

 제논 프라이어

은 없거든? 게다가 채굴권을 놓고 형제 간이든 외부인과든 저렇게 분쟁이 일었던 적도 없다고."

"외척 중에는 있지 않았겠냐?"

"우리 둘째 누나 이야긴 하지도 마! 그 얄미운 누나가 시집 간 집안의 전적 따위야 알 게 뭐야."

"자식, 누이들의 이야기라면 그저……."

"으아오~ 말하지 말랬지?"

아가페와 메탄의 소소한 입씨름을 듣던 각터가 말없는 제논에게 변명하듯 입을 연다.

"다니다 보면, 간혹 저렇게 광산들의 소유권을 둘러싼 갈등과 맞닥뜨리곤 하지. 하지만 우리 북방에만 있는 문제는 아닐세. 결과적으론 타 연맹에서 일어나는 자잘한 분쟁들처럼 명예나 '땅'을 얻기 위한 싸움이니까."

"네. 어디나 이권 다툼이 없는 곳은 없을 테니까요. 그보다, 자칫 말려드는 일은 없겠습니까?"

"이 지역의 큼직큼직한 광산들은 이미 임자가 나섰다고 했잖아. 인근의 와이번 부대에서도 주시만 하고 있는 상황이라 했으니 별일이야 없겠지."

그렇지만 군부대의 정식 병력이 투입되기라도 한다면 그 땐 정말 아가페의 말처럼 새우 싸움에 고래 등, 아니, 고래 싸움에 새우 몸통 터지는 격이 되리라. 그 점을 우려했는지 메탄도 자못 심각하게 말을 꺼낸다.

"그래도 만약을 위해 우회하는 게 좋지 않을까?"

"……."

각터만이 아니라 제논과 아가페를 포함해 모두에게 던진 의견이었지만 아무도 선뜻 대답하지 않았다.

전방의 산지를 우회하면 아가페의 아라드 영지와 가까운 방향이 된다(더불어 메탄의 메세티 가문과도). 대신에 제논의 다음 목적지인 군부대가 멀어지고, 오늘 당장 하룻밤 여정을 풀 수 있는 인가도 건너뛰게 된다.

춥고 황량한 벌판일지라도 하루 이틀쯤 야영하는 것이야 큰 문제되지 않았지만 나름대로 다들 결정을 내리기가 미묘한 입장이었다.

아가페는 본성과의 거리를 떠나, 이제껏 동행해 온 제논과의 여행을 언제쯤 멈출 것인지에 관해선 의논한 적이 없었다(토레노로 돌아갈 때만큼은 배편을 이용하고 수도에도 들러보자는 이야기는 나눴었지만).

우회할 경우 파티를 재구성해야 하는 문제가 뒤따를 것이었기에 각터도 결정을 내리지 못하고 있었고, 막상 말을 꺼낸 메탄도 어떻게 하나 궁리하는 표정이 된다.

"……."

제논도 말이 없긴 마찬가지였다. 물론, 아가페 녀석과 헤어지기 싫다느니, 길이 나눠질 아가페와 제논 중에 누구와 계속 동행할 것이냐, 하는 일행 청년들의 고민과는 별개의 일 때문

 제논 프라이어

에 그런 것임은 짐작하리라.

'저런 산지는 안 돼. 일부러 피해 가는 것으론 안 보일 테니 기회 있을 때 차라리 우회해야지.'

빨강머리 레이디 킴바, 그 아가씨가 모집해 왔던 용병들의 존재를 잊어선 안 되지 않겠는가. 나무숲은 그리 울창하지 않은 산악이었으나 매복을 기도하기 위한 지형으론 충분했으니 사회 초년생인 학생 기사들을 데리고 아무런 탈 없이 지나칠 수 있으리란 장담은 할 수 없었다.

그리고 무엇보다, 제논은 다른 데 정신이 팔려 있었다. 며칠간 없었던 예의 신경성 두통이 재발해서 그랬다. 정체불명의 누군가가 또다시 마법 염탐을 시작한 모양이다. 그런데 아가페를 포함한 일행 청년들은 그다지 못 느끼는 기색이었으니 혼자 내색하고 있을 수도 없고.

"일단 우회하……."

"그래, 일단 우회하자! 진로야 야영할 만한 곳을 물색해 놓고 결정해도 늦진 않겠지. 형들, 괜찮죠?"

"우린 상관없다. 와이번 부대에서 물과 건량 등도 넉넉히 보충해 왔으니 안 될 거야 없지."

"그럼 출발~! 얼른 가요! 앗시 아줌마가 답신을 보내고 있는지도 몰라. 실은 아까부터 자꾸 귀가 가렵거든."

'뭐? 앗시 보좌관이……?

뚝.

일행을 따라 기계적으로 말 머리를 돌리던 제논은 미간을 모았다. 귀가 가렵다는 아가페의 말이 끝나자마자 유별난 현상이 발생했던 것이다.

머릿속의 뇌파를 흩뜨리듯 매순간 침범해 오던 뭔가의 자극이 느닷없이 '뚝' 끊긴다. 더불어 집중력을 휘젓던 두통도 손을 털고 물러나듯 말짱히 걷혀간다.

덕분에 더 이상 찌푸릴 필요가 없게 된 제논이었으나 심중이 가는 일이 있어 도리어 험악해졌다. 그래서 각터와 메탄을 추월해 가며 언성을 높였다.

"야, 아가페!"

"어, 왜?"

"언제부터 귀가 가려웠는데?"

"응……? 물론 귓구멍이야 종종 가렵긴 하지. 하지만 오늘은 좀 유별나서 말이야! 너도 와이번 부대를 나오면서부터 이유없이 눈살을 찌푸리곤 했잖아."

달리는 안장에서 주절거리는 아가페의 해명을 듣다 보니 점점 기가 막히는 제논이었다.

"아무래도 앗시 아줌마가 위험 부담—아가페 자신에게 있는 마법 부작용—을 감안하고라도 마법 수신을 권하고 있는 것 같아! 빨강머리 레이디에 관한 정보를 주려는 것이겠지. 그렇지 않고서야 내내 지켜만 보다가……."

"내내 지켜봤다고?"

"네가 먼저 캐치했었잖아! 토레노를 떠나올 땐 앗시 아줌마의 원거리 협조를 받은 랏시 아저씨였겠지만, 중간부턴 아마 앗시 아줌마가 탐색의 주체였을 거야."

"스캔 마법으로?"

"그것만 쓰였다면 항상 우리 편의 탐색이진 않았겠지만, 여하튼 위치 파악을 위해 스캔을 하긴 했을 테고 서치아이 마법도 병행되었겠지! 시야를 대신해 주는 서치아이가 앗시 아줌마의 특기라고 얘기해 줬었잖아."

"하지만 서치아이는 상호 동의 삼아 양측을 연결해 줄 뭔가의 매개물이 있어야 한다고 했잖나."

"나도 그게 좀 의아하긴 해. 하지만 의외로 간단한 문제일 수도 있어. 왜냐하면~ '나' 라는 존재가 있잖아! 가문의 보물단지인 날 매개물로 삼았을 수도……!"

딱콩!

아가페 자신을 매개물로 삼았으리란 소리는 반은 농담이었다. 하지만 방법은 정확히 몰라도 분명 대부분의 탐색이 아군이었으리란 결론을 내린 모양이다.

어쨌든 그렇다는 것은, 제논에게 두통을 유발케 하던 정체불명의 마법 눈길이 실은 아가페의 안전을 체크하기 위한 아라드 가의 시도였다는 소리가 아닌가.

자식이! 애초에 거론하지 않았던 사항도 아닌데 이제껏 그걸 혼자만 추측하고 있었던 말인가? 괜한 긴장감 속에 골머리를 잃었다는 생각에 조금 억울해진 제논은 녀석의 검붉은 머리통을 아프게 쥐어박아 줬다.

"야! 아프잖아! 농담 좀 한 걸 가지고……!"

"너 조심해라, 아가페."

"자식아, 뭘?"

"까불다가 봉변당하는 수가 있어!"

난데없는 응징에 즉각 반발하는 녀석을 추월해 가며 으름장을 놓는 제논이었다. 아가페는 물론 봉변은 너나 당하라며 길길이 날뛰었지만 사과를 들을 순 없었다.

고작해야 뒤따라오던 다른 일행에게 쓴웃음 섞인 위로를 받은 게 다였다.

그러나 그날 날이 저물어 야영하게 된 허허벌판에서 녀석은 제 편이었던 메탄과 각터에게까지 눈물이 쏙 빠지도록 매운 질책을 들었다. 사실 꿀밤이나 질책을 들은 정도로 끝난 게 다행이었다.

잘난 체하다가 콧대가 부러진 격으로 녀석이 자칫 비명횡사할 뻔한 사건이 벌어졌던 것이다. 순전히 제 잘못으로 일어난 사고였는데 통제해 주던 집안 어른들의 울타리를 벗어나 제멋대로 군 결과라고 할 수 있었다.

일행이 말을 세운 곳은 황량한 벌판이었다. 하지만 여행 중에 인가에 도달하지 못하고 야영을 하는 사람들을 위해, 혹은 그런 그들이 버리고 간 임시 대피소 같은 토굴이나 움막을 군데군데에서 발견할 수 있는 곳이었다.

눈보라 치는 겨울이었다면 꼼짝없이 동사(凍死)하는 야영객들이 부지기수였을 테니 기후에 따라 자연적으로 형성되어 온 일회용 시설들인 셈이다.

지금은 봄이었지만 밤엔 여전히 추웠기에 바람을 막아줄 돌무더기들이라도 없는 것보단 나았고 말이다. 하지만 불을 피울 땔감은 충분치 않았다.

땔감이라고 해봐야 앞서 머물렀던 여행객들이 남기고 간 타다 만 나무토막들이나, 흔적만 남은 움집에서 바람에 해체되어 버려져 있던 거적때기들이나, 파손된 수레나 오래된 마차의 잔해들 정도였다.

그나마도 없는 것보단 나았다. 숲은 너무 멀리 있어 나무를 하러 거기까지 갈 수는 없었고, 듬성듬성 몇 그루 눈에 띄는 주변의 나무들은 앙상한 가지에 이제 막 새순이 돋고 있는 참이었으니까.

당장 얼어 죽을 만큼 추운 것도 아닌데 척박한 토양에 어렵사리 뿌리내리고 있는 기특하고 빈약한 나무들을 마저 베어 내 버릴 수야 없지 않은가.

제법 온전하게 남아 있는 토굴을 발견한 각터가 지붕을 올려 넷이 들어가도 됨직한 반토굴―지붕만 땅 위로 드러난 집―을 꾸며보겠다고 했고, 메탄과 아가페는 말들을 돌보고 저녁을 준비하기로 했기에 제논은 태울 만한 것들이 더 있나 찾기 위해 야영지를 벗어난 참이었다.

화륵!

"우왓! 할머니!"

"아가페, 조심……! 데었냐……?"

"저, 바보 자식, 불도 못 붙이는 것 봐. 그러게 부싯돌 놔두고 뭐 하러 마법을 써?"

"빨리 붙이려고 그랬지!"

"불이 활활 아주 잘 붙긴 했다. 머리칼도 조금 그슬렸는걸. 근데 응석받이 아가페 군, 보통 이럴 땐 엄마나 아빠를 부르지 않냐? 할머님은 왜 불러? 큭큭."

"형, 그 자식이 좀 그래. 기어이 제가 하겠다고 설치더니 결국…… 소풍 나온 줄 아나? 대체 언제 철이 들려는지. 어지간하면 제논이 못 참고 쥐어박았을까."

"메탄 형!"

"나 귀 안 먹었다. 어쨌든 부상(?)을 입었으니 저녁 준비는 놔둬라. 내가 할 테니 넌 다른 마법이나 써. 앗시 아줌마로부터 답신이 왔을 거라며?"

"답신을 받아도 형에겐 안 알려줘!"

"잘났다!"

'저 녀석, 저래도 되려나?'

야영지에서 들려오는 일행의 소란스런 말소리에 짐짓 우

 제논 프라이어

려의 눈빛이 되는 제논이었다. 다른 게 아니라, 아라드 자작이나 랏시 집사, 그리고 할머님의 부탁과 당부를 받은 바 있는 아가페의 무사 안위 때문이었다.

제 개인적으로 따르고 있는 마법의 부작용을 깨끗이 극복한 것도 아니면서 마나를 유동하는 횟수가 갈수록 잦아지고 있지 않은가.

그렇지만 말린다고 순순히 들을 녀석도 아니고, 녀석이 포착해 낼 아라드 영지로부터의 회신이 궁금하기도 했기에 이번까지만 내버려 두자 생각하는 제논이었다.

그래서 야영지와 약간 떨어진 자리에서 명상하는 자세로 앉아 마나를 유동하기 시작하는 아가페에게서 신경을 거두고 꽤 멀리까지 나갔다 왔다.

덕분에 오래지 않아 야영지로 돌아온 제논의 수확물은 꽤 푸짐해져 있었다. 나무토막이든 널빤지든 거적때기든 뭐든 태울 수 있는 것들은 모조리 긁어모았고 바짝 마른 말똥 무더기도 얇은 부대 자루에 상당량 담아올 수 있었다.

그리고 무엇보다, 주변에 넓게 흩어져 있는 다른 토굴이나 움집이 있던 자리에 약간의 장난도 쳐두었다.

어둑어둑한 벌판을 청소하듯 돌아다니며 제논이 찾아낸 것들이 비단 땔감용뿐이었겠는가. 낡은 밧줄이나 쇠붙이, 그리고 녹슨 못이나 철사 같은 것들도 있었다. 그러니 가능한 선에서 써먹을 줄도 알아야지. 참새가 방앗간을 그냥 지나치지 못하는 이치와 비슷하다.

사방이 탁 트인 곳이니 누군가 깜깜한 밤을 틈타 접근해 온다면 몸을 숨길 곳이라곤 한정되어 있었다. 앙상한 나무 몇 그루와 반쯤 무너진 토굴 몇 개. 손꼽히는 그것들을 중심으로 간단하고 즉흥적인 덫을 설치해 뒀다.

하잘것없는 대비였지만 밤새 들이닥칠지도 모를 적병들의 접근을 알려줄 신호탄 격의 장치쯤은 충분히 될 것이다. 그런데 정작 문제는 어두워진 지평선이 아니라 일행이 있는 야영지에서 벌어지고 있었으니.

투둑, 와르르.

"어이쿠! 많이도 주워왔군. 말똥은 치워놓게. 수프에 냄새 섞일라. 곧 담아줄 테니 손도 닦고."

쭈그리고 앉아 작은 냄비를 휘젓던 메탄이 전문 요리사라도 되는 것마냥 생색을 낸다. 마침 각터도 임시 숙소의 완성을 앞두고 있었고 아가페도 통신을 끝낸 것 같았다.

그런데 녀석의 하는 모양이 어딘지 수상쩍다. 의아함에 갸웃하던 제논은 바닥에 꼼짝 않고 누워만 있는 아가페 쪽을 턱짓하며 물었다.

"왜 저러고 있답니까?"

"난들 아나. 제 편 안 들어준다고 시위라도 하는 모양이지. 자식이 계집애처럼 속이 영 좁다니까."

"회신 내용은⋯⋯?"

"모른다네. 음성으로 보내온 전문인 것 같았는데 혼자만 듣고 통신을 끝내는구나 싶더니 요리 뒹굴 저리 뒹굴 하며 노닥거리기만 했거든. 간만에 집과 나눈 안부 덕에 별구경이라도 하고 싶어졌나 보지. 마법사 가문의 마법사 후계잖아. 좀 유별난 짓을 해도 그러려니 해야지."

"⋯⋯구름이 끼어서 별은 없는데요?"

"그니까 나도 모른다니까. 왜인지 직접 물어도 볼 겸, 가서 데려오게. 각터 형! 아직 멀었어?"

"다 되가! 말[馬]들은?"

"대충 먹였는데 부족한가 봐. 네 마리가 모두 좌불안석이거든. 물이라도 더 먹여야 할까?"

"따뜻하게 데워서 줘라!"

메탄과 각터의 대화 속에 물수건으로 손을 닦던 제논은 어깨를 으쓱했다. 그리곤 차가운 지면에 퀼트를 깔고 대자로 드러누워 있는 아가페에게로 걸음을 떼었다.

자신이 다가옴을 모르진 않을 텐데 메탄의 말처럼 시위라도 하듯, 구름에 가려진 별이라도 세는 것처럼 뚫어지게 하늘만 올려다보고 있다. 어쩌나 보게 내버려 둘까 싶었지만 이왕 데리러 왔으니 말이라도 걸어줘야지.

"아가페, 뭐 하냐? 어디 아프냐?"

그런데 침묵.

"시체 놀이라도 하는 거냐?"

역시 침묵.

멀뚱멀뚱 뜨고 있던 눈꺼풀을 파르르 떤 정도의 반응밖엔 돌아오지 않는다. 응석도 적당히 부리라는 충고를 던져 주고 싶었지만 제논은 그냥 돌아섰다.

녀석의 장단에 맞춰 어르고 달래 무슨 일로 그러는지 캐물을 맘은 없었고, 저도 배는 고플 것이니 그리 오래 버티진 못할 것이란 생각에. 그런데 그 순간,

파직! 제논ㅡ!

"……!"

히이잉!

"내 물주머니는 벌써 바닥인… 어?"

"부족하면 내 걸 써… 엇?"

그 일은 동시다발적으로 일어났다. 몸을 돌리던 제논은 갑작스런 충격에 무릎이 꺾였다. 눈에서 번쩍 불이 튀도록 날카로운 뭔가가 뇌리를 관통했던 것이다.

그것은 흡사 전기 스파크처럼 순간적이었고 사람의 비명처럼 뾰쪽하고 위태로운 느낌이었다. 더불어 불에 덴 듯 펄쩍펄쩍 뛰며 놀라는 말들의 반응!

메탄과 각터도 예외는 아니었다. 제논처럼 강렬하진 않았고 말[馬]들처럼 기겁한 정도는 아니었지만 목덜미를 바늘에 찔린 것처럼 움찔하다 경직된다.

제논
프라이어

“지금 뭐……?”

“메탄, 말부터 진정시켜!”

날뛰는 말들의 행동에 메탄의 혼란은 가중되고 있었다. 그를 도와 말들을 진정시키기 위해 각터도 반토굴집에서 뛰어나온다. 제논은 감전된 것만 같은 머리를 짓누르며 도로 돌아섰다. 아가페는 누운 자세 그대로였다.

“뭐냐, 아가페, 너냐?”

그러나 침묵.

“인마, 이건 그냥 두통 정도가 아니잖아! 어쨌든, 무슨 문제가 생긴 거냐? 마나유동 중에?”

대답은 없었지만 그러리란 확신이 든다. 녀석의 곁에 쭈그리며 꼼꼼히 살폈지만 흙투성이가 되어 있었을 뿐 외상은 없었다. 핏기 가신 희멀건 안색이야 원래 낯빛이 그런 놈이었으니 딱히 구별되는 증상은 아니었고.

“어떻게 해야 되는 거냐. 일으켜 줄까……?”

파직! 안 돼—!

히이이잉!

“엇? 또……!”

“워워! 진정해라. 다들 진정해!”

반동과 같은 즉각적인 등 뒤의 반응과 더불어 재차 반복된 번뜩이는 충격! 눈알이 튀어나올 것만 같은 통증에 잔뜩 눈살을 찌푸리던 제논은 막 뻗으려던 손을 엉거주춤 거둬들였다.

그리곤 이를 갈듯 '대꾸' 했다.

"이 자식……! 알았다. 건드리거나 자세를 바꾸면 안 된다는 거지? 어쨌든 그럼 어쩌라고?"

"……!"

주먹 쥔 녀석의 손등이 점점 하얗게 질려간다. 미미하게나마 입을 달싹이려는 노력도 뒤따랐지만 말소리를 내진 못했다. 뭔가 설명하고 있는 눈치인 것은 분명한데 알아들을 길이 없다. 입을 벙긋하기는커녕 눈도 깜박이지 못할 만큼 긴장한 채로 전신이 마비된 상태가 아닌가.

물론, 부릅뜨고 있는 녀석의 눈빛만 봐도 지극히 위급하고 위태로운 상태이며, 혼자선 감당 못할 만큼 위험한 지경에 빠졌다는 것쯤은 확신할 수 있었다.

하지만 아가페의 구원 요청에 어떻게 답해야 적절한 구조가 될 것인지의 문제는 제논으로서도 오리무중이었다. 마법시동과 마법발현에 따르는 갑작스런 사고들에 어떻게 대처해야 옳을지 따로 배운 적이 없지 않은가.

그리고 그것은 메탄과 각터도 마찬가지였다. 하지만 제논은 그들을 불렀다. 적어도 기사들이 익히는 '마나수련법'에 한해선 제논 자신보다 훨씬 체계적이고 수준 높은 이론을 가르침 받아온 것으로 알고 있었으니까.

"두 사람, 이리 와보십시오!"

그래도 별 도움은 안 될 것이라는 생각이 지배적이었지만

 제논
프라이어

백짓장도 맞들면 낫다 하지 않던가. 마법 계열들에 관한 문외한들이라 해도 혼자보단 셋이서 방법을 모색해 보는 편이 나을 것이라는 판단에 부른 것인데,

"뭐야! 아가페였어? 제논, 아가페가 방금……? 그런데 이녀석 왜 이래?"

"건드리지 않는 것이 좋겠습니다."

제논의 주의에 메탄은 즉각 물러났다. 뒤이어 달려온 각터도 상황을 파악하곤 심각한 얼굴이 된다.

"……이거 일 났군. 어쩌다 이렇게 됐대? 메탄, 짐작이 가냐? 네가 제일 가까이 있었잖아."

"글쎄? 통신을 끝내던 무렵부터 이상한 행동을 하긴 했었어. 뒹굴뒹굴 굴러다니더라니까."

"왜 그러는지 물어보지 그랬냐."

"물어봤지! 하지만 녀석이 대꾸를 해야 말이지. 약 올리는 것처럼 웅얼웅얼하며 꿈지럭거린 게 다였어. 어디가 아파서라기보다는 단순히 장난치는 것으로밖엔 안 보였다고. 마나의 흐름이 엉키거나 한 게 아닐까?"

"모르지."

제논도 비슷하게 추측하고 있었지만 제3자의 입장으로선 사실 그렇게밖에 생각할 수 없었다. 여하튼 어떻게든 조치를 취해야겠다는 투로 각터가 말한다.

"일단 의사소통을 해야 답이 나오겠는데…… 그나마 다행

이다. 커뮨 계열의 마나를 유동하는 중이었지? 신체는 마비
되었어도 아직은 마나의 응용이 가능한 것 같고. 그럼… 메
탄, 냄비 뚜껑이라도 가져와 봐라.”

“문자로 소통해 보게? 흑연 가루와 종이가 더 낫지 않을까?
냄비 뚜껑은 평평하지 않고 너비도 좁잖아. 함께 써야 할 철
가루는 마련하는 데 시간이 걸릴 테고.”

“너, 수신 마법이 가능하기라도 했었냐?”

“아, 그렇지. 하지만 그러면…….”

“종이보단 석판이, 석판보단 금속판이 더 기초적인 통신수
단으로 알고 있다. 아가페가 문자를 송신하더라도 우리 쪽에
선 수신할 재주가 없으니 녀석의 자력에 기대보는 수밖에 없
잖아. 그러니 가장 쉬운 도구를…….”

스릉!

둘의 논쟁을 듣고 있던 제논이었다. 그들이 말한 ‘도구’ 삼
아 허리의 대검을 뽑아 들었던 것이다. 미미하게나마 아가페
의 상태가 점점 악화되고 있는 듯했으니까. 그런 제논의 행동
에 각터와 메탄도 민첩해진다.

“그래, 냄비 뚜껑보단 검이 더 낫겠다. 메탄, 우리도 뭐든
준비해 보자! 아까 토굴을 손보다가 녹슨 쇠붙이를 골라냈었
어. 그걸로 가루를 긁어내보마.”

“혹시 모르니 난 종이를 꺼내올게. 흑연도 깎아보고!”

스스스!

그러나 불필요한 노고였다. 검을 아가페의 얼굴 위로 검을 가져가던 제논은 이렇게 말하려고 했다.

'아가페, 보이냐? 들리기도 하지? 각터와 메탄이 필기도구를 더 준비해 오겠단다. 그러니 해법을 위해 '송신'할 말을 정리해 봐라. 어떻게 해줄까?' 라고.

그런데 그럴 필요도 없었다. 눈도장을 찍게끔 아가페에게 선보이려던 검에 뭔가가 달라붙기 시작했던 것이다. 자석에 이끌리듯 땅에서 떠오른 흙먼지였다.

'호오? 녀석, 급하긴 급했나 보군.'

<u>스스스</u>.

검날에 달라붙는 흙가루들이 희미하고 가느다란 글자의 형태를 갖춰간다. 그 인위적인 현상을 캐치한 제논은 검을 아예 땅바닥 가까이에 대고 천천히 휘저었다.

각종 광산들이 밀집되어 있는 자원의 보고, 그러나 척박한 기후 환경에 나무가 자라기 힘들 정도로 거친 북방의 토양. 그 토양을 구성하는 물질이 대륙의 어느 곳보다 금속 성분을 많이 포함하고 있었던 덕분이리라.

아니, 어쩌면 토질 따위야 상관없었을 수도 있겠지. 빗질하는 빗에도 곧잘 머리카락이 달라붙곤 하지 않던가.

아무튼 제 백부의 선물이었던 제논의 대검을 메모지 삼아 아가페가 메시지를 만들어내고 있었다. 그렇게 하여 검날에 도드라진 첫 문장.

갑자기 마나의 흐름이 엉켰어!

"그런 것 같더라. 꼭 마법에 체한 것 같았거든. 그냥 체한 거면 손이라도 따면 되겠지만, 암튼 이런 경우에 정상으로 돌아올 방법은? 자가 진단은 가능하냐?"

후두두!

스스스!

글자를 이루고 있던 흙과 모래알갱이들이 후두두 떨어지고 새롭게 달라붙는다. 제논은 발로 땅을 쓸거나 두드려서 먼지를 더 일으켰다. 그렇게 하여 또다시 구분되기 시작한 두 번째 문장. 연이어 세 번째, 네 번째 문장.

백부님처럼 될까 봐 이러지도 저러지도 못했어! 그러다 그만 내 마나에 내가 갇힌 꼴이 됐어. 네 말이 맞아. 마법을 쓰다가 마법에 체한 셈이야!

"메탄 선배, 각터 선배! 그냥 오십시오!"

"왜? 호전되고 있어?"

"아니요. '송신' 되고 있습니다."

메탄과 각터는 당장 돌아왔다. 후회와 두려움이 잔뜩 뒤섞인 아가페의 문자 메시지를 확인한 그들은 덩달아 초조하고 걱정 가득한 눈빛이 됐다.

버둥거려 봤지만 결국 모든 신진대사 올(All) 스톱!

"아가페, 어쩌다가……."

"인마, 어쩌다가!"

이대로라면 나는 영영 식물인간이 돼! 아니, 최선이 식물인간, 최악으론 절명!

"아가페, 일단 마음을 가라앉히……."

"자식아, 겁 주냐?!"

"메탄! 넌 물러나 있어! 알고 있다, 아가페. 형들도 그쯤의 눈치는 있지. 그러니 해결할 방도를 일러줘라. 우리가 도와야 할 일을 말해. 당황하지 말고, 응?"

뚫어야 해요! 근데…….

"마나의 흐름을? 그걸 우리가 어떻게……."

부지런히 검을 털고 또 바닥을 향해 휘젓고 있던 제논, 그쯤에서 다시 끼어들었다.

"아가페, 막힌 마나의 흐름은 몰라도 막힌 혈액의 흐름은 뚫어줄 수 있다. 지금 그걸 말한 거지?"

응, 몸에 상처를 내야 해.

"정맥이면 되겠냐?"

……그것으론 부족할 것 같아.

"그럼 동맥을? 그러다 죽을라고……!"

딱!

뒤에서 고개를 빼고 있던 메탄의 이마를 사정없이 때려 말을 막은 각터, 최대한 침착하게 반론을 제기한다. 사지가 굳어 있는 아가페를 대신해 제논의 '검' 을 향해.

"바로 지혈하면 되겠지만, 출혈이 멈추긴 하겠냐? 그저 얕은 혈관만 조금 끊는 거라면 모를까. 마나의 흐름도 제자리를 찾게 하려면 문제가 또 생길지 모르는데."

"맞아. 그러다 우리가 널 죽이게 되는 결과가 따르면 어쩌냐. 다른 방법은 없겠냐?"

'아니, 굳이 다른 방법은 필요없겠는데?

난감함으로 잔뜩 인상을 쓰는 각터나 메탄과는 달리 제논은 한시름 놓은 기분이 됐다. 녀석들의 걱정을 쓸데없는 기우로 만들 수 있는 기막힌 묘책을 가지고 있었던 것이다. 그래서 피식 웃기까지 하며 물었다.

"아가페, 어느 부분을 베어줄까? 목? 팔? 다리?"

나쁜 자식! 그런 말이 나와?

"농담이 아니다. 설마, 살기 싫은 거냐? 네 할머니가 나에 대해 어떤 예언을 하셨는지 기억해 봐라."

"예언? 예언이라니……?"

각터가 의아해하며 되물었으나 무슨 소린지 설명을 들을 틈은 없었다. 궁지에 몰린 아가페가 발악하듯 마구 문자를 띄웠다가 해체했다가를 반복했던 것이다.

자식아, 살리려고 목을 따?! 설사 살아도 마나홀이 망가지면 죽는 게 나아! 마나홀을 지키자면 출혈이 클 테니 역시 죽겠지! 이래도 저래도 난 죽을 거라고!

"아가페, 울지 말고……."

각터 형! 보면 몰라? 울고 싶어도 눈물이 안 나와! 소리 지르

고 싶은데 말도 안 나와! 랏시 아저씨랑 함께 올걸! 백부님이 계셨다면 간단했을 텐데! 누구든 집안 어른들이었다면 당장 바로 잡아 주었을 텐데!

"아가페, 계속 징징거리고만 있을 거냐? 원한다면 이대로 너희 영지까지 운반해 줄 수도 있다."

그러면 너무 늦어. 앗시 아줌마도 마중 나오는 중이라 했지만 그땐 이미 돌이킬 수 없을 거라고! 기껏해야 한두 시간이야. 하룻밤도 못 버텨! 그러니 제논…….

"그러니 뭐?"

……살려줘. 어떻게든 해줘. 우리 할머니의 예지력이 맞았다는 것을 증명해 줘! 부탁할게.

"그러지."

점잖게 확언한 제논은 품에 항상 소지하고 다니던 작은 주머니 하나를 꺼내 들었다. 그 안엔 손수건으로 꼭꼭 싸둔 은색의 호리병이 들어 있었다. 그것이 무엇인지 알아본 아가페가 감정이 북받치는지 속눈썹을 파르르 떤다.

"제논, 그게 뭔가?"

"곧 알게 될 겁니다. 그보다, 지혈시킬 준비를 해주십시오. 피투성이가 될 테니 수건도 넉넉히."

"간단한 일이 아니라고! 정말 할 건가?"

"두말 않겠습니다."

"아아, 이것 참……."

그렇게 각터와 메탄을 심부름 보낸 제논은 앞서의 질문을 반복했다. 공포심 대신 안도 어린 자신감을 회복하고 있는 아가페를 들여다보면서.

"출혈로 혈액의 흐름을 가속화시킨 후엔 네 재량에 달렸다. 엉킨 마나의 흐름을 다스려 마나홀을 지켜내느냐 아니냐는 너 하기 나름이야. 알지?"

알아. 걱정 마. 원상복귀할 거야.

"그래. 그럼, 어느 부위의 동맥이면 되겠냐?"

그러나 동문서답.

그걸 왜 네가 가지고 있어?

"이거? 할머님이 가져가라고 슬쩍 찔러주시더라. 이런 식으로 사용하게 될 줄은 할머니도 모르신 듯했다만."

……그게 매개물이었겠다.

"매개물? 아……."

녀석과 낮에 나눴던 대화를 떠올린 제논은 납득하는 얼굴이 됐다. 이 은색의 호리병이라면, 그 내용물이 풍기는 농축된 마나의 기운이라면 랏시 집사든 앗시 보좌관이든 서치아이 마법을 위한 '매개물'로 삼을 수 있었으리라.

남매인 두 사람 모두 마나유동에 지극히 민감한 커뮤 계열이었으니—그것도 사십 년이나 수련한—제국의 어디에서든 스캔 마법과의 병행이 가능했겠지.

"그렇군. 그랬겠다. 그럼, 나도 모르게 너희 집안 사람들에

게 마법 감시를 동의한 셈이었네? 이게 내게 맡겨졌음을 귀띔
해 준 것이 바로 랏시 집사였거든."

근데, 어쩌면 그것 때문에…….

"이것 때문에 뭐?"

마법 동호회 측도 우릴 탐색하기가 용이했을지 몰라. 그 응축
된 마나 덩어리라면 스캔 마법으로 위치 파악쯤은 되었을 테니
까. 탐색의 주체가 누구였든 네가 소지한 그것이 무엇인지 호기
심이 생겼을 법도 하고.

제논은 그저 어깨를 으쓱했다. 아가페의 추측대로라면
'황족'을 주축으로 한 저들의 염탐과 추적이 쉬이 철회되
지도 않으리라. 하지만 전혀 예상치 못한 일은 아니었으니
까.

사용법은 알아?

"할머님이 내 손에 써주셨잖아. 그저 상처 부위에 떨어뜨
리는 거 외에 다른 사용법이 있는 거냐?"

메디 계열이 아니니 알 필요 없지. 시시콜콜 설명해 줄 형편
도 아니고. 할머니가 했던 것처럼 하면 돼. 내가 마나의 흐름을
통제하면, 몸의 경직이 완전히 풀리면 그때 써줘. 자른 혈관에
직접, 낭비하진 말고.

"알았다. 그런데 어느 부분?"

……팔뚝이 좋겠어. 심장과 가까운.

"마음의 준비나 해라."

“제논!”

지혈 준비를 하러 갔던 각터와 메탄은 금방 돌아왔다. 아라드 가의 가보인 '힐링 포션' 을 조심스레 바닥에 내려놓은 제논은 대검을 단검으로 바꿔 쥐었다. 눈을 질끈 감고 싶은지 아가페가 또 눈꺼풀을 파르르 떨고 있었다.

 제논 프라이어

Chap. 3
용병들의 습격

용병들의 습격

　제논의 처치는 대충 성공이었다. 아가페의 왼팔 안쪽을 깊게 베어내자 찰나의 시간이 지난 후 피가 솟구쳤고 아가페는 사시나무 떨듯 떨기 시작했다.

　각터와 메탄이 곧장 지혈하려 했지만 핏줄기를 뿜으며 누워 있던 아가페가 우두둑 소릴 내며 고갤 저었다. 연이어 녀석은 벌컥 검붉은 피를 토해내며 몸을 굴렸고, 명상을 위해 스스로가 깔아뒀던 퀼트를 피해 땅바닥에 엎드린 채로 막혔던 대사 작용에 임하느라 여념이 없었다.

　눈물 콧물 줄줄 흘리며 고통스럽게 신음하다 위장의 음식 찌꺼기까지 남김없이 토해냈던 것이다. 그 틈에, 당혹스러움

에 어쩔 줄 모르던 각터와 메탄이 출혈이 너무 심하다며 녀석
의 팔을 붙잡았고 포션이 사용됐다.

"세상에! 벌써 아물고 있어."

"제논, 혹시 그 약품……."

"그만! 그만 써도 돼!"

말문이 트인 아가페가 더러워진 주둥이로 가문의 죄인이
라도 되는 것마냥 냅다 소릴 지른다. 각터와 메탄은 입막음이
라도 당한 것처럼 질문을 삼켰고, 제논은 쥐어박는 어조로 대
꾸하며 힐링 포션의 마개를 닫았다.

"인마, 귀한 것인 줄 알긴 아는구나."

"너보다 더 잘 알지!"

"걱정 마라, 돌려줄 테니. 지금 줄까?"

"……내 것이 아냐. 할머니에게 줘."

"그러마."

돌려준다고 할머니가 돌려받을 것 같지는 않았지만 제논
은 흔쾌히 답했다. 그리고 그제야 각터와 메탄은 녀석에게 붕
대를 감아줄 수 있었다. 어떤 약품인지 다시 묻기 겁난다는
식의 눈빛을 교환하면서.

그렇게 한바탕 난리를 떨고 겨우 소동이 진정되자 아가페
는 각터와 메탄에게 흠씬 야단을 들었다. 그러다 모기만 한
소리로 말을 꺼냈다.

"미안해요, 형들. 근데 아직 끝난 게 아니야."

"물론 요양해야지. 대체 어쩌자고⋯⋯!"

"그 말이 아니라, 새로운 문제가 있다고. 앗시 아줌마가 띄워놓은 전문을 수신했는데 아무래도 일이 커질 것 같아. 실은, 킴바라는 그 아가씨의 동태를 이미 파악하고 있었던 모양이야. 오늘 밤쯤 공격해 올 것 같았대."

"⋯⋯규모는?"

"그녀의 신상은?"

재깍 다시 심각해지는 각터나 메탄과는 별개로 제논은 조금 다른 식의 질문을 했다.

"앗시 아줌마가 '띄워놓은' 전문? 아가페, 네 임의에 따른 해석을 듣기 전에 처음부터 차근차근 설명해 봐라. 음성으로 날아온 전문이 아니었나?"

"맞아. 음성 마법이었지. 하지만 실시간으로 송수신된 것이 아니라서 질문은 할 수 없었어. 어제 여관 식당에서 내가 우리 집 쪽으로 보냈던 문자형 통신처럼 수신자를 정해놓고 발송만 해둔 식의 전문이었거든."

"그럼 들은 대로 읊어봐라."

아가페가 거짓을 말할 리는 없었지만 그렇게 요구하는 제논이었다. 자고로 정보란 한 다리 건너 전달될 때마다 정확성이 떨어지는 것이니까. 느낌이든 추측이든 개인의 사견이 섞여서는 판단에 오차가 따를 수 있는 것이다.

아가페의 경우, 그 사실을 감안해서라기보다는 지은 죄도 있겠다, 요절할 뻔한 위기를 넘기며 기력과 체력을 실컷 소진했던 차라 고분고분 답해왔다.

"앗시 아줌마는 세 번에 걸쳐 전언해 왔어. 먼저……."

아가페 도련님! 사고를 단단히 치셨더군요. 시간이 없으니 추궁은 미루고 요점만 전하겠습니다.

토레노를 떠나오신 후부터 우리 북부 지역의 몇몇 정보망이 가동된 상태였습니다. 추적과 염탐을 지시한 주체는 누구보다 도련님이 제일 잘 아시겠지요?

문의하신 붉은머리 아가씨는 동부의 유학생으로, 수도 쪽 사립아카데미의 2년차입니다. 도련님들의 마구에 해코지를 사주하는 것을 보고 조사해 두었지요.

경관 좋기로 유명한 동부에선 고만고만한 수준이라는 산천 휴양림을 소유한 '웰치' 가문의 친인척인데 그 외엔 마땅히 내세울 것이 없는 신분입니다.

황실에 특별한 연줄은 없고 귀족 사회에서도 그리 위세있는 출신 배경은 아닙니다만 그녀보다 먼저 사립아카데미에 입학했던 사촌 오라비가 한 명 있더군요.

이름은 '케스웍 웰치'입니다. 메세티 가문의 첫째 도련님과 둘째 도련님이 수소문해 주신 덕분에 비교적 쉽게 그의 인적 사항을 알아낼 수 있었습니다.

아가페 도련님 이상으로 자기 집안에 누를 끼치고 있는 웰치 가문의 장자이더군요. 도련님들의 추측처럼 그 아가씨가 그저 심부름을 하고 있는 것이라면 아마 사촌 오라비인 그의 지시에 따른 것일 겁니다.

수도의 웰치 저택에 수년간 체류했던 것이며, 비슷한 외모의 몸종을 내세워 병영 실습 중인 오라비를 찾아가 자주 면회 신청이나 외박 신청을 하였던 것 등, 정황상 둘의 사이가 보통은 넘는 듯했으니까요.

현재 그의 소재지는 파악되지 않고 있습니다. 도련님이 경유하신 바 있는 '몬스터 부대'에서 연수 중이었던 것으로 확인되었지만 부대 내의 탐색은 불가능해서요.

설사 가능해지더라도 군부대를 상대로 만큼은 절대 마법 탐색을 시도하진 마십시오. 도의적인 책임을 떠나 들키게 되는 경우엔 가문 전체가 군법회의에 회부됩니다.

"보통의 문자 통신보다 훨씬 많은 내용을 담고 있었지만 일단 그것으로 1차 전언은 끝났었고."

"아가페, 너 앗시 아줌마랑 비슷한 수준의 커뮨 계열이었냐? 물론 먼 훗날의 주의를 미리 주는 의도였겠지? 백그라운드 믿고 더는 설치지 말라는 협박이거나."

메탄의 말에 아가페는 침묵으로 긍정했다. 그러자 혹시나 했다가 멋쩍어졌는지 머리를 긁적이며 말한다.

"사립아카데미의 2년차라고? 정녕 나랑 같은 연배의 여학생이었단 말인가? 그것참⋯⋯."

"너보단 확실히 제논의 눈이 정확하긴 했다. 그런데 아가
페, 좀 쉬지 않아도 되겠냐?"

"그래라, 아가페. 수프라도 먹고⋯⋯."

"형들, 이게 더 급해요."

황립아카데미생답게 분명 머리는 좋은 녀석이었다. 평생
잊지 못할 경험을 해서 그렇기도 할 것이다. 기억을 더듬는
시늉도 하지 않고 들은 그대로를 줄줄 말하더니 연이은 전달
도 막힘이 없는 아가페였다.

여하튼.

동부의 웰치 가문은 '아무개 황족'의 손발을 자처한 둘의 동
태를 전혀 모르고 있습니다. 사실 알더라도 막거나 말릴 형편도
아닐 겁니다. 워낙 문제성 많은 장남(케스윅)을 둔 덕에 지난 수
년간 재정적 부실이 야기되어 동부 내에서의 신용까지 잃고 있
다고 하니까요.

하지만 그 때문에라도 더욱 조심하셔야겠습니다. 출세와 성
공이라는 도박 중에 밑천을 잃어가는 사람들의 심리를 연상하시
면 됩니다. 그것도 젊은 신진(新進)이라면 궁지에 몰릴수록 더욱
물불을 안 가릴 위험이 크죠.

그렇지 않아도 도련님들의 행로를 예의 주시하고 있는 부류
중에 그 킴바라는 아가씨가 가장 나대고 있⋯⋯ 가장 큰 적대를

표하고 있습니다.

마치, 토레노의 청년 황손에게 친히 독려를 받은 선발(先發)처럼 굴더군요. 도련님들의 뒤를 밟으며 금화를 너무 쓰십디다. 심지어 빚까지 내어 용병들을 대거 모집했으니 오늘 밤쯤엔 투입이 시작될 거라 예상됩니다.

상황이 파악되십니까?

네리만 가문엔 학생 기사들 간의 단순한 '아마자디'일 뿐이니 걱정 말라고 기별할 수밖에 없었고, 메세티 가문엔 자초지종을 실토해야 했습니다만 지원은 필히 마다해 두었습니다. 토레노에 계신 자작님의 말씀으론 메세티 측이 관여하면 칼린츠 측도 끼어들 눈치라 했으니까요.

그렇지 않아도 현재 북부 연맹과 서부 연맹이 정치적으로 대립하고 있는 상황이니 칼린츠 가문이 더 이상 개입해선 서로에게 좋을 것이 없습니다. 여타의 다른 가문들이 관여하는 것도 바람직하지 않은 일입니다.

그러니 부디 현명하게 처신하십시오. 아가페 도련님만이 아니라 일행 도련님들도 마찬가지입니다. 우리가 도착할 때까지 꼭 무사하시고요.

지금 가고 있습니다.

거기까지 읊은 아가페는 물을 찾았다. 피를 잔뜩 흘린데다 한 번에 가능한 많은 정보를 싣고자 한 앗시 아줌마의 빠른 말투를 흉내 내었으니 목이 탈 만도 했다.

　마침, 말[馬]들에게 먹이려고 데우고 있던 물이 팔팔 끓고 있던 참이라 메탄이 한 컵 가득 식혀서 쥐어준다. 하얗게 핏기 가신 안색으로 꿀꺽꿀꺽 물을 마시는 녀석에게 제논은 혀를 끌끌 차는 투로 말했다.

　"네가 주화입마에 빠진 이유를 알겠다."

　"……소설책에 나오는 그거? 솔직히, 앗시 아줌마의 전언을 듣다 보니 더럭 겁이 나긴 했지. 근데 마지막으로 수신한 음성 통신에 비하면 아무것도 아니었어. 앗시 아줌마의 보조를 받은 내 친부의 육성이었거든."

　조롱하듯 말하는 제논에게 삐치지도 않고 대꾸하던 아가페, 갈증을 달래자 나머지 정보도 읊어낸다.

　아가페!

　통신을 보냈으면 잠시라도 답신이 오길 기다려야지 뭐 하는 게냐! 밤엔 그렇다 치고, 해가 중천에 떴는데 아직도 수신을 하지 않으면 어쩌자는 거야!

　(노여움을 가라앉히는 듯 잠시의 간격 후)

　어서 수신하거라. 앗시를 자꾸 지체케 해서는 나 역시 제때 도착하지 못한다.

　그리고 앞서 앗시가 서두르느라 한 가지 빠뜨렸는데, 토레노의 프라이어 가는 아무 문제 없을 거란다. 형님과 랏시가 '약속

대로’ 안팎으로 신경 쓰고 있다며 네 일행인 학우에게 걱정 말
라고 꼭 전해달라고 하더구나.

아무튼, 혹시 선(先) 지원병의 파견이 가능할까 싶어 다레트
에게 연락은 해두고 출발했다만, 나라도 최대한 빨리 갈 테니 어
떻게든 하룻밤만 버텨라.

겁먹고 당황하거나 하지 말고! 아라드 가의 장손답게, 내 큰
아들답게 굴어라. 언제 어느 때나 너의 어린 아우에게 부끄럽지
않은 형이어야 한다. 알았느냐?

“그게 끝이었어. 난 잔뜩 쫄아서 ‘네, 아버지…….’ 라고 대
답하며 통신을 마치다가 네가 말한 ‘주화입마’ 에 빠진 격이
되었던 게지. 이제 됐냐?”

“다레트라면…….”

소레트, 다레트, 아레트. 혹은 소렛, 다렛, 아렛. 어떻게 부
르든 앞 글자만 따면 ‘소다~’ 가 된다는 우스갯소리로 아가
페가 제 누이들의 이름을 언급했던 적이 있었다. 그를 떠올린
제논은 녀석에게 되물었다.

“네 둘째 사촌 누나?”

“응. 다렛 누나네 시댁이 여기서 가까운 것은 아니야. 하지
만 오다가 새로 터진 광산 지역이 있었잖아. 그럼 그 근방에
누나네 사람들이 와 있었을 가능성도 있지. 아버진 그들의 경
호라도 먼저 받길 바라셨나 봐.”

아가페가 은근히 열등감을 가지고 있던 그의 사촌 누나, 아라드 자작의 둘째 딸에 대한 이야기다. 머리도 좋은데다 마법적 재능에 있어서는 집안 어른들을 능가할 만큼 탁월했지만 무지 게을렀다던 그의 둘째 누나. 보석을 가지고 새총을 쏘며 자랄 정도로 부잣집 아들이라는 프리—아카데미의 동학(同學)을 꼬여 시집을 갔다더니 과연.

원래 무엇으로든 부유해진 사람들은 돈의 흐름에 밝아지고 새로운 재테크에도 관심이 많은 법이다. 그런데 이미 노하우가 있다고 봐야 할 광산 분야의 대박 냄새를 맡았다면 강 건너 불구경했을 리는 없겠지.

'지원을 받았더라도 큰 도움은 안 됐겠지만.'

그러나 메탄의 생각은 다른 모양이었다. 제논이 잠시 말을 멈춘 사이에 대화에 끼어든다.

"하지만 우회해 버렸잖아. 그럴 줄 알았으면 '익룡들이 잠든 산'을 그냥 거쳐 가는 건데."

"괜찮아, 메탄 형. 어차피 다렛 누나에게 무얼 기대했다간 낭패 보기 십상이니까. 둘째 매형은 사업차 와 있을지도 모르지만 그 게으르고 굼뜬 누나가 호화롭고 안락한 안채를 떠나 이 부근까지 행차해 있을 리는 없고. 그럼 지원병의 파견 문제도 조속히 이뤄지진 않겠지."

"알았다. 그럼 이제 좀 쉬어라."

"……하지만 제논."

"그래, 아가페. 뒷일은 우리에게 맡기고 넌 이제 쉬어라. 빈혈을 일으키고 있는 것 같은데 무리하다 또 탈나면 어쩌려고. 메탄, 수프는 다 식었냐?"

"대충. 자, 사고뭉치야. 아~ 해라."

수프를 떠 먹여주는 메탄의 행동에 아가페는 점점 더 기가 죽었다. 코를 훌쩍이다 결국 오른팔은 괜찮다며 그릇을 받아 들곤 직접 떠먹는다. 미안함에 고개를 못 드는 아가페의 태도에 각터가 독려하듯 말한다.

"자정은 아직 멀었으니 대비할 시간은 충분해. 네가 버티고 있어봐야 별 도움도 안 될 테니 몸의 회복에나 신경 써야지. 우린 제논과 함께…… 제논?"

"후우~ 후루룩!"

불가로 가서 뜨거운 수프를 후후 불어마신 제논은 약간의 물과 건량을 챙겨 들곤 뒤늦게 대답했다.

"내 몫은 남겨두지 않아도 되니 아가페랑 요기하고 계십시오. 잠깐 산책 좀 다녀오겠습니다."

"……너무 멀리 가진 말게."

조용히 야영지를 떠나는 제논의 뒷모습을 쳐다보던 각터와 메탄은 곧 주변 정리에 들어갔다. 아가페는 몰라도 제논은 걱정할 필요가 없다는 생각에서였다.

함께 여행해 온 것이 하루 이틀의 일이 아니지 않은가. 상황이 허락하는 한, 밤늦은 시각과 새벽에 제논이 개인적인 수련을 위해 항상 자리를 비움을 알고 있었다. 때론 기사아카데미생인 자신들에게 자격지심을 불러일으킬 만큼 철두철미하고 부지런한 일행이 바로 제논이었다.

그뿐인가?

앞서의 정황상 깨닫기론, 마법 소설에나 나올 법한 '힐링 포션' 까지 소지하고 있었지 않은가. 틀림없이 아라드 가의 가보쯤 되는 보물이겠으나 어찌 된 영문인지 현재로선 프라이어 가의 제논이 소유하고 있었다.

적의 무리가 당장 쳐들어와 설사 모두가 당해 버릴지라도 제논만큼은 구사일생할 기회가 있는 셈이다. 그런 판국이니 제논의 안위보다는 자신들이 관련된 아라드 측의 통신 내용에 더 치중하는 각터와 메탄이었다.

"각터 형, 아가페 그새 잠들었다."

"지치기도 했겠지. 반토굴로 옮기느니 모닥불을 다시 피우는 것이 낫겠다. 모포도 한 장 더 덮어줘라."

잠든 아가페의 곁에 불을 피우고 간단한 요기를 하며 메탄과 각터는 둘만의 대화를 나눴다. 깜깜해진 주변을 경계하느라 가만가만 낮게 깐 음성으로.

"형, 어떻게 생각해? 우리도 귀성하면 좋은 소린 못 듣겠지? 오늘 밤을 잘 넘기는 것이 우선이지만."

"어쩔 수 있냐. 흔해빠진 실습 여행은 아니란 것에 위안해

야지. 적들의 공격에도 너나 나는 가능한 전면에 나서지 못하
고 구경이나 해야겠지만."

아라드 남작의 아줌마 보좌관이 그랬지 않은가. '부디 현
명하게 처신하십시오. 아가페 도련님만이 아니라 일행 도련
님들도 마찬가지입니다'라고. 그 점을 떠올린 메탄은 수긍의
표시로 고갤 끄덕이며 화제를 이었다.

"하긴, 마땅치는 않아도 우린 제논을 내세울 수밖에 없는
입장이지. 의리없는 짓이지만 어른들까지 나서서 연맹 간의
싸움으로 확대되지 않게 하려면 어쩔 수 없는 일이고. 어쩌면
제논의 진짜 실력과 한계를 목격할 수도 있겠다. 그런데 그러
다 제논이 크게 오해하진 않을까?"

"인마, 제논도 행정아카데미생이다. 너보다, 아니, 아가페
보다 더 똑똑한 녀석이잖아."

"맞아. 아가페는 꼴찌로 합격했었지. 제국의 내로라하는
수재들 중의 수재들 중에서도 꼴찌~ 쿡쿡."

"아가페에게 이른다."

우스갯소리로 긴장을 다스리는 메탄에게 각터 역시 우스
갯소리로 대꾸했다.

제논은 평소와 비슷한 시간이 흐른 후 일행이 있는 야영지
로 돌아왔다. 평소와 다름없이 체력 단련으로 인한 땀 냄새를
풍기면서, 평소와 다름없이 금빛 머리카락을 밤바람에 휘날
리며 개운하고 태평한 표정으로.

  각터와 메탄은 북부 연맹을 대표하는 아마자디 경기의 주전 선수를 대하듯 따뜻한 물수건과 따뜻한 차와 꼬불쳐 두었던 육포 등을 아낌없이 그에게 안겨주었다.

*   *   *

  “제논, 살인해 본 적 있나?”
  “……네?”
  “실수로든 고의로든 사람을 죽여본 적 있느냐고.”
  각터의 질문이었다.
  녀석, 아부하듯 이것저것 수발을 들어주더니 결국 넌지시 말을 꺼낸다. 깜박 잠이 들었다가 도로 깨서 불안해하고 있는 아가페의 곁에서 메탄도 귀를 세우고 있다.
  때는 이미 자정.
  늦은 시각 탓인지 달력상으론 이미 봄임에도 서걱서걱 밟히는 지면의 감촉은 겨울의 살얼음과 같았다. 북방의 여름은 어떨까 싶은 생각을 하며 제논은 을씨년스럽게 흐르는 밤하늘의 구름을 말없이 올려다봤다.
  각터가 무얼 우려하고 있는지 모르는 바는 아니나 답변해야 할 필요를 못 느낀 것이다. 그러나 그러한 제논의 표면적인 행동을 오인했는지 ‘역시나’ 하는 표정을 지은 각터가 격려하듯, 혹은 위로하는 어조로 말을 잇는다.

 제논 프라이어

“이제까지와는 달리 오늘 밤은 유혈 사태를 피할 수 없을
것 같아서 하는 말일세.”

“…….”

“나나 메탄이야 전공이 전공이니만큼 그러한 경험이 아주
없지는 않고, 걸음마를 배우기도 전부터 장난감 삼아 검을 쥐
기 시작한 터라 ‘검’ 이라는 것이 실지론 남을 해하기 위한 도
구라는 것도 충분히 인식해 왔지. 하지만 자넨, 물론 자네도
제국의 공식적인 준기사 자격을 보유하게 되었고, 그런 자네
의 실력을 모르는 바는 아니지만…….”

그렇다.

군사아카데미 생도로서 이미 기사의 위치인 그나 메탄과
는 다르지만 제논도 이제 아젤론 제국이 공식적으로 인정하
는 ‘준기사’ 의 신분이었다. 미처 언급할 기회가 없었지만 아
침에 들렀던 와이번 부대에서 예정했던 대로 마나수련법의
성취도 테스트를 거쳤던 것이다.

이제껏 경유해 온 다른 부대에서처럼 군량 납품 계약을 타
진하기 위한 방문이었으나 제논의 테스트 신청이 거절되진
않았고, 제논이 예의 마나 테스트를 간단하게 통과해 버린 것
은 당연한 수순이었다.

덕분에 메탄과 각터의 아마자디 대결 신청이 더욱 집요해
지긴 했지만 그것도 오늘 오후까지의 극성이었다. ‘익룡들이
잠든 산’ 의 기슭에서부터 현재와 같은 상황이 전개되어 버렸

지 않은가. 그들의 호승심이나 주의력의 대상이 전면 수정돼
야 했음은 불가피한 일이었다.

"걸음마를 배우기 전부터 검을 장난감 삼았다면, 마나수련
법은 몇 세부터 익히기 시작한 겁니까?"

"그야……."

말꼬리를 자르듯 불쑥 묻는 제논의 물음에 또다시 제논의
심중을 오인한 듯하다. 화제를 돌리고자 하는 것으로 받아들
였는지 약간 뜸을 들이다 답했던 것이다.

"보통의 기사 가문에서처럼 대여섯 살 경이었지. 메탄은
아라드 가와 친분이 있던 메세티 가문 출신이라 아라드 가의
조언으로 일곱 살이 넘어서야 시작했다지만."

"그렇군요."

가볍게 긍정한 제논은 더 묻지 않았다. 원판 제논으로서도
사실 프라이어 가의 마나수련법을 처음 접했던 것은 대여섯
살 경이었고, 아가페를 알기 전엔 그것이 보편적이고 적절한
시기임으로 이해하고 있었으니까.

"흠! 어쨌든……."

"걱정 마십시오. 전투 중에 문득 사람을 죽였다는 사실을
깨닫고 난데없이 겁을 먹거나 충격으로 뻣뻣이 굳어버리거나
하는 불상사는 없을 테니까요."

"하긴, 정식 기사 수업을 받지는 않았다 해도 자네 역시 검
을 다뤄왔으니…… 근데 연습과 실전이란 큰 차이가 있으니

문제지. 저들의 대부분은 변변치 않은 용병 나부랭이들이겠지만 머릿수에 있어선 만만치 않을 테고."

걱정스레 한숨을 섞어 뇌까리는 각터의 덧붙임처럼 칠흑 같은 어둠 저편이 꾸물꾸물 움직이고 있었다. 드디어 시작되려 하고 있었던 것이다.

'열, 스물, 서른, 마흔……'

허리에 느껴지는 대검의 무게를 의식하며 마음속으로 적들의 수효를 어림하던 제논. 그는 다른 일행이 있는 등 뒤를 턱짓하며 말했다.

"아가페에게나 가보십시오. 밖에 있어봐야 거치적거리기만 할 테니 토굴로 자리도 옮기게 하고."

"알았네. 근데……"

"각터 선배나 메탄 선배의 탓이 아니지 않습니까. 괜히 미안해하실 필욘 없습니다."

"그건 그렇지만…… 아무튼 뒤는 걱정 말게. 아가페를 경호하면서도 엄호는 확실히 해줄 테니까. 여차하면 본격적인 지원도 아끼지 않을 것이고."

의례적인 답례 삼아 제논은 가볍게 고갤 끄덕였다. 그러자 약간 맥 빠진 투로 조심하라 이른 각터가 터벅터벅 돌아간다. 제논은 일사불란하게 거리를 좁혀오고 있는 적들의 움직임을 눈여겨보며 생각에 잠겼다.

'확실히, 오늘은 대충 상황을 모면하는 방법으론 안 되겠

지. 내가 대체 어쩌다 이리 됐누.'

애초에 이렇게 되길 의도해 오긴 했으나 저들의 원래 표적이었던 아가페를 대신해 화살받이가 되어버린 스스로의 처지가 썩 달갑지는 않았다. 그렇다고 이제 와서 되돌릴 수도 없는 노릇이니 재고해 봐야 소용없지만.

팅~!

"헛! 어쿠……!"

누군가 함정을 건드렸다. 땔감을 구하러 다니던 제논이 설치해 둔 그것에 걸려 엉덩방아를 찧고 있다.

'놈도 왔을까?

더듬어보면, 아가페를 향한 저들의 보복이 현실적으로 구체화된 시점은 분명 '몬스터 부대'에서부터였다. 엘다의 주선으로 스위티를 포함한 부식 상품들의 군량 납품 계약을 처음으로 체결했던 그곳 부대.

제논 자신의 등 뒤에서 납치하듯 아가페를 빼돌린 직후, 메탄과 각터가 아마자디를 부르짖으며 깜짝 등장을 꾀하였던 그때가 생각난다.

스위티의 납품 건으로 로폰소 장교와의 미팅 직후 잠시 잠깐 아가페를 잃어버렸던 그 순간. 따돌리듯 먼저 토레노를 떠나도록 유도했다가 부지런히 뒤쫓아온 각터 네리만과 메탄 메세티를 다시 만났던 바로 그때.

 제논 프라이어

"어이~ 제논! 아마자디~!"

"제논, 여기야, 여기! 자네, 지금 어디다 대고 으름장인가? 우리라고! 그새 우릴 깨끗이 잊어먹기라도 했나?"

"아가페는 우리가 접수했지롱~!"

"……두 사람이었군요."

"그렇다니까! 우리가 아니면 누구였겠어?"

"형들! 숨자마자 실토할 거면 애초에 뭐 하러 숨어요? 어쩌는가 보게 좀 더 놔두지. 야, 제논! 이제 보니 너, 술래엔 별로 소질이 없었구나? 어째 숨은 방향조차 전혀 못 짚냐. 얼레리꼴레리~ 제논은~ 바보래요~"

"……내가 말을 말지."

그렇듯 싱겁게 끝나 버린 짧고 짧은 인질극이었으나 당시에 제논은 스스로의 직감을 착각으로만 치부할 수 없었다. 각터와 메탄은 애들 장난 같은 자신들의 속임수에 제논이 넘어갔다는 사실에 통쾌해했고 그들에게 협조하여 숨바꼭질 따월 벌인 아가페도 눈치 채지 못했었다.

하지만 제논은 아니었다. 잠깐 등 돌린 사이 아가페가 없어졌음을 깨닫던 그 순간, 그때 불현듯 느꼈던 싸늘하고 냉혹한 누군가의 시선.

적의라고는 깃들지 않아 되려 놓쳐 버렸던 각터와 메탄의 기척과는 사뭇 달랐었다. 그 때문에 아가페를 납치해 간 자의

것으로 오판하곤 엉뚱한 방향을 향해 으름장을 놓았었다. 그
때 시선이 느껴지던 어둠 속에 웅크리고 있던 놈의 정체. 앗
시 아줌마의 전문으로 신원은 파악됐고.

'케스윅 웰치, 그놈이었다는 거지? 어떻게 생긴 놈인지 상
판이라도 봐두었으면 싶은데.'

오늘도 제 사촌 누이라는 빨강머리에게만 맡겨둘 셈이 아
닌지 모르겠다. 아라드 남작이 지원군을 끌고 도착해 버리면
꼬리를 말아버릴 공산도 없지 않아 있는데.

"우앗! 이게 뭐야?"

"여보게, 쉿!"

'……아니? 있다! 놈도 왔어.'

아이러니한 일이지만 제논은 반갑기까지 했다. 몬스터 부
대를 떠난 후로는 한 번도 감각에 잡힌 일이 없어 이제껏 뒷
전으로 밀쳐 둬야 했던 놈의 시선.

싸늘한 기운의 그것이 다시 포착되었던 것이다. 함정에 걸
려 토굴에 빠지거나 올가미에 걸려 엎어지는 용병들의 뒤편,
약간 지대가 높아 둥그스름한 등선을 이루고 있던 쪽에서 제
논을 향해 쏘아지듯 꽂혀온다. 냉담했지만 무감정하던 그때
보다 훨씬 날카로운 적개심을 띤 채.

'후후, 노려보면 어쩔 거냐, 애송아. 용병 졸개들 뒤에 숨
어 있을 생각인가 본데 어림없지.'

차앙!

"어? 제논! 너무 일러! 좀 더 접근해 오면……!"

"1팀, 대열 정비!"

"우우!"

"공겨억~!"

"와아아아~!"

서슬 퍼렇게 검을 빼 드는 제논의 동작에 아가페를 들여보낸 반토굴의 옆에서 각터가 황급히 외쳐 온다. 하지만 직후, 상대편에서도 공격 신호가 떨어졌다.

지휘하는 용병의 그 우렁찬 음성도 아주 생소하지만은 않았다. 아직 꽤 거리가 있었지만 확신할 수 있었다. 킴바 웰치가 접선하였던 중년 용병들 중의 하나였던 것이다. 제논에게 푹 쉴 것을 권하던 퀼트 차림의 용병.

'예상대로 우두머리 격이었군. 서넛이었으니까 앞으로 최소한 두 팀, 총 아흔 명쯤 될까?'

그러나 그 이상 상대해야 할 것 같다. 살금살금 거리를 단축해 오다가 앞 다퉈 달려드는 1차 공격선만 해도 서른 명 가까운 수효였던 것이다.

쌕―! 피잉!

"제논! 조심……!"

캉! 까강!

단검 하나와 화살 두 개. 제논은 몰려오는 용병들 틈에서 어둠을 뚫고 날아온 그것을 가볍게 쳐냈다.

시도 때도 없이 기습을 감행해 오던 메탄의 아마자디를 무지 성가셔라 했는데 이런 경우엔 꽤 쓸모가 있는 연습이 된 셈이다. 지척에서 갑자기 검을 휘두르거나 찔러대던 메탄의 공격보다 차라리 막기가 쉬웠던 것이다.

"잘했어! 후방은 우리가 맡을 테니……!"

"메탄! 조금 후면 전방도 후방도 없어질 겁니다. 토굴을 떠나지 말고 아가페나 잘 지켜주십시오!"

"……조심하게, 제논!"

허허벌판을 야영지로 삼았던 죄(?)로 사방이 다 사정권에 들어감을 상기시킨 대화였다.

그러나 덕분에 한 가지만큼은 제논에게 유리했다. 아무리 자신이 집중포화를 받는다 해도 각터와 메탄이 마냥 손 놓고 구경만 하진 못할 게 아닌가.

우방인 그들을 믿고 못 믿고를 떠나, 설사 더 친숙한 사이인 누구라 해도 제논은 자신의 전력을 남김없이 공개할 생각은 없었다. 절체절명(絶體絶命)의 위기에 빠진 것이 아니라면 가진 패를 다 드러낼 필요는 없는 것이다.

"와아아아!"

'자, 어쩔까.'

시시각각 가까워지는 용병 무리를 지켜보며 제논은 잠시 고민했다. 적당히 시간을 끌며 지원병을 기다릴 수도 있었다. 하지만 아라드 측이 언제 도착할지 확실치 않으니 자칫 진짜

 제논 프라이어

위험에 빠질 수도 있음을 간과해선 안 되고.

닥치는 대로 저들을 베고 후방에 숨어 있는 놈(케스윅 웰치)에게까지 짓쳐들자니 사상자가 많을 것 같고, 일행 청년들의 안전도 등한시하는 꼴이 된다.

'어쩔 수 없지. 일단 기선 제압 삼아 몇 명 쓸어놓고⋯⋯.'

"이야압!"

"애송이 귀족 놈! 죽어라⋯⋯!"

깡—! 휘익~

지척에 이르러 야수와 같이 포효하는 용병 사내들의 무기가 작열한다. 그러나 방어하는 제논의 검에 막혀 불꽃을 튀기는가 싶더니 단말마와도 같은 마찰음을 내며 솟구친다.

"억⋯⋯?"

푸악!

순간, 검만 놓친 것으로 착각하던 상대방들이 피를 뿜어내는 스스로의 목덜미와 팔목을 움켜쥐며 휘청거린다.

방어하는 동작 한 번으로 대체 어떻게? 새파랗게 젊은 귀족 청년에게 너무도 어이없이 당해 버렸음을 깨닫곤 눈이 둥그레지도록 경악하는 두 명의 용병.

일검(一劍)에 둘을 베어버린 제논은 몸의 각도를 조금 바꿨다. 비틀거리며 물러서거나 피를 뿜으며 나동그라지는 그들의 최후를 지켜볼 계제가 아닌 것이다.

"이노옴⋯⋯!"

"조심해! 보통 놈이 아니야!"

반쯤 베어져 덜렁거리는 손목을 움켜쥐곤 목청껏 악을 쓰는 앞서의 용병. 그의 경고를 응원 삼아 거구의 용병 하나가 머리통만 한 철퇴를 휘두르며 잇달아 덤벼든다.

쿵!

차륵…… 퉁!

그러나 붕붕 허공을 가르던 상대방의 철퇴는 제논의 머리카락 한 올도 스치지 못한 채 땅바닥에 메다꽂혔다. 그 틈을 놓칠 제논이 아니었다.

흙먼지를 일으키는 철퇴를 밟고 날듯이 몸을 일으킨다. 빗나간 철퇴를 들어 올리다 '퉁' 소릴 내며 팽팽해지는 쇠사슬의 저항을 접하던 거구의 용병.

빠각!

인정사정없는 제논의 발차기에 턱뼈가 부서지는 충격을 받으며 나가떨어진다. 직후 찰나간의 정적.

"우… 우아아!"

"죽여! 죽여 버려!"

'이런, 너무 세게 나갔나?

순식간에 당해 버리는 선발(先發) 동료들의 모습에 한순간 멈칫하던 용병들이 불에 뛰어드는 불나방처럼 앞 다퉈 고함을 지르며 달려들기 시작한다.

계산 착오였다.

호전적인 저들의 자존심을 건드린 모양이다. 혹은 두려움을 자극당해 도리어 공격적이 되었거나.

힘깨나 쓰고, 무기깨나 다루고, 각종 싸움터에서 돈깨나 벌던 자들이지만 검술에 관한 그럴듯한 이론은커녕 체계적인 기술을 익히지는 못했기에 마구잡이식의 공격이었다. 하지만 헤피 상대할 수는 없었다.

'이거, 정신 바짝 차려야……'

"와아아~!"

챙! 챙챙!

대부분 30대의 나이로 보였고 그보다 젊어봐야 20대 중후반, 혹은 40대의 중년들도 여럿 뒤섞인 팀이었다. 하지만 연령에 관계없이 한결같은 무언가가 느껴진다.

한 번의 출정에 생사가 갈림을 통탄해하는 듯한, 불복할 수 없는 팔자(八字)에 발악하다 체념한 듯한, 혹은 비슷한 길을 걸어온 자들끼리의 동질감 같은 것.

그들이 가진 것은 오로지 크고 작은 전장(戰場)에서 이제껏 쌓아온 경험과 일단 시작된 싸움에 있어선 아낌없이 불태우는 불굴의 투지와 간간이 맞닥뜨렸을 실력자들을 상대로도 목숨을 부지해온 '운' 뿐이었다.

끼기기…… 깡!

"억……!"

그러나 제논은 그렇기에 더욱 목숨을 담보로 한 그들과의 게임에 가능한 성심껏 응대해 갔다. 칼싸움으로 밥벌이를 하는 저속함 속에는 그렇게밖엔 삶이 허락되지 않았던 서민들의 애환이 담겨 있는 법이다.

저쪽 세상에서 현진이 빚에 팔려 입대를 결정하고 젊음을 소진해야 했던 것처럼, 돈과 권력에 꿈도 포부도 저당 잡힌 채 택할 수밖에 없었을 딱한 삶의 역정.

쉬익—!

"크아아! 내 눈! 내 눈!"

"이봐, 뒤로 빠져! 비키라고……! 큭!"

푹!

'부디 평안히 가시오.'

경상이나 중상을 입고 물러나거나 몸부림치는 용병들의 틈바구니에서 하나둘 절명하는 사람들이 생겨나고 있었다. 그럴 때마다 제논의 손등은 점점 축축해졌다.

그럴 때마다 그의 하늘을 닮은 눈빛도 투명하도록 엷어져 갔다. 제논의 주위에 튀기는 붉은 핏방울도, 새빨간 핏줄기도 그 기세를 더해가고 있었다.

푸릉! 푸릉!

앞서 아가페가 벌인 소동으로 그렇지 않아도 불안해하던 말들이었다. 그런데 이제 고함과 비명, 그리고 병장기 부딪치는 소리로 귀청 따가운 전투장이 되어버렸으니. 그나마 두 필은 반토굴로 피신시킬 수 있었으나 내부가 좁아 나머지 두 필은 그대로 밖에 두었던 참.

"걱정 마라. 우리 편이 이기고 있다."

푸르르르!

"괜찮대도? 둘 다 진정해."

언뜻 잔혹해 보일 정도인 제논의 전력투구(?)를 지켜보며 자꾸 투레질을 하는 말들을 다독이는 메탄이었다. 그런 그의 곁에서 고삐를 묶어놓은 말뚝을 점검하던 각터가 혀를 내두르는 어조로 말한다.

"제논, 대단하네. 혹시나 했는데 전혀 동요하지도 않잖아. 아군인 것이 정말 천만다행이다, 메탄."

"아무리 그래도 난 이제 아마자디는 더 신청 못하겠어. 이제 보니 봐줘도 한참 봐준 셈이잖아."

"메탄, 제논은 지금 아마자디 친선 경기에 출전한 것이 아니다. 실전에선 저게 정석이야. 어떤 전투에서든 총력을 기울여야 하는 법이니까. 특히 타임도 없고 규칙도 없는 전쟁터에선…… 아가페! 고개 내밀지 마라."

"제논이 총력을 기울이고 있다면 봐두고 싶은데. 하지만 아니죠? 마나발현은 안 느껴지는걸."

"……"

반토굴의 말[馬] 머리 사이로 빠끔히 고개를 빼던 아가페의 지적, 그 때문에 문득 궁금해진 각터와 메탄은 잠시 머뭇거렸다. 그러다 조심스레 의문을 비췄다.

"아가페, 제논의 마나수련법 성취 수준이 어느 정도인지 알고 있나? 와이번 부대에서 마나 테스트를 주선해 주기도 했고 통과하는 것을 직접 보기도 했다만."

"난이도가 형편없이 낮았던 그 테스트로 어떻게 응시자들의 진짜 실력 수위를 가늠해요?"

"그러게 말이야. 암튼 제논의 마나발현 수위는……? 아냐?"

"귀띔해 드리면 내다봐도 되요?"

"뭐? 인마, 너……!"

"각터 형."

그러나 각터가 극구 반대하고 있을 필요도 없었다. 메탄의 나직한 호명과 더불어 새로운 적들의 접근이 캐치됐던 것이다. 정확히 제논의 '후방' 으로 자신들에겐 전방이 되는 방향에서 한 무리의 적들이 다가오고 있다.

"메탄 형, 왜 그래? 반대편에서도 놈들이 와?"

"오냐, 잔말 말고 들어가 있어."

"아가페, 우리도 더는 관전만 하고 있진 못하겠다. 무슨 일이 있어도 안에 있어라. 알았냐?"

"……네, 각터 형. 조심하세요."

스릉— 창!

아가페의 검붉은 머리꼭지가 푸르릉거리는 말들의 사이로 가라앉자 메탄이 기세등등 검을 빼 든다. 제논이 처음에 그랬

던 것처럼, 제논의 선전(善戰)을 구경만 하자니 근질거렸는데 잘됐다, 하는 식으로. 그리곤 반토굴의 지붕을 꼼꼼히 덮어놓는 각터에게 넌지시 말한다.

"형, 굳이 아가페에게 캐묻지 않아도 되지 않겠어? 우리가 먼저 전력투구를 하면 되지."

"어차피 총력을 기울여야 한다니까. 하지만 최대한 자리를 지키며 방어에만 전념해라. 무슨 말인지 알지?"

"네네, 최선을 다해 방어해 봅시다. 그러고 나면 제논과의 실력도 저절로 비교가 될 테니까."

스릉.

어깨를 으쓱한 각터는 일행 중에 제일 연장자답게 차분히 검을 빼 들었다. 전면에 나서는 것을 삼가야 하는 입장이긴 하지만 저들 쪽에서 공격해 오는 데야 계속 강 건너 불구경하고 있을 수는 없는 일. 그는 반토굴집을 중심으로 메탄과 일정한 간격을 두고 자리를 잡았다.

'그래, 해보자! 제논의 마나발현 실력이 어느 정도든, 내 슬럼프쯤은 떨칠 수 있을지도 모르니까.'

그가 겪고 있는 슬럼프의 종류는 '마나유동의 불규칙성'이라 할 수 있었다. 내적으로든 외적으로든 컨디션이 그리 나쁘지 않을 때에도 종종 마나발현이 뜻대로 되지 않는 증상이 따르고 있어 고민이었던 것이다.

그 때문에 메탄과 달리 제논과의 아마자디에 열의를 띨 수

없었던 각터였다. 충분히 기습이 가능하다 싶은 순간을 포착
했어도 마나홀을 깨운 직후의 과정이 지지부진하기 일쑤였던
터라 그냥 넘기곤 했으니까.

'하지만 오늘은 안 돼. 까딱 잘못하다간 피 보기 십상이지.
더 재수없으면 죽을 수도 있고.'

평소에는 그러려니 했던 슬럼프였으나 지금과 같은 유사
시엔 크게 낭패를 볼 수도 있는 애로점이었다. 그러한 약점을
언제까지 떠안고 지낼 수는 없는 일.

'적어도 제논보단 선전해야……'

서로의 실력 수위를 비교하는 차원이 아니라 몸성히 살아
남는 것이 우선이어야 했지만, 메탄처럼 슬그머니 경쟁 의식
이 도지는 각터였다. 솔직히, 4년 후배에 5살이나 어린 이웃
아카데미생에게 뒤져서야 체면이 서지 않는 일이 아닌가.

"2팀, 앞으로!"

우르르!

"쳐라! 사정 봐주지 마!"

"와아아~!"

'온다!'

적들의 함성 속에 마나홀을 깨우는 각터의 표정에도, 받아
칠 준비를 하는 메탄의 표정에도 비장함이 감돌기 시작한다.
어느 편에게든 힘든 밤이 될 것 같았다.

Chap. 4
신용거래 위임장

신용거래 위임장

“저게 뭐야! 한 명도 못 당하잖아!”

“킴바, 물러나 있어!”

“하지만 오라버니……!”

그러나 반발하던 킴바는 곧 입술을 깨물고 물러났다. 돌아가는 상황을 서로 모르는 것도 아닌데 성질 더러운 그를 더 자극할 필요는 없다는 생각에서였다.

“저, 킴바 아가씨, 자리를 피하심이…….”

“시끄러!”

그림자처럼 항상 자신을 따라다니는 몸종 도나도 위기의식을 느끼는 모양이었다. 닥치라는 대꾸에 잠자코 물러났지만 모닥불의 희미한 불빛으로 구분되는 먼발치의 전장에 불안 가득한 시선을 뺏기고 있었으니까.

하기야, 언뜻 봐선 압도적인 머릿수 차이로 단연코 아군이 유리한 상황이었다. 그러나 눈먼 장님이 아닌 이상 전세(戰勢)의 흐름이 어느 쪽으로 쏠리고 있는지 구별 못할 바보는 없었던 것이다. 그런데도 케스윅은,

"얍삽한 놈들! 자기네들이 지금 토굴에 숨겨놓은 공주를 지키는 황실근위대라도 되는 줄 아나? 꼴에 기사랍시고 한 놈도 자리를 벗어나지 않네?"

'그걸 말이라고 해? 자릴 벗어날 리가 없잖아!'

킴바와 비슷한 생각인지 입을 실룩인 용병대장 하나가 투박한 어조로 말문을 연다.

"어쩌시겠소?"

"어쩌긴? 놈들이 지칠 때까지 밀어붙여야지."

"저들도 몸이 무쇠는 아닐 테니 지치긴 하겠소만, 그사이 우리 부하들은 어쩌라고?"

"그게 용병 된 자의 입에서 나올 대사인가? 설사 전멸이 될지라도 값을 받은 만큼은 싸워야지! 게다가 자네들의 팀은 아직 투입시키지도 않은 시점이잖아."

"언제 어떻게 투입시킬 거냔 말이오, 귀족 양반."

'그래, 나도 그게 궁금해!'

언제 나머지를 투입시키고, 언제 '직접' 나설 요량인지 묻

 제논 프라이어

는 물음이었다. 애당초 킴바가 사촌 오라비인 그의 지시에 따라 용병들을 모집할 때 그들에게 내걸었던 조건을 상기시키는 물음이기도 했다.

신분 고하를 막론하고 아젤론 제국의 신민이라면 결코 거부할 수 없는 '황족'으로부터의 지령을 미끼로 그들을 수소문했었다. 그러나 불행히도 그들 용병 무리들은 단순히 명예욕에 좌지우지되는 자들이 아니었다.

심지어 고작 네 명일 뿐인 저 타깃들의 코앞까지 친히 데려가 선을 보였음에도, 의심 많고 수지타산에도 밝은 용병대장들을 설득하기 위해선 몇 가지 거짓부렁에 진실을 섞어 실토하는 수밖에 없었다.

사실 그분(토레노의 모(某) 황족)께서도 저들의 죽음을 원하신 게 아니라 그저 혼쭐을 내는 선에서의 '훈계'로 저들에게 잘못을 반성케 할 의도이실 뿐이다.

넷 중에 셋이나 '북방'의 귀족 자제들임을 두고 망설일 필요도 없다. 너흴 지휘하러 어려운 시간 내어 곧 당도하실 내 사촌 오라비도 귀족 가문의 제1순위 계승자이고, 나 역시 귀족 출신으로 빠지지 않는 신분이니까.

오라비는 아마 사립아카데미의 대표 삼아 황립아카데미생들과의 단체 아마자디 구도를 대외적인 명분으로 삼을 것이다. 그러니 설사 공격의 결과가 시원치 않더라도 너희 무리에게 후환이 따를 일은 없을 것이다.

더구나 그분의 명을 받드는 새로운 지원병들도 오래지 않아 합류해 올 예정이다. 그러니 그대들은 그저 상대편의 체력 소비를 위해 선발로 나서주면 된다.

그렇게 어르고 달래 너댓 명의 용병대장을 포섭하는 데 성공하긴 했으나 막상 전투에 투입시키고 보니 상대편의 전력이 예상을 웃도는 수준이 아닌가.

파지직!

"크아악!"

너무 신중하다 싶게 방어에만 치중하던 각터 네리만의 검에서 마나발현에 따른 스파크가 인다. 그런 그의 검로(劍路)에 따라 일시에 솟구치는 용병들의 핏줄기.

넘치지도 부족하지도 않은 매우 효과적인 공격으로 다수의 사상자를 내고 있는 각터 네리만 못지않게 메탄 메세티의 기세도 가차없었다.

북방에선 잔인한 과거의 전적(前績)으로 이름 높다는 메세티 왕정, 용병들이 자신의 청탁을 수락하는 데 있어 가장 걸림돌이 되었던 그 가문의 직계다웠다.

정식 기사로서의 짧은 경력 탓인지 각터 네리만처럼 육안으로 확연히 구별되는 마나발현을 선보이진 못하고 있었다. 그러나 검의 궤적에 따른 사상자의 숫자는 결코 그보다 덜하지 않았던 것이다.

그리고 무엇보다 제논 프라이어의 선전. 각터 네리만처럼 화려하지는 않았고, 메탄 메세티처럼 난폭하진 않았으나 누구보다 주목받는 검술을 펼치고 있었다.

도저히 십육 세의 행정아카데미생으론 보이지 않았다. 맨처음, 두 명의 용병을 단칼에 베어버리고 거구의 턱뼈를 걸어차 부숴 버리던 시작처럼 과감하고 매몰찬 공격력에 그지없이 침착하고 안정된 동작들.

검의 파괴력을 증강시키고자 여타의 마나 수련법을 딱히 가미시키지도 않고 있음에도 셋 중에 누구보다 철벽같은 수비력을 보이고 있다.

불필요한 동작은 하나도 섞이지 않은 지극히 깔끔하고 여유롭기까지 한 검술, 또한 주먹과 팔다리 등의 신체를 고루 이용한 파격적이고 효율적인 방어전.

움직임에 따라 흔들리는 그의 금빛 머리칼이 황금 가닥처럼 불빛에 반사되는 것이 영롱하기까지 하다.

'몰락 가문 출신으로 황립아카데미생이 된 것만도 대단한데, 어떻게 저런 실력을 쌓았을까.'

게다가 앞서 인가에서 '마나 수련법의 성취도 테스트' 가 운운되었던 메탄 메세티와의 대화도 있었으니 앞으론 더욱 향상될 것이 틀림없는 일.

부럽기 짝이 없었다.

자신은 직계 비속에게만 전수되는 웰치 가문의 마나 수련법을 전승받고자 발등을 찍고픈 대가를 치러야 했는데. 직계

장남인 케스윅에게 '약혼' 이라는 허울 좋은 미명하에 일찌감치 인생을 저당 잡힌 형편이었던 것이다.

해가 갈수록 탐탁지 않은 그와의 약혼 상태도 자신이 사립 아카데미에 진학하고 케스윅이 휴학하던 와중에 어느 틈인가 흐지부지된 관계 형식으로 전락해 버렸다. 그렇지 않아도 오라비의 숨겨진 여자임을 견뎌온 것이 수년째인데 행여 버림이라도 받을까 봐 싫은 소리 하나 못하는 처지.

그럼에도 마나 수련법의 성취는 보잘것없는 수준인지라 동부의 기사 예비 학교 출신이며, 기부금 입학으로나마 검을 전공하는 사립아카데미생임을 자랑삼지도 못한다.

자신에게 재능이 없어서가 아니라 웰치 가문의 마나 수련법에 문제가 있어서임을 확신하고 있는 킴바였다. 열 살이 한참 넘어 느지막이 시작한 것도 문제였지만 큰집이자 예비 시댁인 본가의 마나 수련법이 도입부만 번지르르한 내실을 지녔던 탓이 더욱 컸다.

그 때문에 케스윅 웰치의 실질적인 검술 실력도 사실 어디에 내세울 만한 것이 못 되었다. 사립아카데미로 진학할 때 애초의 전공대로 행정 쪽을 지향했더라면 이도 저도 아닌 현재의 결과는 피할 수 있었을지 모른다.

하지만 고집불통에 자존심만 센 케스윅은 황립 행정아카데미의 진학에 연달아 실패하자 홧김에 일 저지르듯 전공을 바꿔 진학해 버렸다.

아무리 황립 군사아카데미의 입시에 낙방하여 사립을 택한 동급생들이라고 해도 어려서부터 검을 전공한 그들과는 천지 차이의 실력임을 무시한 채로.

결국, 그렇지 않아도 막대한 비용이 드는 사립아카데미의 재학 비용을 남들의 배 이상 지출하며 몇 년을 보내다 보니 웰치의 본가로서도 그의 학비를 감당하지 못하고 끝내 휴학할 수밖에 없는 지경에 이르렀던 차.

이래저래 지금에 이르러선 킴바의 등록금마저 간신히 조달받고 있는 처지이다. 그랬기에 그가 천우의 기회라 호언장담하며 일을 추진케 했던 오늘의 전투는 꼭 이겨야 했다. 용병들을 고용하느라 지출한 경비를 어떤 식으로든 회수하기 위해서라도 반드시 성과가 따라야 했다.

그들에게 지불한 금화들의 대부분이 킴바 자신이 결혼할 때 쓰고자 모아둔 쌈짓돈이자 비자금으로, '지참금'에 속하는 재화이기도 했으니 더더욱.

그런데 초반부터 회의적인 예측이 드리워지고 있다. 더욱이 저들의 전력은 그들 셋이 다가 아니지 않은가. 겁 많은 토끼처럼 반토굴에 숨어선 코빼기도 비추지 않고 있는 가늠 불가능한 복병도 하나 있었다.

아가페 아라드가 바로 그이다.

그에 관해 킴바는 이번 일에 개입했다가 처음 알게 되었다. 놀랍게도 황실의 황족보다도 귀하다는 마법사 가문의 장자라

하였다.

그저 마법을 동경하여 개별적인 동호회를 결성해 연구 활동을 해온 부류에 속하는 정도가 아니라, 진짜 마법을 시전한다는 전통 마법사 가문의 마법사 후계자.

바로 아가페 아라드, 그의 존재 때문에 킴바는 허황해 보이던 케스윅의 계획에 두말 않고 뛰어들었었다.

마법에 뜻을 두고 연구 개발에 진력하고 계시다는 예의 황손께서 탐낼 만한, 호되게 질타하여 당신께 저지른 무엄함을 속죄케 하고 우방이자 충신으로 돌아서게끔 훈계할 법한 대상이라 여겼던 것이다.

그런데 살상용 마법 아이템까지 소지하고 있던 아가페 아라드는 일선에 나서지도 않은 시점에 이미 전세의 흐름이 상대편으로 기울고 있었으니.

'저래 가지고야 어떻게……'

"무얼 그리 조급해하나? 기다리게! 나머지 팀을 투입할 시기라 판단되면 즉각 지시할 테니."

성적은 가히 높지 않았다 해도 기사 예비 학교 때부터 전략 전술에 따르는 이론 수업을 실기 수업과 더불어 6년 이상 배워온 킴바였다. 프리—아카데미 출신이지만 사립 기사아카데미에 먼저 진학했다가 병영 연수를 하고 있던 터라 케스윅도 그쯤은 교육을 받았다고 봐야 했고.

그런데 언제 어떻게 나머지 팀을 투입할 것이냐는 용병대장의 질문에 그렇듯 무성의하게 답하는 케스웍이었다. 대체 어디서 나오는 자신감인지는 알 수 없으나 점점 못 미덥기는 용병대장들이나 킴바나 매한가지였다.

"오라버니, 뾰족한 계획이 없다면 차라리……."

"킴바, 나서지 말랬지!"

"레이디 아가씨의 말이 맞아! 이보시오, 귀족 양반, 뾰족한 수가 없다면 지금이라도 지휘권을 우리에게 그냥 맡겨부랑께? 약조했던 대로 최대한 저들의 힘을 빼주는 것쯤은 해줄 수 있으니께. 이대로 마구잡이식 공격 패턴을 고수하다간 부하들의 피해가 너무 크단 말이여!"

"……무식한 무지렁이임을 그리도 티내고 싶나?"

"아따! 아무리 무식해도 저대로 가다간 1팀과 2팀이 초토화될 거라는 것쯤은 알제!"

4팀의 대장인 중년 용병이었다. 사투리를 남발하는 그의 말주변에 케스웍이 상대 못하겠다는 듯이 인상을 쓰자 먼젓번의 용병대장이 눈치를 주며 다시 묻는다.

"이봐, 자넨 좀 찌그러져 있어! 고용주 양반의 심기를 흩뜨려서야 되겠나? 어쨌든, 그 투입 시기란 것이 언제쯤 판단되고 어떻게 지시되겠소이까?"

그러나 덕택에 더욱 냉담한 표정이 된 케스웍 웰치는 대답에 잠시 뜸을 들였다. 그러다 우락부락한 용병대장들의 눈빛이 험악해지자 차갑게 입을 연다.

"사실 언제든 어떻게든 크게 상관은 없다. 쉴 틈을 주지 않는 식의 투입이면 충분해."

"상대편의 체력이 바닥을 치면 그때 유유히 나서시겠다? 접수했수다. 그리고?"

"본때 삼아 한 놈만 잡으면 되지."

"좋은 생각이오. 그런데 누굴?"

"아가페 아라드는 제 개인기만이 아니라 소속 가문의 전력도 가늠하기 애매하니 직접적인 본때를 보여줄 순 없고, 메세티 가문의 셋째 왕자도 제외해야 할 것이고, 네리만 가문의 장자도 피하는 것이 좋을 것이고."

"이모저모 따져도 출신 배경이 제일 빈약한 제논 프라이어밖에 없긴 하겠소만, 하필이면 그를……."

"맞아, 하필이면 그 도령을~"

"그가 왜?"

그러나 케스윅은 답변을 들을 수 없었다. 무식한 무지렁이의 눈으로는 개중 제일 만만치 않은 실력임으로 어림하고 있던 차이나, 친절히 설명해 줄 생각은 절대 없었던 것이다. 우방들이 한 명이라도 더 사지가 멀쩡할 때 빼돌려야겠다는 생각에 다짜고짜 각적(뿔피리)을 불기 시작한다.

뿌우! 뿌우우―!

"와아아아~!"

1팀과 2팀에게 보내는 전략 신호였다. 기다렸다는 듯이 화

답하는 함성 속에 각각의 대장들이 목청껏 호령한다. '대열 재정비! 활시위 준비!'라는 내용으로.

제일 먼저 '재정비'된 것은 열 구 남짓한 전사자의 시신과 시체나 다름없는 중상자들이었다. 그들이 경미한 부상을 입은 용병들에 의해 뒷전으로 추슬러지거나 부축을 받자 전투의 양상이 슬슬 바뀌기 시작했다.

활을 소지한 용병들은 일부에 불과했으나 동료들의 부축으로 물러나던 부상자들까지 암기를 꺼내 들었고, 온전한 용병들은 두세 명씩 짝을 지어 각자 상대하고 있던 표적들의 앞에 줄을 서듯 배치되었다.

희미한 모닥불의 불빛이 밝혀진 상대편 진영을 중심으로 거대한 링이 형성된 셈이었다.

"조준, 발사!"

"공격, 공격!"

연이어 궁수들의 시위가 당겨졌고 세 명의 표적이 각자 자신들을 향해 쏘아져 오는 화살과 암기들을 쳐내는 순간, 짝을 이룬 용병들의 시간차공격도 가해졌다.

창창창창!

"치고 빠져! 공격, 공격!"

"발사! 조준! 다시 발사!"

히이이잉!

말뚝에 고삐가 묶여 제자리걸음이던 말들이 기겁하며 허

공을 차기 시작한다. 반토굴로 피신한 다른 말들과 달리 몸의 어딘가에 비수라도 맞은 눈치다. 그 틈에 어둠 속에서 대기 중이던 다른 용병 무리에게도 명이 떨어졌다.

"3팀 기마병! 교대 준비!"

"4팀! 물귀신 작전 준비!"

"돌겨억~!"

"와아아아~!"

그렇게 먼발치의 격전지로 전원 투입되는 용병 무리들을 지켜보며 킴바는 입술을 깨물었다. 이 무슨 불공정하고 비신사적인 게임이란 말인가. 겨우 서너 명을 상대로 백여 명이나 되는 현직 용병이 투입되다니.

비록 제 자신이 모집해 온 병력들이긴 하나 막상 실전이 되고 보니 초조감을 누를 수 없다. 그러다 보니 이곳으로 오는 중에 용병대장들이 케스윅 모르게 은근슬쩍 건네왔던 얘기도 한층 부각되는 킴바였다.

"이봐, 레이디 아가씨, 충고 삼아 한 가지 말해주는 건데, 혹시 줄을 잘못 선 것은 아니야?"

"줄을 잘못 서다니……?"

"아가씨가 우릴 꼬시느라 설탕발림처럼 입에 담던 그 아무개 황손에 대해 알아봤거든."

"맞아. 계승 서열이 별로 안 높던데? 현(現) 황제가 노쇠하긴 했지. 쉬쉬하고 있다지만 풍문으론 몇 년째 병세의 차도도 없다니 황위 교체가 멀지 않긴 하겠어. 근디 아가씨의 그 황손은 황제의 황태자이기는커녕 황태자와 같은 항렬도 아니고 황태자의 장남도 아니더구먼?"

"……."

"그게 무슨 뜻인지는 아나? 너무 늦기 전에 잘 생각해 보라고. 일단은 아가씨가 선(先) 고용주이니까."

곱씹을수록 용병들의 충고가 타당하다 싶고, 이런 상황까지 오게 만든 스스로의 판단이 후회스럽기 짝이 없다.

어쩌다 이렇게 되었을까.

수도의 아카데미에 있어야 할 자신이 왜 고가(高價)의 수업료를 허비하며 이곳에서 아까운 시간을 탕진하고 있는 것일까. 애초에 개인 수련을 빌미로 수업까지 빠지고 케스윅을 면회하러 오지 말았어야 했다.

'오빠는 못 이겨. 절대 못 이길 거야.'

"자식들, 어디 얼마나 버티나 보자. '일당백'의 재목이라고 자화자찬하는 황립아카데미생들이니 이름값은 해줘야 맞지. 안 그러냐, 도나?"

"어, 네……."

자신을 뇌두고 하녀에게 눈짓을 하는 저 꼬락서니라니! 본능적으로 입술을 비틀던 킴바는 다음 순간 아예 눈에서 불꽃을 튀겼다. 주제 파악이라곤 못하는 케스윅이 흘끔 쳐다보며 얼토당토하지 않는 소릴 해왔던 것이다.

"킴바, 너는 몸이 근질거리지 않냐? 네 특기가 암수(暗數)잖아. 실습도 해볼 겸 끼어보지 그래?"

'뭐?

그래! 정통 검술이나 마나 수련법은 몰라도 내가 그따위 것에 특기가 좀 있다. 그래서 지금 나더러 저들 틈에 끼어 암기라도 쏘란 말이야?

그토록 잘나빠진 척하는 넌 제대로 된 과목에 적성이라도 한번 발휘해 봤어? 사립아카데미씩이나 다녔으면서 그 흔한 장교 계급이라도 달아봤느냐고? 우물 안 개구리였던 주제에! 대체 언제가 돼야 정신 차리고 살래?

라고 응수해 주고 싶었지만 착 가라앉은 음성이 된 킴바는 무미건조하게 질문했다.

"내가 자릴 비켜 드리길 바라세요, 오라버니?"

"앗? 저, 저는……!"

그랬더니 하는 소리 보라. 당장 눈치를 채고 화들짝 놀라는 도나를 비웃듯 쏘아보며 위해주는 척한다.

"네 평판 문제 때문이잖냐. 어두워도 장소가 장소이니만큼 애더러 비키라 하기엔 좀 뭣하지."

'개자식, 음험하고 간악하고 야비한 자식! 내 평판은 네놈 땜에 이미 옛날부터 바닥이었어!'

그러나 욕설을 삼킨 킴바는 고고한 레이디로서의 처세를
빌어 엉거주춤하는 도나를 향해 말했다.

"도나, 내가 좀 피곤하구나."

"네, 아가씨! 지금이라도 인가로……!"

"아귀다툼 중인 용병 무리에 합류하는 것은 내키지 않고
시끄러운 근처에서 야영할 생각도 없다. 그렇다고 곧 전투에
임하실 오라비를 두고 혼자만 쉬러 갈 순 없으니 네가 남아
시중을 들어드려라. 난 먼저 가 있겠다."

"아가씨, 그러지 마세요! 제발……."

"하지만 자릴 '비켜주기' 전에… 삐익~!"

다각다각.

휘파람으로 말을 부른 킴바는 태연하게 서류 몇 장을 내밀
었다, 본부인 앞에서 공개적으로 외도를 허락받고 있는 식이
되어 있던 잘난 사촌에게.

"결재해 주세요, 오라버니. 용병 모집에 너무 큰 비용을 들
인 덕에 지금 깨끗이 무일푼이거든요."

"나도 지금은 돈이 얼마 없는데? 자릴 피해 있으려면 숙소
가 있는 마을까지 가지 말고 오던 길에 있던 캠프촌에 가 있
어라. 하루 이틀 안에 갈 테니까."

"이건 신용거래 위임장이에요. 제 출신 성명을 걸고 신용
거래로 빌린 금액도 꽤 되어서 어디의 인가든 그냥은 못 돌아
가요. 이자가 더 쌓이기 전에 원금의 일부 정돈 상환해 둬야

제 신변 안전에 문제가 없을 테니까요.”

“그렇다고 다른 대금업자에게 또 빌려서 갚아봐야…… 쯧, 애당초 돈놀이꾼들을 뭐 하러 찾아가서는…….”

‘네가 시켰잖아!’

“이왕이면 다른 귀족들의 조력도 받아보지 그랬냐. 일부라도 경비를 부담해 주겠다는 사람들이 있었을 텐데.”

“……”

기가 막힌 킴바는 말문마저 막혔다. 지금 자신에게 몸뚱이라도 팔아 조력자들을 끌어들였어야 했다고 비꼬는 것인가? 제발 말 같은 소릴 할 것이지!

자신이나 되니까 밑도 끝도 없는 제놈의 오산(誤算)에 동조해 온 것이지, 누굴 상대로든 무얼 더 어쩌라고?

쓱쓱.

그러나 다행히 놈은 더 말하지 않고 설렁설렁 서류를 훑어보다 결국 사인을 해주었다. 위임장을 받아 든 킴바는 회심 어린 눈빛을 감추며 안도의 숨을 쉬었다.

원금의 일부를 상환하기 위한 서류 처리가 아니라 전액 상환을 꾀하기 위한 위임장이었던 것이다. 어두워서 서류의 내용까진 조목조목 읽고 검토하기가 여의치 않자 그도 그냥 결재를 해주었던 것.

‘흥! 오빠도 한번 당해보시지.’

이로써 오늘의 전시에 따른 모든 책임을 케스윅에게 전가

 제논 프라이어

시킬 수 있게 되었다. 행여 일이 잘 풀린다면 예정대로 케스윅의 공이 되는 것이고, 우려하던 것 이상으로 일이 틀어진다고 해도 킴바의 책임은 아닌 것이다.

본가인 웰치 가문의 문책은 받겠지만 적어도 빚 독촉에 시달리거나 빚에 팔리는 불상사는 없을 테니까.

푸릉.

"그럼 돌아가 있을게요. 꼭 목적한 바를 이루……."

"킴바 아가씨! 저도……!"

"버릇없는 것! 닥치지 못할까?"

"킴바, 언성 높이지 말고 그만 가봐라."

"……조심하세요, 오빠."

마음에는 없지만 의례적으로나마 작별 인사를 남긴 킴바는 망설이지 않고 박차를 가했다. 그렇게 미련없이 자릴 뜰 수 있었으나 딱 한 가지…….

"아가씨……!"

소름 돋는 무기 소리와 함성 소리가 끊이지 않는, 결코 유쾌하지 못한 남자들의 전쟁터. 죽음의 위협처럼 펼쳐진 그곳 전장을 등진 채 울상이 되어 있던 도나.

간혹 그래왔듯이 자신을 대신해 케스윅의 성욕 배출구로 남겨진 그 가여운 것이 손에 쥔 제 조랑말의 고삐를 당기며 겁에 질려 한두 걸음 쫓아온다. 그러나 곧 놈에게 붙들려 고삐를 놓치고 있었다.

'미안해, 도나. 오늘도 너무 미안해.'

고향의 겨울처럼 춥고 시린 북방의 밤, 습기를 머금은 맞바람에 티끌이 섞여 있었는지 눈물이 나왔다. 쓰린 눈가를 닦으며 벌판을 벗어난 킴바는 곧장 남하해 갔다.

*   *   *

도나에겐 안된 일이었지만 중부와의 국경선을 향해 '남하'를 선택한 킴바의 결정은 그녀 자신을 위해 백번 잘한 일이었다. 킴바가 전투가 벌어지고 있는 벌판을 등진 지 오래지 않아, 아라드 남작이 자신의 장남인 아가페에게 언급하였던 '지원병'의 도착이 예정되고 있었던 것이다.

험난한 산지를 우회하느라 바로 남하해 오진 못하고 '익룡들이 잠든 산'의 남쪽 기슭을 거쳐 온 그들.

따각따각따각!

덜컹덜컹!

"아아, 경들~! 아직 멀었을까요?"

"조금만 더 가면 될 겁니다. 괜찮으십니까?"

"아아, 괜찮을 리가 없잖아요오."

"그러게 부군을 보내실 일이지."

"아무리 그래도 내 귀여운 남동생의 안위가 걸린 일인걸요. 우리 그이는 자릴 비우면 안 되고, 간만에 동생은 보고 싶고, 경들에게 먼저 출발케 하자니 산길이 무섭고…… 우웁! 멀미도 심해지고. 여러모로 괴롭군요."

그녀는 '다레트 플레임' 이라는 이름의 젊은 부인이었다. 호화롭고 안락한 시집의 안채를 벗어나 근처까지 행차해 있을 리는 없으리라고 아가페가 단정을 지은 바 있는 그의 둘째 사촌 누이. 원래는 다레트 아라드였으나 결혼과 함께 '다레트 플레임' 으로 이름이 바뀐 아가페의 친인척.

굼뜨고 게으르다 했던 것처럼 그녀가 탄 마차를 앞세운 행렬인지라 확실히 운행이 빠르진 않았다.

하지만 그녀를 호위할 겸, 위험에 빠졌다는 아가페 아라드와 그의 일행인 청년들을 지원하고자 나선 기사들은 결코 가벼운 규모도 가벼운 존재도 아니었다.

예를 들어, 백마의 안장에서 마차와 보조를 맞춰 진행하고 있던 여기사 하나만 봐도.

"부인, 비가 내리려는지 밤바람이 제법 찹니다. 고뿔에 걸릴지 모르니 창문을 닫고 계세요."

"아아, 공주님, 하지만 아름다운 공주님의 옆모습이 꽤 눈요기…… 아니, 울렁이는 속을 진정시키는 데 도움이 되어서 말이에요. 전혀 춥지 않아요."

다레트가 그녀를 공주라고 호칭하는 것을 들었는가? 자원의 보고인 북부에서도 광산 부자로 소문난 플레임 가문의 며느리. 하지만 그런 다레트라도 '공주' 로 지칭될 만한 여기사를 고용할 정도는 아닐진대 어찌 된 일일까.

"사실 춥다기보다는 흥분으로 열이 날 정도네요. 공주님의 경호를 받는 기회가 자주 있으려고요. 흔치 않은 기회이니 한순간도 놓칠 수 없…… 우읍!"

"단순한 멀미도 아니지 않습니까. 힘드시면 차라리 잠시 쉬어 가는 것이 어떤가요."

"아아, 하지만 아름답고 강직한 공주님! 제가 마차를 세우면 공주께서 먼저 달려가 철없는 내 남동생을 첫눈에 반하게 만드는 사태가 생길까 봐서. 그런 영광된 불상사는 사전에 방지해야 하오니 기필코 제가 먼저……."

"부인, 약속드린 것처럼 나는 꼭 부인 다음으로 도착하도록 하겠습니다. 그런데 그사이 혹여 아우님에게 되돌릴 수 없는 위험이 닥치면 어쩌지요?"

"아아, 그래서 제 말이 그거…… 쿡쿡! 보좌관님의 눈초리가 넘 무서워서 더는 장난을 못 치겠네요. 네, 공주님, 저 못지않게 걱정되시는 듯하니 기사들을 일부 선발로 보내시는 것에 동의합니다. 저와의 신용거래에 살짝 위배되는 사항이 되긴 합니다만 그쯤의 융통성이야 있죠."

"차스키!"

허락과 같은 다레트의 동의가 떨어지자 그녀는 대뜸 다레트가 거론한 자신의 보좌관을 호명했다. 중년 기사인 그도 즉각적인 답변으로 부름에 답해온다.

 제논 프라이어

"부관 두 명만 데리고 가겠습니다. 다레트 플레임 부인을 모시고 천천히 오고 계십시오."

"……부탁해."

고개를 까닥한 차스키가 발목을 잡고 있던 걸림돌을 박차듯 속력을 내기 시작한다. 그의 눈짓을 받은 두 명의 젊은 기사도 시원스럽게 박차를 가했다.

그렇게 그들이 빠르게 추월해 가자 마차 창문으로 고개를 빼고 있던 다레트가 말한다.

"저 세 분만으로 괜찮을까요?"

"차스키 혼자라도 충분히 시간을 벌어줄 겁니다. 동행한 기사들은 만약을 위한 대동인 셈이고."

"아아, 역시, 눈빛만 봐도 대단한 분인 듯했어요. 물론 공주님의 기량도 너무너무 눈부시고요!"

"……다렛 부인, 물론 고의는 아니겠지만 자꾸 놀림받는 기분입니다. 내 하관들도 가끔씩 불만이 있거나 뒤에서 호박씨를 깔 땐 한사코 공주라 부르는 것으로 아니까요. 개의치 않을 테니 평범하게 불러주겠습니까?"

"으음, 저기 그럼, 차스키 보좌관은 공주께 항상 불만이 있거나 항상 호박씨를 까는 것인……?"

"그에 관해선 직접 물어볼 것을 권합니다."

"……호호~"

"부인, 대답은?"

"아아, 네, 엘다 경! 송구스럽지만 영광스러운 일이니 앞으론 필히 허물없이 호칭하겠습…… 우읍!"

"정지! 잠시 쉬어 간다!"

"옙~!"

그녀가 멈출 것을 지시한 것은 뒤쪽의 소규모 기사단이었다. 그러나 한목소리처럼 우렁차게 답하는 기사들의 움직임에 다레트의 마부도 고삐를 잡아당긴다. 호위기사들도 없이 마차만 운행해 갈 수는 없었으니까.

부스럭.

"다렛 마님, 따뜻한 차라도 끓여 드릴까요?"

"그럴 시간이 어디 있니? 둘 다 그냥 앉아라. 욕지기가 가라앉으면 바로 출발할 테니까."

"네, 마님. 근데요, 바워버드 왕정의 저 공주 기사님, 언제 봐도 정말 너무 아름답고 너무 멋있……."

"말을 삼가라! 공주 기사라니? 이도저도 아닌 호칭이지 않느냐. 보통의 귀족과는 격이 다른 분이야. 아예 쳐다볼 생각도 하지 마라. 버릇없는 내 언동을 받아주시는 것만도 미안한 일인데 자칫 너희까지 심려를 끼치겠다."

"네, 죄송……."

무례를 끼치려는 마음으로 택한 호칭은 절대 아니었지만 변화무쌍한 여주인의 질책에 무조건 사죄하는 하녀들이었다. 주인댁의 신신당부에 따라 그녀의 건강은 물론이거니와 기분까지 돌봐야 하는 입장이었으니까.

그녀가 플레임 가문의 자손을 잉태하고 있어서였다. 다레트로서는 결혼 3년 만의 임신으로 거의 같은 시기에 결혼한 세 자매 중에 제일 먼저 이룬 쾌거였다.

어쨌든 이쯤의 정황 표현이면 다레트와 그녀의 몸종들이 거론한 마차 밖의 그녀가 누군지도 확신하리라.

'제논, 무사해야 할 텐데.'

엘다였다.

완전무장한 갑옷 차림으로도 철컥거리는 소리 하나 없이 안장에 꼿꼿이 앉은 채 휴식을 취하고 있는 그녀의 작은 군대. 삼십여 명으로 구성된 그 기사들의 선두가 들고 있는 깃발에도 '바워버드' 라는 명칭과 더불어 아젤론 제국 전체에서 통용되는 후작 가문의 문양이 새겨져 있었다.

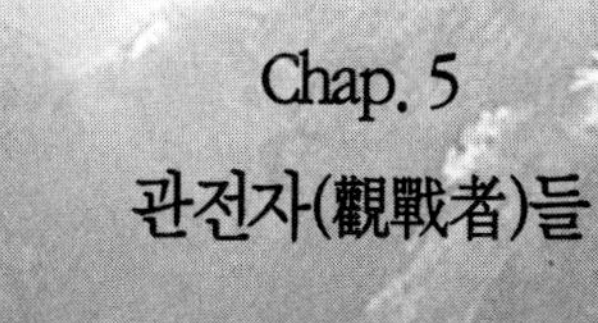

Chap. 5
관전자(觀戰者)들

관전자(觀戰者)들

"이번엔 우리 차례! 이야압~!"

캉! 카강!

'안 되겠다. 놈을 끌어내야 해.'

밀어내 뿌리치는 식의 방어로 상대 용병들을 꺾던 제논의 생각이었다. 시간이 흐를수록 상황이 불리해지고 있었던 것이다. 용병들의 공격이 각자 순서를 매겨 치고 빠지는 교대 형식으로 바뀐 후부터 그랬다.

적들이 입는 피해가 줄어들었고 대신에 아군들의 정신적 육체적 피해가 따르고 있던 참.

"비겁한 놈들! 제대로 못 덤벼?!"

"메탄! 자릴 지켜……!"

그러나 메탄에게 주의를 주는 각터도 그리 나은 처지는 아니었다. 제논을 포함한 셋 중에 제일 위험한 검술—마나발현의 정도—을 펼치는 것으로 낙인찍혀 방어하기 난감한 공격을 가장 많이 받고 있었던 것이다.

다각다각!

"귀족 형씨~! 너나 조심하셔!"

"맞어! 너나 자릴 지키…… 엇!"

히이이잉!

교대로 달려드는 기마병들의 창술이 그것이었다. 쉴 새 없이 찔러오는 놈들의 창을 동강 내는 각터의 마나발현도 이젠 그 기세가 사뭇 약해져 스파크조차 일지 않는다.

계속적으로 검에 마나를 실어 전투에 임한 것은 아니지만 쉬지 않고 검을 휘두르고 있는 형편인데다, 그의 마나유동에도 한계가 있었던 것이다.

'그래도 슬럼프는 대충 극복한 것 같군.'

히잉! 히잉!

"어, 어, 어…… 어쿠!"

"우하하! 저 친구, 애마랑 같이 꼬라박혔어!"

"빌어먹을 놈들! 웃음이 나와?"

"이봐! 말의 숨통 끊어주고 얼른 후퇴해! 거기 그러고 있다간 자네의 다리몽둥이에도 칼집 나겠네!"

‘헉헉.’

하지만 쫓아갈 여력은 없는 각터였다. 몸의 여기저기에 생채기가 늘고 있는데다 숨까지 차고 있었으니까.

“어이, 이봐! 그냥 도망 오면 어떻게 해? 화살 쪼가리라도 몇 개 주워 와야지!”

“아쉬우면 자네들이 주워다 써!”

“프홋! 주워다 고물장사라도 할까?”

적지 않은 전투마를 그런 식으로 잃고 있는데다, 몸성히 버티고 있는 용병들도 원래의 반수가 채 안 되었지만 상대 청년들이 지치고 있음을 알고 있었기에 도리어 여유만만이다.

심지어 곳곳에 모닥불까지 지펴놓고 이편저편을 오가며 야유와 응원을 일삼고 있었으니.

챙챙! 챙챙……!

“야비한 놈들! 그러고도 너희가 검객이더냐!”

“에에? 우린 그저 용병 쪼가리들인뎁쇼!”

“부끄러운 줄 알아라!”

“거참, 성질 사나운 도령일세. 그런 의미에서 다음은 우리~! 이것도 한번 막아보시지? 이야압~!”

쌕—! 쐐애액!

땅! 따캉!

각종 무기를 휘두르며 짓쳐들다 재빨리 바통 터치를 하는 사이사이, 별의별 암기도 어김없이 던져지고 있었다. 씨근거리며 그것들을 쳐낸 메탄이 이를 악문다.

그도 각터처럼 자잘한 상처가 생겨나 있었던 것이다. 몸의 떨림과 쓰라린 통증을 참아가며 무어라 호통을 쳐도 소용이 없었으니 입을 다무는 쪽이 현명한 일이기도 했다.

그래 봐야 용병들의 기를 살려 그들의 호승심만 부채질하는 격이 아닌가. 메탄 역시 체력이 고갈되고 있었으니 더한 기운 낭비는 참는 게 나았고.

혹……!

'웃! 까닥 맞을 뻔했네.'

궁지에 몰리고 있는 일행 청년들 못지않게 제논도 그리 좋은 상황은 아니었다. 얕게나마 팔다리에 자잘한 상처들을 입은 것은 그도 마찬가지였고, 객관적으로 봐도 제논이 가장 불리한 상황이라 할 수 있었다. 그가 셋 중에 제일 많은 수효의 용병들을 상대하고 있었던 것이다.

게다가 앞서 부상을 입은 용병들까지 틈틈이 합세하고 있는 터라 대응하는 데 애를 먹고 있기도 했다. 제논에게 당한 용병들만이 아니라 각터와 메탄에 의해 부상을 입은 용병들마저도 그랬다. 응급처치를 받고 나면 꼭 제논의 앞으로 자릴 옮겨오는 통에 곤욕스러웠던 것이다.

쿵!

"우음~"

잠깐 한눈을 파는 틈을 노려 육중한 철퇴를 내려쳐 온 이번

의 용병, 그는 그나마 제논이 상해를 입힌 쪽이었다. 전투가 시작되던 초반에 턱을 걷어차 기절시켰던 거구였는데 참담한 몰골로 또다시 기습을 감행해 왔다.

차륵…… 붕붕!

'이거 참.'

정수리가 쪼개질 뻔한 순간을 본능적인 반사 신경으로 아슬아슬하게 모면하긴 했으나 이번에 제논은 차마 그의 철퇴를 밟고 발차기를 해줄 수가 없었다.

골절된 턱뼈를 기준으로 얼굴 전체를 붕대와 막대기로 꽁꽁 동여매 고정시킨데다 진통 효과를 위해서인지 짓이긴 약초를 입 안 가득히 물고 있었던 것이다.

"우음!"

훅~! 훅~!

그래서 제논은 그가 신음 소릴 빌린 기합을 지르며 무시무시하게 휘둘러오는 철퇴를 피하는 데만 주력했다. 하지만 그럴수록 이대론 안 되겠다는 생각이 더해지고 있었으니.

'그렇게 죽고 싶을까?

하기야, 살아도 평생 불구로 살아야 할 부상자들이 대부분이었으니 죽기 살기로 덤비는 심정이야 이해는 간다. 그래 봐야 새로운 부상이 추가되는 악순환밖엔 안 되고 있는데 당최 포기를 모르는 저 근성들이라니.

쿵! 쿵!

"이봐, 거구! 좀 더 힘을 내봐! 한 방이면 보내 버릴 수 있다고! 우째서 스치지도 못하는 겨!"

"안 되겠으면 또 당하기 전에 뒤로 빠지든지! 금발 도령도 더는 신사적으로 상대해 주기 힘들 게 아니야!"

"우으음!"

'어차피 죽여야 할 거라면…….'

핏!

마음을 굳힌 제논은 거구를 피해 물러나며 마나홀을 깨웠다. 미루고 미뤘던 마나유동을 시작했던 것이다. 억눌려 있던 체내의 파괴력이 가동을 시작하자마자 반응을 보인다. 검끝을 타고 새어나오듯 방전되는 실낱같은 전류!

"어……?"

적당한 거리를 두고 물러나 옹기종기 모여 차례를 기다리고 있던 용병들의 틈바구니에서 눈치 빠른 누군가가 의혹의 탄성을 흘린다. 그러다 번쩍이는 스파크의 발현으로 이내 모두에게 사태의 심각성이 목격된다.

피핏! 파팟!

"후, 후퇴! 마나 공격이다. 후퇴해……!"

"물러나, 물러나!"

"우으음!"

순식간에 아수라장이 되는 전방의 관객석. 그러나 철퇴를 휘두르던 거구의 용병은 망설이지도 물러나지도 않았다. 그

럴 줄 알았다는 듯이, 실은 내내 기다렸다는 듯이 도리어 괴성과 같은 신음 소릴 내지르며 달려든다.

'진작 끝내줄 걸 미안했소.'

휘잉―!

불에 뛰어드는 불나방이 따로 있을까. 빈틈이 너무 많아 자살 행위밖엔 안 되는 그의 동작 큰 공격을 지켜보던 제논은 차가운 허공을 유유히 갈랐다. 금빛 검신을 타고 흐르는 푸르스름한 마나의 잔상을 남기면서.

직후 시간이 멈춘 듯 찰나의 정적.

푸악~!

차륵……! 털썩!

터지듯 분사되는 피바람이 침묵을 깬다. 힘없이 땅에 떨어지는 철퇴와 함께 깨끗이 동강난 거구의 상체도 털썩 바닥에 쓰러졌다. 새롭게 지면을 축이는 축축한 핏물을 밟게 된 제논은 가볍게 검을 털며 입을 열었다.

"다음은 누구요?"

"……금발 도령이 화났나 봐."

"그러게…… 엣?!"

파지직!

다음은 누구냐고 묻기는 했지만 이제까지처럼 하나하나 상대해 저들을 섬멸할 생각은 없었다. 그 때문에 제논은 곧바로 다시 마나를 유동했다. 이번엔 일격필살(一擊必殺)을 위해

가능한 최고의 물리력을 염두한 채로.

"무, 물러나! 더 물러나라고!"

"이게 웬 날벼락이야!"

주춤주춤 물러나며 몇 마디 주절거리던 용병들이 재차 발현되는 제논의 검기(劍氣)에 혼비백산 뒷걸음친다. 추격하듯 몇 걸음 다가서던 제논은 푸른 불꽃이 튀기는 검을 힘차게 가로저었다. 목표는 우왕좌왕하고 있는 용병 무리들의 발치, 제논 자신과 용병들 사이의 '지면' 이었다.

슈악─!

"히익!"

그르릉…… 쩍!

펄쩍 뛰며 더욱 물러나다 자기네들끼리 발이 걸려 넘어지고 휘청거리는 용병들. 오뚝이처럼 재깍 몸을 바로 하긴 했으나 꿀 먹은 벙어리가 된 것처럼 끽소리 하나 없이 경직되어 버린다. 사실 그럴 만도 했다.

푸르스름한 검기가 우레와 같이 떨어져 내린 전방의 땅바닥, 으르렁거리듯 진동을 일으키더니 쩍 소리를 내며 입을 벌렸던 것이다. 균열의 폭이야 몇 뼘 되지 않았으나 '땅' 이었는데. 땅을 가를 만큼의 파괴력이 아닌가!

"세상에, 저 괴물……."

"후후, 괴물이긴 하지."

덩달아 소강상태를 맞게 된 메탄과 각터의 진영에서 혀를 내두르는 적병들과 그에 동감하는 아군의 뇌까림이 뒤섞인다. 행여 거치적거릴 새라 꼼짝 않고 토굴에 숨어 있던 아가페의 기척도 좀이 쑤시는 것처럼 부스럭거린다.

'헉……'

그렇게 일시에 전세를 역전시킨 단 두 번의 연속적인 마나 방출, 그러나 전시효과를 노린 최대의 일격이었던 터라 즉각적으로 몸에 무리가 따른다.

아찔한 현기증과 함께 오른팔을 타고 부들거리는 경련이 올라왔던 것이다. 터질 듯한 근육의 팽창을 의식한 제논은 어깨를 움켜쥐며 다시금 입을 열었다.

"다음은 누구……?"

'엇?!'

그러다 한순간 제논은 흠칫했다. 관전하던 용병들이 군데군데에 지펴놓은 모닥불로 인해 시야를 방해받아서인지 이제까진 전혀 알아채지 못하고 있었다. 그런데 새로운 인물들의 '관전'이 캐치되었던 것이다.

대열이 흐트러진 채로 경직되어 있는 들쭉날쭉한 용병 무리들의 뒤편. 여전히 컴컴한 어둠에 쌓여 있는 먼발치의 등마루, 그 등선 중의 하나에 돌부처처럼 우뚝 서 있는 세 필의 전투마! 갑옷과 투구까지 갖춘 무장 기사들이었다.

'누구지? 언제부터 있었……?'

"내가 나설 차례인가 보군!"

"……."

의혹의 눈빛이 되는 제논의 앞에 드디어 놈이 모습을 드러낸다. 케스윅 웰치, 그놈 말이다. 기꺼이 차례를 양보하겠다는 제스처를 취하며 착착 길을 내주는 용병들을 지나쳐 유유자적 말을 몰아온다.

그러나 불과 몇 초 전과는 다르게 제논은 놈의 등장이 반갑지 않았다. 강 건너 불구경하고 있는 듯한 저 뒤편의 기사들을 발견한 직후의 등장이 아닌가.

놈을 경호하거나 지원하러 뒤늦게 도착해 있던 놈의 인맥이라면 재미없는 일이었다. 하필이면 마나발현에 따른 체력 소모가 극심해진 지금에야!

'하긴, 내 체력이 떨어지길 기다리긴 했겠지.'

"굉장한 밤이군. 안 그러나, 제논 프라이어?"

'……버르장머리없는 놈.'

스물둘인 각터보다 한두 살 많아 보이는 놈이었다. 싸늘하고 무감정한 눈빛만큼이나 비열한 놈이기도 했다. 안장에서 내리지도 않고 말해오는 폼이나, 쉴 틈을 주지 않고자 곧장 공격 태세를 취하는 것만 봐도 그 점은 분명했다.

시종 안전거리를 유지하며 떨어진 거리에서 구경만 하고 있더니 결국 나서긴 나섰어도 제일 유리한 고지(말의 안장)에서의 창술을 택할 모양이었으니.

더구나 투구만 쓰지 않았다 뿐이지 몸통 보호대도 착용하고 있었고 팔다리 보호를 위한 필요한 만큼의 장비를 충분히 갖춘 차림새이기까지 했다.

제 몸 사리는 데 퍽도 일가견이 있다는 생각에 입을 실룩인 제논은 놈의 건방진 말투를 흉내 내어 서론 생략한 되물음으로 응수했다.

"개인적으로 내게 불만이라도 있었나, 케스윅 웰치?"

"……킴바가 실수를 했군."

"실수는 애초에 네가 했다. 아가페의 아라드 가가 정보력이 남다른 가문일 것이란 계산쯤은 했어야지."

"마법통신이 사용됐나?"

"그렇지 않으면 뭐였겠냐. 자문을 구하는 통신을 보내자마자 빨강머리 사촌 누이를 앞세운 네 신상을 읊어줄 정도였지. 그나저나 너 이제 어쩌냐? 아라드 남작이 기사단을 이끌고 곧 당도할 거라고 했으니……."

"위아래 없는 놈, 말이 많다! 속전속결!"

히이잉!

다각다각다각!

아라드 가의 지원 부대가 곧 당도할 거라는 말을 사실로 받아들였든 과장으로 받아들였든 케스윅으로선 더 지체할 수 없었으리라. 제논이 시간을 끌어 힘을 비축하도록 방치할 이유는 없지 않겠는가.

공격에 박차를 가한 놈이 균열이 생긴 지면을 넘어 쏜살같이 짓쳐든다. 부들거리는 오른손을 대신해 왼손으로 검을 바꿔 쥔 제논은 신중하게 자세를 낮췄다.

힘이 충분하기만 했다면 굳이 검에 마나를 싣지 않고도 치켜든 놈의 창을 걷어낼 자신쯤은 있었다. 하지만 자신도 지금은 체력이 많이 떨어진데다 공격력 배가를 위한 마나유동을 재차 시도하는 것도 여의치 않은 상황이다.

그렇다면 일단 창의 공격을 피해가며 놈을 낙마시킬 타이밍을 잡는 것이 우선되어야 했다.

"죽어라!"

팍!

"……미꾸라지 같은 놈!"

다각다각다각!

'어라?

발치에 꽂혀 파르르 떠는 창대를 향해 제논은 미간을 모았다. 앞서 다른 기마 용병들처럼 어설픈 재주로나마 창을 가지고 몇 번은 공격용 묘기를 부릴 줄 알았었다. 그런데 가속도가 붙은 창을 작살 던지듯 힘껏 던지는 것으로 공격을 끝내곤 곁을 지나쳐 달려간다.

'아! 아가페를……?

뭐 저리 싱거운 놈이 있나 싶던 제논은 다음 순간 이마를 치고픈 심정이 됐다. 여러 시간 동안 릴레이 경기와 같던 용병들과의 대결에 임하다 보니 자신이 지키고 있던 것이 등 뒤의 '반토굴'이었음을 깜박했던 것이다.

후롱!

"장외! 멈춰라! 자리로 돌아가는 것이 좋을 거다, 웰치 가문
의 장자 케스윅 웰치!"

"페어플레이! 이미 실컷 신사도를 위배했지만 이제부터라
도 도의를 지켜라, 케스윅 웰치!"

그러나 다행히 제논은 혼자가 아니었다. 제논을 꼭짓점으
로 커다란 이등변삼각형 형태의 간격을 둔 채 반토굴을 엄호
하던 각터와 메탄이 있지 않았던가.

자신들을 상대로는 그새 완전히 공격을 멈추고 있던 용병
들에게 등을 보이며 번갈아 외쳐 온다. 경고를 위한 제스처
삼아 서슬 퍼렇게 검을 뿌리면서.

그러자 케스윅이 날카롭게 문책한다. 구경만 하고 있는 각
터와 메탄의 담당(?)들에게.

"너흰 뭣들 하는 거냐!"

"에, 우리? 뭐, 우린 할 만큼 했거든. 안 그러나?"

"그렇지. 말도 몇 마리 안 남았고 말이야."

"마구만 잃었나? 난 짝꿍들을 다 잃었어! 이 이상은 웃돈을
더 준대도 싫어! 안 그래?"

"동감!"

피고용인들의 여론이 그러한데 그라고 어쩌겠는가. 밥값
도 못하는 버러지들을 보는 눈초리로 용병 무리를 쏘아보던

케스윅 웰치는 곧 다각거리며 턴해 왔다. 화살과 단검 등의 비수를 맞고 괴롭게 푸르릉거리며 널브러져 있던 각터와 메탄의 전투마를 뛰어넘어서.

창, 창!

'호오? 쌍검을 쓰나?'

양쪽 허리에 검집을 각각 하나씩 걸치고 있긴 했지만 하나는 비상용인 줄 알았더니 기세등등 둘 다 빼어 든다. 연이어 앞서 생략하였던 공격용 묘기를 선보인다.

후룽, 후룽!

날카로운 칼바람을 일으키며 양손의 검을 휘돌리는 케스윅 웰치. 제법 숙달된 솜씨이긴 하나 저쪽 동네에서 이소룡을 목표로 소싯적부터 쌍절곤을 익힌바 있던 현진의 눈엔 가소로운 손놀림이었다.

"이야압!"

'타이밍을……'

지척에 이른 놈의 활용 가능한 공격 패턴도 훤히 꿰뚫어 볼 수 있었다. 기마술에 쌍검이 가미되었으니 가속도를 높인 연달은 공격이 될 터. 기합을 지르는 놈의 동작을 최대한 끝까지 지켜보던 제논은 반전의 순간을 포착했다.

'지금!'

카앙—! 푹!

히이이잉!

내두른 케스웍의 검을 받아치던 제논은 놈이 던졌던 창대를 비스듬한 각도로 세워 공격용 지렛대로 삼았다. 덕분에 케스웍은 잇따른 쌍검 공격을 끝맺지 못하고 튕기듯 안장에서 떠올랐다. 그에 제논은 초고속으로 물러났다.

달려들던 놈의 말[馬]이 창끝에 허벅지가 찔려 펄쩍 앞발을 굴렀던 것이다. 고삐를 놓고 있던 케스웍이 안장에서 튕겨 오르며 숨막힌 소릴 낸다.

"……헛!"

"오~"

그러나 볼썽사납게 낙마하지는 않았다. 체조 선수처럼 공중제비를 돌다 구르듯 착지했던 것이다. 꽤 괜찮은 낙법 시범이었는지 용병들의 틈새에서 감탄성이 튀어나온다.

그렇게 땅에 내려선 케스웍이 자세를 가다듬는 동안, 날뛰던 말이 관중 쪽으로 뛰어든다. 말굽 공격을 피하던 제논이 엉덩이를 찔러 장외로 내몰았던 것이다.

히잉! 히잉!

"우앗! 비켜! 비켜줘!"

말을 붙잡기보단 실컷 몸부림치며 도망가도록 길을 터주느라 분주해지는 용병들. 그러나 그들의 어둠에 싸인 저 뒤편 진영엔 별다른 변화가 없었다.

'……그냥 지나가던 기사들인가?

"제논 프라이어! 각오해라!"

소란스런 관객 쪽을 흘끗한 케스웍이 빙빙 검을 돌리며 돌진해 온다. 2차전을 위한 방어 태세를 갖추며 제논은 시선을 바로 했다. 저들이 그저 지나가던 기사들이라면 놈의 정면공격에 사정을 두지 않아도 되리라.

하지만 마나홀의 재정비에 필요한 충분한 시간이 허락되지 않은 상황. 그렇다면 이번엔 놈의 쌍검을 무력화시켜 무장 해제시키는 대응이 뒤따라야 했다.

가장 간단한 방법은 손이나 손목 부위를 노려서 검을 놓치게 하는 거였다. 하지만 놈은 팔꿈치와 손목 사이를 보호하는 펭(Peng)을 착용하고 있었다.

'손목까지 가려놨고 손등을 노리기도 여의치 않은데? 어쩔 수 없지. 일단 검을 흘려서…… 엇?'

스아악— 캉!

순식간의 일이었다.

부딪친 둘의 검이 불꽃을 튀겼다. 거기까진 그러려니 할 수 있으나, 문제는 검끼리의 충돌로 인한 불꽃이 아니라 금속이 깎일 때 튀는 불꽃이었다는 점!

케스웍의 검을 흘리던 제논은 막강한 놈의 완력에 검날이 도려내지는 현상을 체험했다.

순수하게 육체적인 완력만 이용된 공격은 아니었다. 마나 발현이었으니까. 귀족인 신분 값을 하는지 놈도 마나 수련법을 익혔던 것이다.

제논 프라이어

　연속적인 동작으로 연이은 다른 하나의 검을 걷어낼 땐 정상적인 마찰음이 터졌고, 검을 타고 전해져 온 촉감도 별다를 것 없었다. 하지만 먼저 부딪쳤다가 흘리듯 뗀 놈의 검엔 분명 마나가 실려 있었다.

　그 증거라면 뭐하지만, 제논의 왼손에 들린 대검의 모양이 변형되어 있었다. 당장 쓰지 못할 정도의 훼손은 아니었으나 한쪽 날이 어슷하게 잘려 버렸다.

　'그럼 봉을 휘두르듯 검을 돌린 것도……'

　과시하듯 검을 돌리던 손놀림도 마나발현을 은폐하기 위한 나름대로의 묘책이었던 모양이다.

　그렇다면 대응에 좀 더 신중을 기해야 했다. 휘도는 검의 잔상에 스파크가 일지는 않았으나 검을 도려낼 만큼의 물리력은 충분히 지녔다는 뜻이었으니까.

　"운 좋은 놈!"

　후룽! 휙휙!

　놓칠 뻔한 한쪽 검을 추스른 케스윅이 쌍검을 곧추세우며 또다시 휘둘러 온다. 받아치거나 흘리는 대신에 제논은 파공음을 일으키는 놈의 검로를 피하는 것에 주력했다.

　그렇게 쌍을 이룬 몇 번인가의 공격을 피하느라 성큼성큼 물러나야 했지만 그런대로 소득은 있었다. 마나를 실은 놈의 공격 패턴을 정확히 읽을 수 있었던 것이다.

　후룽! 휙휙!

‘……반쪽짜리 유동이었군.’

“피하기만 할 테냐? 받아라!”

칼바람을 일으키며 휘두르고 찔러오는 쌍검 중에 반드시 한쪽의 검에만 마나가 실리고 있었다. 왼손잡이는 아닌 것으로 파악되는데 유독 왼손에만. 그 왼쪽에나마 깃들고 있는 마나발현의 간격도 대충 어림이 됐다.

“검을 받앗!”

‘이놈, 보채기는?

그렇지 않아도 슬슬 맞대응해 줘야겠다는 생각에 마나홀의 재가동을 조금씩 의도하는 참이었다. 오른팔의 근육통은 여전히 심한 편이었으나 경련은 그새 멈춰 있었고, 갑작스런 마나의 대량 방출로 놀란 새가슴마냥, 혹은 움츠러들 듯 경직됐던 마나홀도 점차 진정되고 있었던 것이다.

‘흐음.’

그런데 미약하게나마 마나 회로에 마나를 실어 다시 회전시키다 보니 더욱 뚜렷이 놈의 마나유동이 감지된다.

“어……? 이얍!”

그리고 그것은 제논을 상대 중인 놈에게도 마찬가지로 작용됐다. 한순간 흠칫하더니 선수를 놓칠세라 살의(殺意) 가득한 검술 공격에 총력을 기울여 왔던 것이다.

하긴, 저번에 아가페가 말하기론 마나홀을 깨우면 타인의 마나유동과 공명 현상을 일으켜 상대방의 마나발현 진위를 가늠할 수 있다고 하였지 않은가.

그땐 누군가의 마법 염탐 여부를 놓고 했던 이야기이지만, 지금은 옷깃을 스치며 승부에 임하고 있는 상황이다. 서로의 탐색 목표가 각각 당사자일 때 거리에 상관없이 구별 가능한 공명 현상을 일으킨다면, 직접 마주하고 있는 지금과 같은 상황에선 말할 것도 없을 게 아닌가.

굳이 '마법' 발현을 위한 마나유동은 아닐지라도 놈의 마나홀이 얼마만큼의 내실을 지녔는지쯤은 판독할 수 있으리라 생각하는 제논이었다.

그래서 놈의 검을 받아보기로 했다. 물리력 배가를 위한 파워풀한 외부 방출보단 회전에 따른 손실률을 최소화하는 데 역점을 둔 연습용 마나발현으로.

깡—!

"……!"

검끼리 부딪치는 소리로는 걸맞지 않을 만큼 묵직한 타격음이었다. 단순한 마찰이 아니라 검이 매개물이 되어 서로의 마나가 충돌한 탓이리라.

그 충돌로 인한 불꽃이 동공에 잔상을 남기던 찰나, 제논은 눈이 가늘어졌다. 반면에 케스윅은 위기감으로 눈을 부릅뜨다 엉거주춤 다른 팔을 휘둘러 왔다.

마나를 실어 맞부딪친 검은 제논의 검에 찍혀 압박되고 있었으니 그럴 수밖에 없었다. 말 그대로 제논의 검에 '찍혀서'

허공에 붙들려 있었던 것이다.

탁! 퍽!

챙강!

그러나 다음 순간 케스윅은 검을 놓쳤다. 숨결이 느껴지도록 가깝게 맞대면하고 있던 제논이 놈의 어설픈 기습에 가만히 당해줬을 리는 없지 않은가.

손목과 어깨를 연타로 가격당해 쌍검 중 하나를 떨어뜨린 케스윅, 험악한 표정으로 양손 겨루기에 임해온다. 그래 봐야 이미 밑천을 간파당해 전세의 역전은 기대하기 힘든 입장이겠으나 놈도 자존심은 있었다.

'녀석의 마나 손실률이 너무 크군. 그리 내실있는 마나 수련법은 아니었던 모양이야.'

속전속결을 표방한 놈이 검을 받으라고 보채듯 굴었던 이유도 쉬이 납득해 버린 제논이었다. 애초에 한쪽 손에 치우친 마나발현이라는 점도 그랬지만, 검을 부딪쳐 보니 별 볼일 없는 실력임이 확연해졌던 것이다.

맞대고 있는 검을 타고 어림되는 케스윅의 마나발현 정도와 전체적인 마나 흐름, 시시각각 그 기세가 약해지고 있는 것만 봐도 오판은 아님이 분명했다.

이마에 송골송골 맺힌 땀방울이 놈의 관자놀이를 타고 또르르 흘러내린다. 그저 그런 상태를 유지만 하고 있는 제논에 비하면 턱없이 낮은 기량이다.

"……뭘 기다리나?"

"글쎄?"

거두지 않은 마나발현에 조금만 강도를 더하면 그대로 놈의 목덜미까지 동강 낼 수 있을 듯했으나 제논은 애매하게 대꾸했다. 그러다 이내 놈과의 대치 상태를 끝낼 수 있게 되었다. 신중히 유도한 반응이 곧 도출됐으니까.

웅성웅성.

"뭐 하는 거지? 얼른 끝내 버리지 않고."

"그러게. 금발 도령이 그새 힘이 다했나? 아무리 괴력이라도 땅까지 갈랐잖아. 힘에 부칠 만도 해."

웅성거리는 용병들만이 아니라 메탄 메세티도 반토굴 근처에서 노호를 터뜨려 온다, 미처 숨통을 끊어주지 못하고 있던 제 전투마의 눈을 감겨주다가.

"제논! 끝내 버려! 뭘 기다리나?"

"메탄, 알아서 하게 놔둬……! 어?"

다각.

다각다각다각!

그들이 움직였다. 어둠을 틈타 은신하듯 미동도 없이 서 있던 세 명의 기사가 말을 몰아왔던 것이다. 제논이 내내 마음에 걸려하고 있던 방향에서.

아가페의 부친이 기사들을 끌고 지원하러 올 방향보단 케스윅 웰치가 나타났던 방향에 속한다는 점이 문제가 아니겠는가. 그 때문에 한순간 주춤하던 각터와 메탄도 눈짓을 주고 받으며 민첩하게 방어선을 좁혀온다.

"뭐야, 저들이 언제부터 있었지? 각터 형, 알아?"

"몰라. 나도 방금 봤다. 누구지……? 아가페! 고개 내밀지 말라니까!"

"하지만 형들은 지쳤잖아요."

"그렇다고 네가 나서서 도움이 될 일도 없다. 더 위험해질 지 모르니 잔말 말고 들어가 있……!"

차앙!

번쩍!

"우…… 우아악!"

갑자기 불쑥 나타난 그들이 아군인지 적군인지 구별하지 못한 것은 용병 무리들도 마찬가지였다.

하지만 철컹거리며 지척에 이른 그들이 검을 빼 들자 삽시 간에 경악과 혼란에 빠진다. 번쩍이는 발검(拔劍)이다 싶더니 맨 뒤쪽에 있던 동료들의 머리통이 핏줄기를 뿌리는 공처럼 통통 튀어 올랐던 것이다. 앞서 지면을 강타하였던 제논의 마 나방출과는 반대로 상공을 향해 휘어지듯 솟구쳐 날아간 푸 르스름한 검기였다.

"바, 반격이다. 상급 기사들이야!"

"생존 기마병들, 대열 정비……!"

"대장! 돌았소? 척후병들일지도 모르잖아!"

“아……."

맞는 지적이었다. 더구나 어떤 형태로든 더 이상 전투를 지속해야 할 이유도 없지 않은가. 장례식을 위해 전사자들의 시신을 수거해 갈 수는 없었지만 적어도 피붙이들에게 전해줄 유품쯤은 챙겨둔 상태다. 그렇다면.

“후퇴! 전원 후퇴! 퇴각! 퇴각해!"

뿌! 뿌우우!

결정을 바꾼 용병대장들의 퇴각 명령과 더불어 재주껏 도망칠 것을 지시하는 각적 소리도 울려 퍼진다.

‘아군이었나?’

그러나 섣부른 확신은 금물. 케스윅과의 대치 형국에 변화를 주고자 제논은 맞대고 있던 놈의 검에 힘을 주었다. 그러자 움찔거리며 밀리던 케스윅이 이를 악물며 뇌까린다.

“불공평한 세상이군."

“뭐가 말이냐."

“몰라서 묻냐?’

‘……놈도 모르는 기사들인가 보구나.’

그렇다면 놈과의 대치 상태를 지속할 필요가 없음이다. 그렇지 않아도, 뿌리듯 검을 휘저어 길을 튼 기사들이 우왕좌왕 도망치는 용병들을 쫓지 않고 있다. 곧장 제논과 케스윅을 향해 달려오고 있었던 것이다.

“하필이면 너 따위에게…… 웃!"

까가강— 댕!

하필이면 자신 따위에게 패하게 되어 불만이라고? 주제 파악을 못할 뿐만 아니라 무지하게 입만 산 놈이 아닌가. 살짝 열이 받은 제논은 왼손의 마나 방출에 강도를 더해 좀 더 밀어붙였다. 그런 그의 응수에 가느다란 진동을 일으키며 버티던 케스윅의 검이 댕강 잘려 나간다.

그 반동으로 중심을 잃은 케스윅이 위태위태하게 휘청거리다 결국 엉덩방아를 찧으며 넘어진다. 연이어 토막 난 검 자루를 쥐고 있던 손을 밟혔고, 목덜미에 닿아온 검끝의 위협에 옴짝달싹 못하는 신세가 되었다.

"제길……!"

"거기까지! 개죽음당하고 싶지 않으면 이제 끽소리도 마라. 알아들었나, 케스윅 웰치?"

"……."

패배를 시인하는 놈의 침묵. 눈까지 질끈 감으며 이를 앙다문다. 그렇게 제논이 놈을 땅바닥에 억류시켜 놓는 동안, 만약을 위해 엄호하듯 곁으로 달려온 각터와 메탄이 낯선 기사들의 진행에 제동을 걸고 있었다.

Chap. 6
북방의 봄

북방의 봄

"멈추시오!"

"말을 멈추고 신분을 밝혀주십시오! 우린 네리만 가문과 메세티 가문의 직계로 아젤론 제국의 대(大)황립 군사아카데미 생도이오! 세 분의 목적은 무엇이오!"

히이이잉!

철컹! 철컥철컥!

대답처럼 고삐를 잡아당겨 차례차례 말을 세운 그들. 선두였던 기사는 안장에서 내리자 제논의 일격필살로 균열이 생긴 발치의 땅을 내려다보는 데 신경을 할애했다. 하지만 다른 두 명의 기사는 갑옷을 철컥거리며 다가왔다.

"시, 신상과 목적을……."

앞서 발검을 통한 마나 방출도 목격했겠다, 한 걸음 한 걸음 절도있게 내딛어오는 동작만 봐도 자신들보단 분명 한 수위의 실력자들임을 직감한 메탄과 각터였다. 그 때문에 저도 모르게 기가 눌렸는지 말을 더듬는다. 동행 청년들의 면전에 멈춰 선 그들이 투구를 벗어 들며 입을 열 때까지 제논도 긴장을 늦추지 않았다.

"어이, 햇병아리 후배님들, 안녕한가?"

"우리의 신상과 목적을 물었나? 출신 내력과 가문 내에서의 서열이야 자네들에 비할 바 못 되지만, 사회적인 직위만큼은 자네들보다 여러 해 높을걸?"

"……에?"

"이 친구나 나나 자네들이 말한 '대(大)~황립아카데미'의 의무 복무 기간을 보내고 있는 중이거든."

"앗! 그럼 선배님들?"

당장 화색이 도는 각터와 메탄이었다. 하지만 제논은 케스윅의 목덜미에 대고 있던 검끝을 거두지 않았다. 각터와 메탄의 아카데미 선배들이라는 점 외에 저들의 등장 이유가 속 시원히 밝혀진 것은 아니지 않은가.

더구나 갈라진 땅을 살피느라 뒤처졌던 다른 한 명의 기사도 있었다. 제논으로선 인근에서 각터와 메탄이 반가움에 치를 떨고 있는 이십대 중후반의 기사들보다 월등히 위험하고 주의 깊게 상대해야 할 자로 느껴졌다.

희끄무레하게 밝아오는 동녘과 사방팔방으로 허겁지겁 흩어지고 있는 용병들을 쳐다보더니 철컹철컹 갑옷의 이음새 소리를 내며 무심히 다가온다.

그런 그의 행동에 딱히 꼬집을 부분은 없었으나 왠지 모르게 신경이 곤두서는 제논이었다. 아마도 투구 안쪽에서 쏘아져 오는 그의 중압감이 깃든 눈빛 탓이리라.

'대체 누구지……?'

"선배들께 경례! 정말 반갑습니다! 이런 곳에서 아카데미 선배님들을 뵙게 될 줄은……."

"잠깐! 그럼 그냥 우연히 지나가던 중이었습니까? 플레임 측의 지원병이 아니시고요?"

"으음, 플레임 측이라기보다는……."

주의를 환기시키듯 반토굴에서 상체를 내밀며 던져 오는 아가페의 질문에 각터와 메탄이 인사치레를 멈춘다. 어쩐 일인지 어물거리는 선배 기사들의 태도에 주춤주춤 물러서며 곤혹스런 경계심을 표하기도 했다.

그러나 다행히 적의 편은 아닌 모양이다. 뒤이어 다가온 나머지 기사가 투구를 벗으며 말했던 것이다.

"거기, 결투의 마무리를 짓는 게 어떤가? 그 정도의 출혈론 아무리 기다려도 안 죽을 텐데."

"……."

마흔 살쯤의 남자였다. 또한 다른 이들을 모두 제쳐 두고 대뜸 제논에게 한 소리였다. 바닥에 넘어진 채로 억류되어 있는 케스윅 웰치의 턱에서 피가 흐르고 있었던 것이다. 제논의 검에 베인 것이 아니라 잘려 나가던 제 검에 스친 상처였다. 어쨌든, 그의 발언에 제논이 아무런 대꾸도 하지 않자 동행해 온 기사들이 못 말린다는 투로 말한다.

"보좌관님, 대단한 후배들이긴 합니다만 아직 소년이 아닙니까. 알아듣게 권해주십시오."

'엥? 무슨 소리람.'

"알아듣게 권하라니?"

"죽일 것인지 말 것인지, 깨끗한 마무리 삼아 죽이라는 소리로 들립니다만 진담인지 농담인지를……."

"자네들, 바본가? 소년이든 아니든 그는 이미 알아들었는데? 아닌가, 제논 프라이어 경?"

실은 그의 말대로 이미 알아들은 제논이었다. 친절히 풀이해준답시고 괜히 끼어든 젊은 기사들 때문에 도리어 무슨 소린가 했다. 그러고 보면 문제긴 문제다 싶은 제논이었다. 열여섯의 신분이었지만 이십대 청년들도 아니고 사십대 중년의 감수성에 코드가 더 맞고 있지 않은가.

'정체도 모르는 이런 형씨와 초면부터 죽이 맞고 싶진 않은데. 대체 뭐야? 제 신분도 안 밝히고.'

어떻게 대꾸하든 그와의 공감대가 형성될 것만 같은 기묘

 제논 프라이어

한 기분이었다. 덕분에 은근히 방어적인 태도가 된 제논은 틀림없이 '소년'인 일행을 호명했다.

"아가페! 기운이 나면 포로의 확보쯤은 네가 해라."

"포로? 묶어? 나가도 돼?"

"그럼 밤새 널 경호하느라 진이 빠진 내가 하리? 아님 선배들이나 선배들의 선배들이 하리?"

"응! 내가 할게! 말들도 꺼내놓을게! 그만 좀 쉬어, 제논! 형들도 이제 쉬어요!"

밧줄을 찾아 들곤 엉금엉금 반토굴을 나와 휘청휘청 뛰어오는 아가페 아라드. 간밤의 출혈로 현기증을 겪고 있었지만 각터도 메탄도 이번만큼은 녀석을 말리지 않았다.

제논의 검은 거둬졌으나 감히 반격하거나 도망치지 못하고 비리비리한 아가페에 의해 포박되는 케스윅 웰치, 굴욕적인 패배로 처참하게 구겨진 놈의 얼굴을 구경하는 쪽이 훨씬 구미가 당겼던 것이다. 더불어 미적미적 이어진 제논과 중년 기사와의 대화를 경청하는 것도 꽤 흥미로웠고.

"경의 부관들께서 입장을 정확히 언급하지 않으셨는데, 그럴 만한 사정이 있으신 겁니까?"

"그런 셈이지."

"……그저 우연히 지나치던 길은 아니실 테고, 그렇다고 아라드 가의 사돈 가문인 플레임 측의 지원병이라고 하기엔 애매한 입장인 듯하고."

“재력으로 사들인 작위보다는 광산 부자로 통하는 플레임 가문의 소속은 아니지. 아무렴.”

“지원병이신 겁니까, 척후병인 겁니까?”

“우리 입장에선 척후병이고 자네들 입장에선 지원 선발대이겠지. 하지만 막상 와서 보니 애초에 지원 따윈 그리 필요가 없었던 듯싶더군.”

“그래서 관전만 하고 계셨던 모양이군요.”

“하지만 분수 모르고 날뛰던 저 귀족 자제의 목이 떨어져 나가 뒷수습이 복잡해질 뻔한 사태쯤은 방지했지 않은가. 생포를 택한 것은 현명한 판단이었네.”

“성함을 여쭤도 되겠습니까?”

“키라 프라이어 양이라면 내게 그런 질문은 하지 않았을 텐데. 엊그제도 집안의 이런저런 대소사와 함께 자네의 소식을 묻는 편지를 보내왔더군.”

“……누굴 상관으로 모시고 있습니까.”

중년의 상대 기사는 더 대답해 오지 않았다. 하지만 오래지 않아 제논은 그의 이름만이 아니라 소속 신분과 선발로 파견되었던 전후 사정까지 알게 되었다.

덜컹덜컹.

두두두두.

긴 밤의 종지부를 찍는 희뿌연 일출을 헤치고 마차 한 대가 지평선을 넘어 달려왔던 것이다. 일사불란하고 규칙적인 다

수의 발굽 소리를 꼬리에 달고는.

'속내가 복잡한 자로구나.'

지축을 울리며 접근해 오는 새로운 기척에 귀를 기울이며 제논은 그런 생각을 했다. 아침 대기에 묵직하게 실려 있는 습기처럼 불분명한 느낌을 주는 중년이었으니까.

나중에 생각해 보면 제논이 그와 첫 대면에 나눈 그 대화가 가장 대등하게 나눈 대화로, 서로 허물이 없었고 길었던 듯싶다. 그만큼 그는 현진 못지않게 자아가 강했고 타인과의 사교에 관심이 없는 타입이었다.

"아~ 가~ 페~"

"엥? 둘째 누나다! 역시 누나였어! 다렛 누나~!"

'바워…… 버드?'

좋게 말하면 운율을 붙여 노래하듯, 나쁘게 말하면 가뜩이나 흐린 날씨에 '귀곡성'으로밖엔 안 들리는 호명이었다. 그럼에도 반가운지 만사 제치고 반색하는 아가페 아라드. 그가 마중하는 마차를 호위하며 가까워지는 기수들, 그 선두의 깃발을 발견한 제논은 눈을 빛냈다.

'엘다의 보좌관이었구나!'

그동안 예전보다 더욱 탁월해진 시력을 돋워 구분한 바론, 가지런한 검은 머리카락을 나부끼며 말을 달려오는 그녀의 모습도 언뜻언뜻 확인할 수 있었다.

'엘다였어!'

　　그녀가 보낸 선발들이었던 것이다. 반가움도 반가움이지만, 긴장이 풀려 다리가 떨려왔다. 밤새 치른 격전의 여파인지 뒤늦게 온몸이 쑤셔오기도 했다.

　　"뭐가 뭔지 모르겠지만 아군인 것만은 확실하군."

　　"그러게. 어휴! 맥이 탁 풀리네."

　　하지만 제논은 각터나 메탄처럼 맘 편히 주저앉을 수가 없었다. 그렇다고 아가페처럼 그리움과 반가움을 숨김없이 드러내며 열렬히 손을 흔들 수도 없었다.

　　철컥.

　　부관들을 뒤따라 상관을 마중하러 걸음을 떼던 중년 기사, 언젠가 한 번은 자신이 부재중일 때 엘다의 편지를 전달코자 프라이어 가로 찾아와 답장을 쓰는 키라에게 문법 조언도 해줬다던 엘다의 집사. '차스키'라는 이름으로 기억하고 있던 그가 철컥철컥 지나치며 덧붙인 속삭임 때문에.

　　"내 나이의 반절도 안 되는 자네에게 할 말은 아니지만, 우린 어딘지 동류 같더군."

　　"네?"

　　"단순히 오늘 벌어진 전투만을 두고 하는 소린 아니야. 내 기억에 의하면, 토레노의 발드로 모레이란 자도 하룻밤 사이에 일가족이 몰살당하는 변을 당했었지."

　　"……무슨 말씀이신지."

　　"숨긴다고 가진 전력이 언제까지나 숨겨지진 않을 테지만

 제논
프라이어

잘해보시게. 공주님도 생각이 있겠지.”

덕택에 말문이 막힌 제논은 피치 못하게 도로 경계 어린 심정이 됐다. 난데없이 발드로 모레이 놈의 이름이 왜 지금, 그것도 이곳 북방에서 튀어나온단 말인가!

제논이 못 알아들은 척 내민 오리발을 묵살하듯 무시한 그는 마차의 마부를 향해 주의를—균열이 생긴 땅바닥—주며 철컥철컥 걸음을 옮기고 있었다.

“아가페~ 무사하니?”

“안 무사해!”

“아아, 누나가 막 달려왔는데도? 선발 기사들이 출발한 지 한참 지났는데 이제야 용병들이 도망쳐 오는 것을 보고 놀랐지 뭐니. 내가 늦은 것은 아니지?”

“늦었어! 오려면 제때 좀 올 것이지 뭐 하다가 이제야……! 어? 언제 그렇게 토실토실 살이 쪘어? 누가 백부님 딸 아니랄까 봐 뚱보가 다 됐…… 아얏!”

심난한 제논의 기분을 알 리 없는 아가페가 떠들썩하게 재회를 나누던 통통한 제 사촌 누이에게 쥐어박히고 있었다. 하지만 제논은 그런 남매의 투덕거림에 눈도 주지 않았다. 마차의 뒤편에 멈춰 선 기사들에게로 합류해 가는 중년 기사, 차스키의 뒤통수에 시선을 뺏기고 있었으니까.

또한 제 보좌관인 그에게 짤막짤막한 보고를 듣는 ‘그녀’

의 반응을 흘끔거리는 중이기도 했다.

"딱히 지원이 필요한 상황은 아니었습니다."

"당장 눈에 띄는 전사자들의 수효만 해도 수십 구에, 땅엔 균열이 생겼을 정돈데?"

"저나 부관들의 행적이 아닙니다. 공주님의 아카데미 후배 기사들의 소행(?)도 아니지요."

"그럼…… 헛걸음이었던 거네?"

"보기 드문 광경이었으니 아주 헛걸음은 아니었죠. 어쩌시겠습니까. 아라드 남작은 빨라도 정오에나 당도할 것이니 천막이라도 쳐야겠죠?"

"그래, 뒤처리도 부탁해."

흩어져 있는 각종 무기류와 용병들이 미처 수습해 가지 못한 시신들을 눈짓한 그녀가 사푼사푼 다가온다. 그녀 역시 다른 기사들처럼 갑옷 차림이었으나 철컥거리는 소리가 제논에 겐 무조건 '사푼사푼'으로 들렸다.

"각터 형, 저 미인 기사는……."

"선배님이시다. 수석 졸업생 중 한 명인 엘다 바워버드 경이야. 교내에서 초상화를 봤었어!"

자신을 발견하곤 벌떡벌떡 일어나는 젊은 신진들(각터와 메탄)에게 까닥 목례를 한 그녀가 따뜻하게 호명해 온다. 주변에 펼쳐진 척박한 벌판처럼 황량해져 있던 가슴속을 단박에 녹여버리는 온기와 반가움을 실어서.

"제논."

'……뭐, 어때.'

그녀의 보좌관이 뜬금없이 거론한 발드로 모레이라는 이름 탓에 마음 한편에 찜찜함이 비집고 들어오던 참이었다. 하지만 아무렴 어떠냐는 생각을 하는 제논이었다. 차스키도 책임 추궁을 하고자 꺼낸 이야기는 아닌 듯했고 그를 빌미로 약점을 잡으려는 낌새도 그리 없었던 것이다.

무엇보다, 지친 신경을 달래는 그녀의 오롯한 다정함이 코앞에 이르고 있지 않은가.

엘다 바워버드.

바워버드 후작 가문의 공주이자 엘리트 중 엘리트인 제국의 여성 장교! 무엇보다 자신의 숨겨진 여자이기도 한 그녀가 무사함을 치하하듯, 간밤의 노고를 치하하듯 아름답고 화사한 미소를 띠며 마중해 온다. 온몸에 배어버린 피비린내를 정화시키고도 남을 향긋한 체취를 풍기면서.

'손이라도 닦고 있을걸…….'

"제논, 왔구나. 오랜만이지?"

"어, 네, 봄이네요."

'아차!'

아차, 본의 아니게 이건 또 무슨 부적절한 답례 인사란 말인가. 피범벅이 된 손으로나마 조용히 내밀진 그녀의 손을 맞잡고 깍듯하게 악수를 나눠야 할지, 라벤더 향기가 은은히 피어오르는 그녀의 뽀얀 손등에 점잖게 키스를 해야 할지 고민하다가 그만 멋없는 대사를 입에 담고 말았다. 좀 더 세련된 인사로 재회할 수도 있었건만!

그러나 전혀 개의치 않는지 설핏 웃은 그녀가 따뜻하게 화답해 온다. 조심스럽도록 소극적으로 내밀어오는 제논의 손을 스스럼없이 맞잡아 꼭 쥐어오면서.

"날이 많이 풀리긴 했지. 봄비도 내릴 모양이니, 곧 꽃도 필 거야. 하지만 토레노는 지금쯤 초여름 날씨일걸?"

"……그렇겠네요."

"자잘한 상처들을 꽤 입었네. 아프진 않아?"

"이쯤이야 뭐……."

"하하, 여전하구나, 제논."

여전히 사교성에 문제가 있구나, 여전히 뻣뻣하고 멋없어, 라는 의미였다. 하지만 변치 않았음에 더욱 반갑고 다행이라는 듯이 친근하게 팔을 잡아온다.

순순히 그녀에게 이끌려 가던 제논은 주먹을 불끈 쥐었다. 곁눈질을 하고 있는 주위의 이목들을 모르는 바도 아닌데, 팔다리가 이성을 배반하고 덜컥 그녈 끌어안아 부비부비 할 것만 같은 충동에 사로잡혔던 것이다.

가벼운 응징 삼아 아가페의 목덜미를 팔로 조르며 여과없이 반가움을 표하고 있는 그의 사촌 누이처럼.

"엘다……?"

"응, 인사해, 제논. 다레트 플레임 부인이셔."

"……처음 뵙겠습니다."

그런데 또 하필이면 엘다가 제논을 데려간 곳은 눈꼴 시리도록 허물없는 재회를 나누고 있는 그들 남매의 앞이었다. 왜 다른 일행을 다 제쳐 두고 아라드 가문의 시집간 딸을 제일 먼저 소개시키나 싶으면서도 일단 인사를 건네는 제논이었다. 그러자 다레트 플레임, 그녀 왈(曰),

"으음~? 잘생긴데다 훤칠하기까지 하셔라. 금발이랑 하늘색 눈동자가 너무 멋지네요. 햇빛 아래선 반짝반짝 빛나겠다. 그런데 이분이 엘다 경의……?"

'어? 귀띔받았나?'

"네, 다렛 부인, 내가 후원하고 있는 행정아카데미생으로 부인과의 신용거래를 완성시킬 귀족이죠."

'엉? 신용거래를 완성?'

엘다와의 사이를 귀띔받았나 싶은 지레짐작에 퍼뜩 긴장하던 제논은 오가는 대화를 이해코자 부지런히 머리를 굴렸다. 그런 그를 위아래로 훑어보던 다레트. 신음이나 탄성 같은 콧소리를 버릇처럼 섞어 연극조로 말을 잇는다.

"아아~ 우리 그이를 따라 집밖 나들이를 나오길 차암~ 잘했네요. 새 광산들을 얻게 된 후론 하루가 멀다 하고 획기적인 분들을 쏠쏠히 뵙게 되넹."

"제논, 웬 불여우의 코맹맹이 소리가 자꾸 들리지 않아? 혼이 빠지고 싶지 않으면 귀 막아…… 윽!"

"호호~! 내 꼬맹이 아우의 헛소리엔 귀 기울이지 마세요, 제논 프라이어 경. 아니, 제논 프라이어 남작이라고 불러야 할까? 여하튼, 만나서 반갑습니……."

"누나, 제논 프라이어 '경'이야. 어제 아침에 들렀던 와이번 부대에서 준기사 자격을 땄거든."

"어머, 그래?"

오버하지 말라는 투로 툭 끼어드는 아가페의 목덜미에 여전히 팔을 걸친 채 호들갑스럽게 되묻는다. 그런데 덧붙인 되물음이 축하나 치하와는 약간 상반되었으니.

"근데, 겨우 준~ 기사?"

"겨우라니!"

"아아, 어쨌든 반가워요, 동생의 학우님."

"네에."

"으음, 말로만? 키스! 자요, 멋진 신사답게~"

"누나! 그만 좀 해! 윽……!"

열여섯인 아가페와 다섯 살 터울의 누이였으니 올해 스물하나인 다레트 플레임. 젖내 나도록 젊은 유부녀인 그녀의 오동통한 손등에 엘다에게도 하지 못한 키스를 하느라 허리를 굽힌 제논은 우거지상이 되었다.

귀족적인 처세와 대응을 은근히 강요받는 이 비슷한 경험이 앞으로도 계속 이어질 것이란 예감 때문이었다. 먼 미래도 아니고 부슬부슬 봄비가 내리기 시작하던 그날 정오 경, 여지 없이 적중된 예감이기도 했다.

두두두두!

"아아~ 작은아빠다. 작은아빠~!"

"얼씨구? 작은누나! 이제 애기 엄마도 될 거라면서 아빠는 무슨 아빠야? 닭살 돋게끔."

"시끄럽구나, 아가페! 어젯밤 네가 저지른 사고를 불어도 되겠니? 확 꼰질러 버리기 전에 얌전히 있어."

"체! 약점 잡아서 좋겠……."

"작은아빠! 여기예요~!"

"오, 다레엣~! 다렛이구나! 아가페는?"

"무사해요! 별일없어요!"

아가페의 부친이 기사단을 이끌고 도착했던 것이다. 풍성한 풍채만큼이나 둥글둥글한 성격이던 아라드 자작과는 달리, 어려서부터 배틀 계열의 마법이 주특기였다던 전적 때문인지 꽤 격한 성격에 다혈질의 남작이었다.

게다가 그동안 말로만 들었던 랏시의 누이인 앗시 아줌마, 보좌관의 직위인 그녀도 함께였다.

"뭣이? 별일없던 게 아니구만! 벌써 판이 끝나 버렸단 말이야? 눈썹 휘날리며 달려온 보람이 없……!"

"남작님, 무사한 아드님의 안위가 불만이신 겁니까? 홍분

할 일이 아니라고 봅니다만."

"흠, 어쨌든, 아군의 피해가 별로 없다니 다행이다. 그런데 아가페, 저 아리따운 미녀 기사는 누구……?"

"남작님, 경거망동이 될 수 있는 발언인 듯합니다. 게다가 조카따님에게 소개를 부탁해야 할 듯하고."

"으음, 그래."

별것도 아닌 일에 걸핏하면 벌컥벌컥 성을 내는 제 주인 남작을 닮아서인지, 16년간 상관인 그를 보좌해 오며 실컷 시달려서인지, 그곳에 모인 누구와 견주어도 손색없을 만큼 깐깐하고 유별난 개성을 지닌 여인이었다.

"실례합니다만, 메탄 도련님의 천막이 맞습니까?"

"실례합니다만, 각터 네리만 경의 천막이 맞습니까?"

"제논 프라이어님, 실례합니다만 잠시 뵙길 청합니다."

"……네."

그런 식으로 제논을 포함해 곯아떨어져 있던 일행 청년들을 일일이 깨워 세안을 시키고 정복을 갖추게 한 후 식탁 앞에 앉혀선 밥숟가락을 쥐어주었던 것이다.

덕분에 대량 출혈이 있던 간밤의 사고를 들킨 아가페는 물론이거니와 녀석과 일행이었던 각터나 메탄, 그리고 제논까지 덩달아 피곤해져야 했다.

용병들의 습격에 무사히 대응한 것에 대한 치하는 잠깐이었을 뿐이고, 생포한 케스윅 웰치의 후속조치 문제와 놈과 연계되어 위험이 초래된 동기에 대해서나, 경솔한 행동으로 큰 일이 날 뻔한 아가페의 사고 경위 등을 고하고 문책을 듣는 자리에 빠짐없이 호출되고는 했던 것이다.

특히 제논의 경우엔 더욱 피곤하고 불편했다. 추궁과 질책을 하는 그들 '어른' 들에게 원치도 않았던 동등함을 부여받은 것이 그 이유라면 이유였다.

메탄은 셋째 아들이니 일단 제쳐 두고, 제논은 각터나 아가페와는 다르게 작고한 아버지를 둔 가문의 장남이지 않았던가. 작위 계승 서열을 논할 것도 없이 언제든 부친의 작위로 불릴 수 있는 입장이라는 것이 문제였다.

그 때문에 이쪽저쪽에서 충고와 조언을 가장한 '훈계' 를 끊임없이 받아야만 했으니까.

*　　　*　　　*

'와아! 비다.'

떠나왔던 토레노는 지금쯤 봄꽃도 다 저버리고 녹음이 짙어지고 있는 계절일 텐데, 여기 북방은 언제쯤 날이 풀릴까 싶은 생각을 하던 파프리카였다. 하지만 오늘만큼은 마음속으로 탄성을 지르며 행복에 겨운 얼굴이 됐다.

아무리 춥고 척박한 지역이라 해도 고향인 남부보다 나은 점이 하나쯤은 있지 않은가.

사막 지형인 남부엔 매우 미미하던 대자연의 혜택, 비록 부슬부슬 내리는 이슬비일 뿐이지만 '봄비'의 형태로 하늘에서 떨어진 빗방울이 대지를 축인다.

거무스름한 스스로의 얼굴도 단비를 맞도록 하늘을 향해 고개를 쳐들던 파프리카는 미끄러지듯 안장에서 내려와 무릎 꿇고 머리를 조아렸다.

"어? 파프리카! 괜찮아?"

"워워!"

푸르르!

그런데 뒤처지는 파프리카를 돌아보던 동행―동아리 남자 동급생―들이 깜짝 놀라며 말을 세운다. 덩달아 호위병들도 멈춰 섰다. 그저 관습적인 행동이었을 뿐인데 어딘가 몸이 불편해서인 줄로 착각한 모양이다.

"괜찮아. 잠시 감사의 기도를 올렸어."

"깜짝이야. 운행이 힘들어서 지쳐 떨어진 줄 알았다."

"파프리카, 힘들지? 잠시 쉬어 갈까?"

"아니, 아직 점심때도 되지 않았잖아. 두 사람만 괜찮다면 계속 가고 싶어. 하루속히 그들을 따라잡으려면 어서 가야지. 모처럼 비도 맞고 싶고."

"그러다 열나면 어쩌려고……."

하지만 그들은 이내 파프리카의 의사를 수용해 다시 박차를 가했다. 평범하게 실습지를 찾아가기 위한 여정이었다면

 제논 프라이어

그렇게 서두를 필요는 없었다. 하지만 레티샤의 심부름을 해야 하는 파프리카의 사정을 고려한 결정이었다.

군사아카데미의 학생 기사들과 합류했다던 제논 프라이어. 아가페 아라드와 함께 앞서 북상한 그들을 너무 늦지 않게 따라잡으려면 최고 속도를 내야 했다.

몬스터 부대에서 만났다가 헤어진 에드릭 란스와 데비스 던컨의 이야기로는 제논 프라이어가 최종적으로 방문할 군부대는 '드래곤 부대' 라고 했었다.

제국의 최전방에 속하는 그곳 부대까지 경유해 버린 후라면 제논 프라이어와 만나지 못할지도 모른다. 듣기론 바워버드 영지에도 들를 눈치라 했으니까.

그러나 자신들은 레티샤의 편지를 전달하고 나면 입소할 부대를 택해 실습 가능성을 타진해야 했다. 최전방의 군부대까진 가고 싶지 않았고 말이다.

그래서 파프리카와 의논하여 타협한 곳이 바로 '와이번' 부대라는 곳이었다. 거기까지 가서도 제논 프라이어와 아가페 아라드를 따라잡지 못하면 그냥 그 와이번 부대에 입소해 있다가 귀로에 오르느라 되돌아올 그들을 중간에 만나 편지를 전해주기로 합의를 보았다.

밀봉을 뜯지는 않았지만 레티샤의 편지가 그리 화급을 다투는 내용은 아님을 알고 있었으니까.

북상을 남하로 바꿔 되돌아올 제논 프라이어를 기다렸다

가 자신들에게 알려줄 연락병의 역할은 동행하고 있는 호위
병들에게 맡기면 되었다. 하지만 잘하면 그렇게까지 하지 않
고도 그들을 따라잡을 수 있을지 몰랐다.

　제논 프라이어는 최종 목적지까지 곧장 간 것이 아니라 몬
스터 부대를 시작으로 몇몇 군부대들을 하나하나 경유하며
북상한 것으로 알고 있었으니까. 그에 비해 자신들은 꼭 필요
한 만큼만 지체하면서 거의 일직선으로 북상하여 시간을 단
축시키고 있는 중이었다.

　'자, 힘내자, 파프리카.'

　하루 이틀도 아니고 남자 동기들의 승마 속도에 계속 보조
를 맞춰 진행하는 일이 솔직히 수월한 것은 아니었다. 하지만
오늘 같은 날은 동행하고 있는 남자들을 죄다 제칠 수도 있을
것만 같았다.

　토레노에 이미 도착해 있을 낯모르는 약혼자가 쫓아오는
기미는 전혀 없었고, 무엇보다 격려하듯 응원하듯 하늘의 축
복인 비기 내리고 있었으니까.

　이왕이면 귀가하는 길이 아니라 가는 길에 따라잡아 편지
를 전해주자는 생각에 기운을 내는 파프리카였다.

Chap. 7
익룡들이 잠든 산

익룡들이 잠든 산

"어때, 괜찮은 청약이지?"

약간 들뜬 눈빛으로 물어오는 엘다 바워버드. 그녀가 쥐어 주며 설명해 온 지도와 서류들을 들여다보던 제논은 그저 멋쩍고 민망한 동작으로 코를 비볐다.

아라드 가의 사람들 때문에 간간이 수면을 방해받긴 했으나 그나마도 어디인가. 간만의 숙면이 남긴 나른한 잠의 여운과 습기 찬 대기의 흐름 때문이었다.

후드득.

엘다와 함께 들어앉아 있는 개인용 군용 천막 밖, 어제 정오부터 부슬부슬 내리기 시작하였던 봄비가 밤사이 제법 세

차지고 있었던 것이다. 콧등에 이어 머리도 긁적인 제논은 비바람에 들썩이는 입구의 천막 자락에 시선을 줬다. 그러자 엘다가 약간 갸웃하며 되묻는다.

"왜? 마음에 걸리는 부분이라도 있어?"

"그렇다기보다는… 내가 뭘 알아야지요."

"나도 이런 쪽엔 문외한이나 다름없어. 하지만 괜찮은 거래가 될 거라는 것쯤은 알지. 원래는 채굴권 취득 정도로 그쳤을 행운인데 금광이 터질지도 모를 산지의 상당 부분을 통째로 매입할 수도 있게 되었잖아."

"아직 확실한 것은 아니지 않습니까. 플레임 측이 정식으로 매도를 결정해 줘야……."

"로비는 내가 충분히 해두고 있어. 집안의 며느리일 뿐이긴 하지만 이 사안에 관해선 전적으로 다렛 부인에게 결정권이 있다고 해도 과언이 아니고. 그러니 부인이 깨어나면 조언도 구할 겸, 가서 담판을 지어봐."

"……."

엘다의 본가(本家)인 바워버드 영지는 여러 날 더 북상해야 하는 거리였다. 그녀가 전역 전에 소속되어 있던 '드래곤 부대'라는 곳은 제국의 국경선이자 바워버드 영지의 서쪽 경계선에 해당하는 지역에 위치해 있었고.

그런 그녀가 이 근방의 '익룡들이 잠든 산'까지 남하해 있던 이유라면? 단순히 제논을 마중 나오는 차원에서가 아니라

다소 복잡한 사정이 뒤섞인 결과였다.

지난 신년 연휴 이후, 토레노를 떠나 북상하던 엘다가 몇몇 군부대에 들러 프라이어 가를 위한 부식 상품들의 가계약을 체결해 놓았던 것은 제논도 이미 알고 있는 사실이었다. 어머니 메를린이 받았던 그녀의 편지에 군량 납품 건이 타진된 군부대들의 목록이 적혀 있었고, 이제껏 제논도 바로 그 목록에 따라 부대들을 경유해 왔으니까.

덕택에 이제 한두 군데의 부대만 더 들르면 사업적인 목적의 출장은 끝나게 되는 시점이었다. 엘다가 부임해 있던 드래곤 부대에서의 납품 계약이야 따논 당상일 것이고 그 인근에 자리하고 있다는 또 다른 군부대 역시 엘다가 입김을 넣어놓겠다고 언급한 바 있었던 것이다.

그런데 막상 직접 다시 만나 이야기를 들어보니, 엘다가 군량 납품 건에 따른 가계약을 제논을 대신해 마지막으로 대리해 둔 것은 드래곤 부대나 그 근처에 있다는 비룡 부대가 아니라 이곳 인근의 와이번 부대에서였다.

"괜찮아. 드래곤 부대나 비룡 부대는 내 서명이 들어간 추천장만 가지고 가도 납품 계약에 문제가 없을 거야. 그러니 지금은 더 급한 불부터 꺼야지."

그녀는 그렇게 말했다. 더 급한 불이란 바로 엘다가 다레트 플레임과 나눈 모종의 신용거래임을 짐작하리라.

어떻게 된 일인고하니, 귀성하던 중에 앞서 제논도 거쳐 온 바 있는 와이번 부대를 나선 직후, 그녀는 놓치기 아까운 입찰 건에 관한 소식을 접했다고 한다. 현재 제논에게 안겨진 광산 거래와 관련된 정보였다.

대상은 '익룡들이 잠든 산' 이라 불려온 산지와 그 각각의 산들이 면해 있는 주변의 벌판들.

하등 쓸모라곤 없는 산지로 취급되며 오랜 시간 버려져 있던 그곳 어딘가에 막대한 양의 광물이 잠들어 있을 것이란 가설이 제시되고 있었던 것이다.

누구로부터 나온 소문인지는 모르나 광산 개발에 밝은 업자들이 이미 움직이고 있는 눈치였기에 엘다는 신빙성이 있는 이론이란 판단을 했다.

그래서 좀 더 알아본 결과, 해당 지역의 소유권 문제를 정리하고자 북방 연맹이 손수 나서고 있음을 확인하게 됐다. 딱히 소유주가 등록되어 있지 않은 불모지나 다름없는 지역인 터라 그런 결과가 도출되었던 것이다.

가만히 내버려 두면 벌거숭이 산 몇 개를 두고 서로 임자라 주장하며 피 터지게 싸우는 싸움판이 벌어질 것이 틀림없었으니. 그 때문에 머지않아 북방 연맹의 주관 하에 채광권의 입찰이 결정될 것이란 풍문도 있었다.

정보들을 종합하던 엘다는 소속 군부대로의 귀대와 본가

 제논 프라이어

로의 귀성을 서두르기로 했다. 해당 입찰에 참가할 자격을 확
보하는 것이 우선이었으니까.

타 연맹들과 함께 중앙정부를 견제하는 성격을 지닌 '북방
연맹' 측이 공고한 입찰 건이 아니던가.

황립 군사아카데미 출신인 엘다, 중앙정부에서 파견되어
군복무에 임하고 있던 아카데미 장교라는 위치는 응찰 자격
을 주장하기가 애매했던 것이다.

그래서 바삐 드래곤 부대로 복귀하여 전역 신청을 하고, 북
부 측 귀족의회의 소속이 되었음을 공식화하고자 본가로 돌
아가 입찰 참가 의사를 서면으로 우송했다.

더불어 프라이어 가로 보내는 안부 편지들에 섞어, 제논에
게도 북방 방문을 가능한 서둘러 줬으면 좋겠다는 내용의 서
신을 띄웠다.

1차적으로 엘다 자신이 채굴권을 낙찰받아 제논에게 양도
해 줄 생각이었으나 그 실현을 위해선 적어도 당사자인 제논
이 자리에 있어야 함이 원칙이 아니었겠는가. 북방 방문을 권
하는 그녀의 편지가 어딘지 각박하고 초조한 투로 읽혀지던
이유는 바로 거기에 있었던 듯싶다.

또한, 전공 분야와는 거리가 있는 사무 처리였던 데다 가문
내에서의 반대도 없지 않았을 것이란 추측도 가능했으니 여
러모로 느긋한 입장은 아니었을 것이고.

거기까지의 이야기를 듣고 추측하던 제논은 난감한 기분

이 고개 듦을 부인할 수 없었다.

'부담스럽네.'

아무리 그녀가 자신에게 구입할 만한 광산이나 토지가 있는지 알아봐 주겠다는 약속을 했더라도 너무 과한 호의임을 구분 못할 바보는 아니지 않은가.

하지만 그런 제논의 심중을 아는지 모르는지 엘다는 설명을 멈추지 않았다. 다레트 플레임과의 만남에 대한 이야기가 이어졌기에 제논도 그녀를 막지 않았다.

여하튼, 입찰 자격을 획득한 엘다는 스스로를 따르는 정예 기사들을 데리고 채광권 경매가 예정되어 있던 익룡들이 잠든 산의 북쪽 기슭으로 돌아왔다.

그런데 정작 경매에 참가하고 보니 낙찰을 받는 문제가 생각보다 쉽지 않았다. 관련 분야에 두루 도가 튼 광산업자들을 상대로 가격 경쟁을 해야 했음은 물론이거니와, 백그라운드에서 오가는 치열한 암투와 로비전에 밀려나 자칫 소득없이 물러나야 할 판에 이르게 됐던 것이다.

차라리 검을 맞대어 실력 고하를 결정짓는 그런 성격의 경쟁이라면 문제될 것도 없으련만 경험이 별로 없던 사업적인 시도였던지라 엘다로서도 난감했다.

인재 스카우트를 위한 포석(제논을 등용시키기 위한 포석)을 이유로 들었지만 후작가문인 본가의 이해와 동의를 구하기엔 한참 부족한 해명이었기에 가문의 지원이나 협조를 청하기도 모호한 상황이었다.

결국 경매 참가에 기본적으로 따르던 투자원금조차 회수하지 못하겠다 싶어졌을 때, 플레임 가문의 그녀와 마주치게 됐다. 대박 냄새를 맡고 곳곳에서 몰려든 광산업자들을 제치고 그새 채굴권을 확보해 뒀는지 한참 상위 신분인 귀족들에게까지 아첨을 듣고 있던 젊은 부인이었다.

연일 북적이던 경매장에서 우연찮게 엘다의 부축을 받고 넘어지는 것을 모면한 그녀는 죄다 야만인들이라고 핀잔하던 남정네들 틈에 섞여 있던 엘다의 존재에 넘치도록 감동해 왔다. 그리곤 막무가내로 초대한 티타임에서 낙찰에 관한 엘다의 곤란을 듣곤 불쑥 제의해 왔다.

―제가 가진 지분(몫)을 나눠 드릴까요?

―…채굴권의 지분을요?

―호호! 채굴권 이전에, 광산 소유권이요. 실은 경매 대상이 된 산지의 절반이 제 남편의 것으로 확정되었거든요. 명의야 남편의 이름을 빌렸다지만 실질적으론 제 재산이나 다름없답니다. 아니, 우리 아기의 것이려나?

―네? 대체 어떻게…….

―아이참, 공주님도? 어떻게라니요오~

―아, 회임(懷妊)하셨군요. 축하드립니다. 그런데 그보다, 어떻게 광산의 소유권을 승인받은 거죠?

놀라는 엘다에게 오동통한 배를 자랑스레 쓰다듬으며 조

잘조잘 설명하는 다레트 플레임의 이야기는 더욱 놀라운 것이었다.

애초에, 익룡들이 잠든 산에 막대한 양의 광물이 묻혀 있을 거라는 가설 자체가 플레임 가문, 정확하게는 그녀 다레트로부터 나온 것이었으니까.

결혼한 지 두 해가 되도록 빈둥거리기만 하던 다레트는 놀기도 지친다 싶어 남편과 시아버지의 서재를 들락거리기 시작했고, 활자 중독이라는 병을 앓고 있는 사촌 남동생을 흉내 내어 서적들을 뒤적이게 된다.

그러던 중에 시댁 가계의 선조 중의 한 명에게 관심을 두게 되었다. 플레임 가문이 각종 광산을 발견하고 개발하던 와중에 사망한 미혼의 선조였는데 그의 죽음에 얽힌 기록들이 다레트의 의구심을 유발해서였다.

그땐 아직 그리 부유하지 않았던 집안 형편이었음에도 비생산적인 지출을 하며 장기간 집을 떠나 타지를 여행하고 있던 목적이 분명치 않은 데다, 산적에게 당했다는 사망 원인과 그 전후 사정도 불충분하게 느껴졌고, 당시에 체류하던 산속 오막살이에 기어이 뼈를 묻을 것을 유언했다는 것 등. 다레트의 호기심을 자극하기에 충분했던 것이다.

그러다가, 깨끗이 처분하기는 그렇고 고이 모셔두기도 뭐한 가문의 잡동사니들을 쌓아두는 다락방에서 예의 선조의 꿈처럼 달콤하게 생긴 초상화를 발견한 다레트는 가슴에 손

 제논
플라이어

을 얻고 엄숙히 선언하기에 이른다.

　―나는 사실 당신이 거기서 무얼 하고 있었는지 압니다. 당신의 꿈이 무엇이었는지도 알 듯해요. 당신의 후손인 현재의 플레임은 이미 넘칠 만큼 부유해졌지만 그래서 더욱 당신의 덧없는 죽음이 안타깝게 느껴지네요. 걱정 마세요. 제가 당신의 존재를 일깨워 드릴게요. 유언을 통한 당신의 메시지도 만천하에 증명해 보이겠습니다.

　그녀가 난데없이 왜 그런 다짐을 하게 되었는지의 이유까지는 듣지 못했고 납득도 가지 않았지만 엘다는 다레트의 이야기를 전혀 가로막지 않았다. 엘다가 보통의 귀족 레이디였던가. 갓 제대한 제국의 장교로 '군인'이었던 터라 경청하는 자세가 매우 뛰어났던 것이다.

　어쨌든, 한눈에 반한 선조의 초상화를 들고 다락방을 내려온 다레트는 남편을 찾아 명령과 같은 부탁 한 가지를 하게 된다. 예의 선조가 묻힌 장소를 찾아가 그의 무덤과 출신 성명이 적힌 비문이 온전한지 확인하고 조상이 묻힌 '선산'으로 등록하는데 필요한 법적 절차를 밟으라고.

　이왕이면 어떤 영주나 귀족이라도 차후 딴소리를 못하게끔 제국의 수도에 있는 '북방 연맹'의 승인을 받아야 함도 당부했다. 그러나 남편의 대답으로 다레트가 간과한 사실 하나가 애로점으로 대두되게 되었으니.

　―갑자기 선산 등록이라니? 그리고 그 선조라면 굳이 거기

까지 갈 필요 없어. 할아버지가 귀족 작위를 구입하실 때……
아니, 작위를 하사받으실 때 족보의 틀과 기강을 잡고자 그분
의 유골도 옮겨오셨거든.

　—아아~ 그럼 집안 묘지의 납골당에……?

　고개를 끄덕이던 한두 살 위의 남편은 실망하는 다레트의
기분을 알아차리곤 사정도 모르면서 위로하듯 덧붙여 왔다.
이장(移葬)을 해오긴 했지만 타지인 그곳에 기필코 묻히길 바
라셨다는 선조의 뜻도 있었고 하니, 할아버지도 그 자리에 비
석쯤은 세워두셨을 거라고.

　—그나마 다행이지만 계획보다 몫이 확 줄겠네.

　—응? 무슨 몫?

　의아해하는 남편에게 자초지종을 털어놓는 대신 다레트는
그를 앞세워 요양 중인 시할아버지와 집안 대소사를 보고 있
던 시아버지를 찾아갔다.

　그리곤 '비석'의 여부를 확인하고 '매우 중요한' 일로 남
편을 출타시켜야 함을 허락받게 되었다. 시할아버지와 시아
버지의 전폭적인 지원 약속은 덤이었고.

　"듣다 보니 그쯤에서 미간이 모아지지 뭐야. 내가 보기엔
철부지인데 프리—아카데미의 선배라는 남편도 그렇고, 시댁
의 웃어른들까지 왜 그리도 그녀에게 쩔쩔매나 싶었거든. 그
런데 나중에 알고 보니 다레트 부인의 친정이…… 아가페 아
라드 군과 여행해 왔으니 제논도 알지?"

품속의 은색 약병을 의식한 제논은 가볍게 고개를 끄덕였다. 사실 다레트와 안면을 틔운 엘다보다 아가페와 인맥을 이룬 제논이 훨씬 더 많이 알고 있을 것이 빤한 속사정이었으니까. 다레트의 지참금이 아라드 가문의 가보인 힐링 포션이었다는 것까지 아는데 더 할 말 있겠는가.

아무튼 시댁의 전적인 협조를 약속 받은 다레트는 선조의 초상화에 대고 주워섬긴 맹세를 지키고자 남편을 출장 보내게 된다. 그렇지 않아도 부친을 따라다니며 광산업에 대해 배우고 있던 남편은 아내가 귀띔해 주는 몇 가지 이야기를 듣게 되자 두말 않고 말에 올랐다.

목적지는 물론 '익룡들이 잠든 산'이라고 불리던 불모지였다. 그렇게 여차저차 하는 사이에 같은 업종의 사람들에게 있어서도 주목받는 산지가 되었던 것이다.

잊혔던 옛 선조의 유지를 따르기 위한 행동으로만 보기에는 광산 갑부로 알려진 '플레임' 가문의 명성이 남아도는 면이 있었으니까.

유골을 옮겨와 버렸던 탓에 산지 전체를 선산으로 등록하는 문제까진 성사시키지 못했다. 하지만 다행히 묘비를 대신한 비석이 산지의 북쪽 계곡에 남아 있어 가문의 기록과 함께 연맹에 제출할 증빙 자료로는 충분했고, 비석이 세워진 지점을 중심으로 전체 산지의 반절이나마 낙찰받을 수 있는 제1순위의 자격을 보유하게 되었으니.

─그렇게 된 일이었군요.

─네, 그렇답니다. 그런 연유로 현재 거래되고 있는 채광권들은 모두 나머지 부지에 한정된 입찰 건이 됐죠. 귀족사회에 벼락부자로나 통하던 플레임의 제가 상위귀족들에게마저 아부를 받고 있었던 이유이기도 하고요.

─반절의 소유권이라 해도 향후 막대한 이윤의 창출이 가능하고도 남을 진데, 거듭 축하드려야겠군요. 그런데 그걸 내게 나눠주실 수 있다는……?

생전 남에게 아쉬운 소리라고는 해보지 않았던 엘다였던지라 말꼬리를 흐리며 물어야 했다. 그런 그녀에게 다레트는 더욱 놀라운 확답을 재차 해왔다.

─나눠 드릴 수 있으니 말을 꺼냈죠. 경우에 따라선 무상(無償)으로 양도해 드릴 수도 있답니다.

─…조건은 무엇인가요?

좋게 보면 허무맹랑하고 나쁘게 보면 무언가 함정이 있는 제안이다 싶었지만 일단 그렇게 되물은 엘다였다. 그쯤 되자 도저히 섣불리 대할 수 없는 연하의 유부녀로 비춰진 다레트는 기다렸다는 듯이 답해왔다.

─바워버드 왕정의 당신! 바워버드 후작 가문의 후광을 등에 업을 수 있는 공주님이라면 족합니다.

─…날 사겠다고요?

─아아~ 공주님과의 동업을 뜻하는 말이었는데, 엄밀히

따지면 공주님의 명성과 무력과 신용을 빌리겠다는 의미이기도 하니 그렇게 봐도 되겠군요.

─물론, 제안의 이면에 대한 부연설명을 낱낱이 더 듣고, 거래 청약에 따른 조정과 조율도 가능한 제안이겠죠?

─아아, 그럼요.

─…아까 내 앞에서 비틀거린 것은 고의였나요?

─에궁, 들켰네요. 호호!

다레트로서는 밑지는 장사였지만 개별적으로 품고 있던 대외적인 목적을 달성하기 위한 일종의 '투자'였기에 무언가의 함정을 품은 사기 따위는 아니었다.

다레트가 익룡들이 잠든 산을 시댁의 소유로 등록시키고자 그에 필요한 포석을 깔았던 것은 1년 전. 그 후 친정에도 알리지 않고 철저한 비밀 엄수 속에 광산으로서의 가치를 조사케 하여 비명에 간 미남 선조의 가설을 완성했다. 그러나 북방 연맹의 복잡하고 비효율적인 행정 체계로 인해 소유권 등기가 차일피일 미뤄지기만 하고 있던 차.

그렇지 않아도 이런저런 경로로 비밀이 새어나가 탐욕스런 업자들이 꼬일 기미를 보이고 있는 판국인데 채굴을 시작할 수 있는 여건만 갖추면 뭐 하겠는가. 잘못하다간 다 된 밥에 코 빠뜨려 연맹 좋을 일만 시키겠다 싶어진 다레트는 자진 납세라는 강수(强手)를 강구하게 된다.

광맥 여부를 증명할 근거 자료를 북방 연맹 측에 제출함과

동시에 광맥의 최초 발견자임을 신고하여 광산 지분의 확보
를 재차 의도했던 것이다.

결과적으론 다레트의 승리로 끝났지만 뒤늦게 욕심을 낸
연맹 측과의 이해관계 때문에 겨우 며칠 전에야 광산 소유권
을 승인받기에 이르렀으니.

그런데 왜 이제 와서 초면의 엘다를 붙들고 지분의 양도를
운운하게 되었는가.

─초심과 달리 날이 갈수록 지긋지긋해졌다고나 할까요?
시댁의 재력은 친정보다 월등하고 지위는 서로 같은 자작가
문임에도 작위에 합당한 사회적인 대우가 실제론 제로에 가
깝다는 점도 내심 자존심 상했고요.

강직하고 근면 성실한 엘다로선 살짝 이해가 가지 않는 일
이었지만, 다레트의 입장으론 '무려' 1년이나 걸린 그 성과
에 보람보다는 싫증이 앞선 것이 원인이라면 원인이었다. 또
한 광산을 취득하던 와중에 종종 느껴야 했던 낯선 굴욕감과
모멸감 같은 것도 큰 이유가 됐다.

전통있는 명문가인지의 여부라던가, 상류계층에서도 얼마
만큼의 실세를 누리는 가문인지 따위의 저울질이 은연중에
항상 따라다녔던 것이다.

그 때문에 일선에 내세운 남편의 품위 유지에 각별히 신경
을 쓰고, 다레트 자신도 안팎의 에티켓에 바짝 긴장하며 흠잡
을 데 없는 우아함을 연출하는데 최선의 노력을 기울였으나

그래 봐야 소용없는 수고였다.

　아무리 애를 써도 자신의 새로운 울타리가 된 플레임은 돈으로 작위를 산 '졸부 가문' 일 뿐이었으니까. 더구나 그런저런 사회적인 타산이라면 광산 소유권을 확보했다고 문제가 전부 해결된 것은 아닐 것이 분명했다.

　광산 지분을 갖게 되었으니 채굴권만큼은 경매에 붙이거나 투자자인 자신들에게 넘겨줄 것을 종용하는 귀족들의 압력이 뒤따르고도 남을 것이 아닌가.

　다레트의 예상처럼 무시할 수 없는 귀족들의 뇌물 공세와 아첨이 점점 심해지고 있던 상황이었다. 그러던 차에 하나같이 대단한 실력자로 어림되는 기사들을 호위로 거느리고 경매장에 행차해 있는 눈부신 미모의 여기사를 발견했으니 가만있을 수가 있었어야지.

　'어머, 저 아름다운 여기사님은 누구시래요?' 라는 단순한 질문으로 엘다의 출신 배경과 사회적 지위와 화려한 경력 등을 단번에 파악해 버린 다레트.

　경매장의 안전과 치안을 위해서가 아니라 입찰에 참가하고자 자리해 왔다가 낭패감으로 아름다운 미간을 찌푸리고 있음을 알게 되자 더 재고 말고 할 것도 없이 자리를 박차고 일어났던 것이다.

　─그래서 실은 넘어지는 시늉 정도가 아니라 여차하면 공주님의 발치에 드러누워 버릴 생각도 있었지요. 그만큼 제가

약이 올라 있었답니다. 호호!

그로써 자신이 빌려줄 수 있는 '후광'이 필요하다는 다레트의 의사를 완벽히 이해하게 된 엘다였다. 물론 경매장의 다른 입찰자들 중에도 엘다의 본가와 어깨를 견줄 만한 출신 배경을 지닌 귀족들이 아예 없지는 않았다. 하지만 엘다만큼 다레트의 시선을 굳건히 붙잡은 인물은 없었고 그녀의 잣대에 이모저모로 걸맞는 인물도 없었던 것이다.

—음, 어떠세요? 제 제안을 받아들이실래요?

—…다렛 부인.

—네, 말씀하세요. 설마 거절은 아니시겠죠?

—거절이라기보다는…….

앞으론 가문의 재력을 키우는 것보다 가문의 격을 높이는 데 중점을 두겠다는 의도였고, 시가(市價)를 웃도는 매입가를 부른 것도 아니었으며, 반대급부에 따른 협상은 아직 시작도 하지 않은 시점이니 다레트가 내걸 조건들의 조정은 얼마든지 가능한데다, 굴러들어 온 호박이나 다름없는 매우 운 좋은 제안이었으니 거절할 이유라곤 없었다.

하지만 엘다의 원래 목적은 채굴권을 낙찰받아 프라이어가의 제논에게 양도해 주는 것이었지 않은가.

그 점을 어떻게 다레트에게 피력하여 수긍시킬 것인가의 문제로 엘다는 고민해야 했다. 그러다 결국 본가의 친족들에게 했던 해명을 도로 입에 담았다. '인재 스카우트를 위한 포석’ 이 그것이었다.

그런데 그러자,

―인재를 등용시키기 위한 포석이요? 그저 한시적으로 거래하는 평범한 채굴권도 아니고, 광산의 반영구적인 소유권이 오가는 거래가 되었음에도 애초의 생각대로 인재 등용을 위한 ‘포석’ 으로 쓰실 생각이신가요?

―내가 광산업자는 아니니까요. 경매 참가에 따른 경비와 투자원금을 회수하는 선으로도 충분합니다.

―아아, 놀라운 분이로군요. 뼛속까지 기사인 터라 재물에 대한 사심이 없으신 건가요, 등용시킬 계획인 그 ‘인재’ 의 그릇이 그만한 가치가 있는 것인가요?

―굳이 따지자면 후자일 성싶은데.

―그의 이름이 무언지 여쭤도 되겠습니까?

―…토레노의 제논 프라이어.

다레트에겐 당시만 해도 생소한 성명이었다. 그래서 생각할 시간을 달라고 하고는 엘다를 놓아주었다.

다레트의 거처를 나오던 엘다는 아무래도 기회를 놓친 것 같다 싶었지만 의외로 다레트는 제안을 철회해 오지 않았다.

철회하기는커녕 매일같이 엘다를 찾아와 이목들 앞에 과시하듯 여자들끼리의 친목을 도모했고 엘다와의 신용거래를 위한 초안을 한 구절씩 작성해 갔다.

굴채(掘採)에 관한 사항들은 플레임 측이 전담할 테니 바워버드의 엘다 측은 광산의 수익과 권리를 지키는 쪽에 치중해 줄 것. 개별적인 경호를 포함해, 앞으로 자주 부딪치게 될 이웃 입찰자들과 귀족 실세들로 이뤄진 '연맹'이라는 거물을 상대로도 절대 우방의 위치를 고수해 줄 것.

대충 그런 내용을 골자로.

그리곤 덧붙였다.

—공주님, '공주님의 그'가 오고 있을 거라면서요? 그럼 그가 도착하는 대로 제가 직접 만나보고 확답을 드리겠습니다. 이 거래 청약서를 완성해 효력을 발휘시키는 문제는 그때까지 미루지요. 그래도 되겠습니까?

그러라고 허락한 엘다는 최대한 그녀를 대우하며 로비를 벌이는 것을 잊지 않았다. 그런데 엊그제는 아침 댓바람부터 바삐 찾아와 다짜고짜 주워섬겼단다.

—엘다 공주님~! 영광되게도 우리들의 만남은 운명이었다고 감히 아뢰옵나이다.

무슨 말인지 의아해하는 엘다에게 그녀는 신용거래에 조건으로 건 사항들을 임시로나마 발동(정예기사들의 무력)시켜 줄 것을 요청하며 설명해 왔다.

—친정의 작은아버님이 보내온 전문을 받았는데 말썽쟁이 내 사촌 남동생이 위험에 빠졌다고 하네요. '공주님의 그'가 포함된 토레노의 일행과 함께 북상해 오던 중에. 그쯤이면 예정된 인연이 아니었을까요?

—제논이 아라드 가의 후계자와……?

—네, 공주님도 모르고 계셨나 보군요.

—그의 여동생인 키라가 편지에 불꽃마법을 선보여 준 아카데미 친구와 진작 출발했다는 이야기를 하긴 했지요. 하지만 그저 불꽃놀이를 마법으로 표현한 것인 줄 알았는데. 그 학우가 다렛 부인의 사촌 아우였을 줄은 더욱 몰랐…… 아니, 근데 무슨 위험에 빠졌다는 거지요?

—아아, 가면서 말씀드리지요! 한시가 급한 듯했거든요.

—…차스키!

그렇게 하여 엘다가 그녀를 앞세워 달려오게 되었던 것이다. 도착한 후엔 제 남동생의 머리끝도 다치지 않게 경호하면서 밤새도록 용병들을 막아낸 흔적들도 무더기로 확인했으니 무작정 제논을 거부할 수는 없게 되었고.

그런 계산이 깔려 있었기에 엘다도 다레트의 천막을 찾아가 '담판'을 지어볼 것을 권한 것이다. 그러나 제논은 썩 내키지가 않았다.

"제논, 대체 왜?"

무어라고 답해야 그녀의 기분을 거스르지 않고, 그녀의 호의를 배반하지 않는 선에서의 의사 표현이 될 것인가 말이다. 궁리에 궁리를 거듭했지만 생각나는 언변이라곤 고작 뜬금없이 느껴지는 되물음밖에 없다.

“엘다, 내가 이주해 오길 바라나요?”

“응? 이주?”

“네. 이곳 북방으로.”

“…이제 겨우 1년차인데 어떻게 이사를 해? 아카데미를 졸업하면 의무행정기간도 보내야 할 텐데.”

스스로에게 각인시키듯 말하는 엘다의 지적이 아니더라도 당사자인 제논이 가장 잘 알고 있는 사실이었다.

아무리 좋은 조건의 ‘스카우트’라고 해도 자신은 토레노의 집을 떠날 수 없는 형편이 아닌가. 졸업할 때까진 4년이 넘게 남았고 5년차 졸업반이 되더라도 의무행정기간으로 5년 이상을 더 보내야 하는 처지이다.

졸업 후 근무할 행정기관도 집과 가까운 거리를 우선적으로 고려할 생각이었다. 그때가 되어도 어머니와 동생들을 돌봐야 한다는 사실은 변함이 없었고.

하지만 엘다는 현재 스물여덟의 나이가 아닌가. 제논 자신이 사회적인 경력과 통상적으로 구분되는 ‘성인’의 연령을 갖출 때까지 마냥 기다릴 수는 없으리라. 그녀에겐 한때의 불장난으로 치부해야 할지도 모를 자신과의 관계로 꽃다운 시기를 허비하게 할 수도 없는 노릇이었고.

‘그렇다고 내가 이 나이(?)에 결혼하자고 하는 것도 모양새가 이상한데. 우리 엘다 아가씨를 어쩐담.’

저쪽 동네에서의 다슬이나 토레노의 레티샤 하버처럼 속

으로나마 '꼬맹이' 라고 부를 수는 없는 엘다였다. 그리고 그 점이 사실 현진에겐 기껍게 여겨졌다.

귀엽고 사랑스러운 면도 분명 있었지만 객관적으론 틀림없이 성숙하고 아름답고, 또한 강하고 지적이기까지 한 미인이 아닌가. 그쯤이면 '우리 엘다' 나 '우리 엘다 아가씨' 로 불러야 함이 합당할 테지.

'아니, '나의' 아가씨라고 해야 할까?

그렇게 잠시 헛생각에 빠져 있는 제논의 속내를 알 리 없는 엘다 바워버드, 원조교제라도 꾀하는 기분인지 변명하는 어조가 되어 화제를 잇고 있다.

"제논, 내가 등용을 언급했던 것은 명분에 가까운 핑계이고 가족들을 등한시하라는 것도 아니야. 그저……."

자박자박.

누군가 제논의 천막을 향해 다가오기 시작한다. 빗물로 진탕이 된 땅을 걸어오는 차분한 발자국 소리, 누구인지 엘다도 가늠하는지 말꼬리를 흐린다.

그녀가 쥐어주었던 지도와 서류들을 매만지던 제논은 차곡차곡 그것을 접으며 조심스레 질문했다. 이제까지와는 조금 다른 화제이나 관련이 아주 없지도 않은, 그녀와 다시 만난 후 실은 가장 묻고 싶었던 내용으로.

"가문의 계승권 문제는 어떻게 되신 겁니까?"

"……."

엘다는 대답하지 않았다. 지척에 이른 천막 밖의 인기척을 의식해서이겠지만 온전히 그 때문은 아니었다.

그건 확실했다.

시원스럽게 답하지 못하는 그녀의 짙은 잿빛 눈동자를 가만히 마주 보던 제논은 신발을 찾았다. 땅의 습기와 한기를 막아 침대로 삼고자 바닥에 겹겹이 깔아뒀던 널빤지가 삐걱거리는 소리를 낸다. 신을 신고 손님맞이를 위해 부스스 일어나던 제논은 가능한 부드러운 어조로 말했다.

"아직 이렇다 할 변화가 없는 모양이군요. 저도 이번의 권유에 대해 생각할 시간이 필요하겠습니다."

그런데 그러자,

"제논, 폐를 통한 마나 호흡은 잘돼가?"

제논은 잠시 그녀를 내려다봤다. 어젯밤, 아가페의 친부인 아라드 남작이 가져다주었던 낮은 간이 의자에 앉아 있던 엘다, 그녀는 쳐다보지 않았다.

"아니요. 그만둘 것을 충고받았었지요."

"토레노의 아라드 자작에게?"

"네."

고개도 끄덕인 답변이었으나 그녀가 여전히 시선을 들지 않는다. 그렇게 더 이상의 대화가 이어지지 않자 천막 밖의 손님이 헛기침을 하며 호명해 온다.

"흠! 제논 프라이어 경? 앗시입니다. 기침하셨으면 잠시 뵐

수 있을까요?”

“네, 지금 나갑니다.”

대답은 그렇게 했으나 바로 나갈 수가 없다. 자신에게 거절이라도 당한 것처럼 잿빛 시선을 내리깐 엘다가 아무런 말도 하지 않고 있지 않은가.

한참 상위 신분인 그녀의 허락이나 동의없이는 자리를 뜰 수 없는 일이었다. 분명, 밖의 앗시 아줌마나 지적할 이유였지만 상대가 ‘자존심을 다친 듯한’ 엘다이다 보니 그런 에티켓에도 신경이 쓰이는 제논이었다.

그래서 조금 망설이다 걸음을 뗀 그는 다독이듯 엘다의 어깨를 짚으며 타협의 여지를 비쳤다.

“매번 신세만 진다 싶어 그런 것이니 심려치 마십시오. 말씀대로 다레트 부인과 이야기해 보겠…….”

“미안. 가문의 마법계열 연구원들을 소개해 주겠다던 약속만큼은 취소해야 할 것 같아. 하지만 그래도 괜찮지? 내가 약속을 지켰더라도 별 도움은 안 됐을 거야. 제논이 아라드 가문과 교류하고 있는 줄 알았다면…….”

“…….”

가끔씩 여자들의 속은 알다가도 모르겠더라. 난데없는 사과로 냉큼 말을 가로챈 엘다의 머리꼭지를 멀끔히 내려다보던 제논의 진심 어린 생각이었다.

그런데 한편으론 토라진 척하는 보통의 젊은 아가씨, 그것

도 아주 애교스럽고 콧대 높은 미녀의 볼멘 투정으로 보이기
도 했다. 아마 그 때문이었으리라.

천막의 낮은 천장을 핑계 삼아 슬쩍 상체를 굽힌 제논은 거
의 충동적인 행동을 했다.

스륵.

흠칫한 그녀가 잿빛 시선을 든다. 어깨를 짚었던 손에 힘을
주다 쓰다듬듯 목덜미를 스친 제논이 그녀의 까만 머리카락
을 한 움큼 움켜쥐며 말했던 것이다.

"약속을 하셨으면 지켜야지요. 못 지킬 이유가 생겼다면
해명 정도는 하셔야 하고. 그렇지 않습니까?"

"…그래야겠지."

접주듯 가깝게 닿아온 제논의 입김에 꿀꺽 침을 삼키고픈
심정이 된 엘다는 우물우물 뇌까렸다. 그러자 씩 웃은 제논이
더한 무례를 범하며 곁을 지나친다.

"그럼 나중에 다시 얘기 나누죠."

'…깜짝이야.'

본능적으로 얼굴이 달아오른 엘다는 천막을 나가는 그를
돌아보지도 못했다. 만지작거리던 머리카락을 놓던 제논이
귓불까지 슬쩍 쥐었다 놓았던 것이다.

'뻔뻔스런 녀석!'

전부터 생각해 온 일이지만, 대체 어떻게 저게 열여섯밖에
안 되는 풋내기 늑대가 행할 수 있는 엉큼함이란 말인가! 민

망함도 민망함이지만 묘한 흥분이 인 엘다는 경직된 듯 움직이지도 못하고 앉아만 있었다.

비밀스런 기습에 화가 조금 났지만 불쾌하지는 않았다. 사실, 불쾌하기는커녕 안도감 같은 것이 뒤섞인 기쁨을 더 크게 느낀 손길이었다. 제논은 여전히 자신이 열두 살이나 연상인 북방의 공주임에 위축되지 않고 있었다.

위축이라니?

위축이 됐다면 오히려 자신 쪽이 그러하지 않은가. 왜 그의 손등이라도 꼬집어주지 못했을까 하는 후회를 하며 엘다는 화끈거리는 뺨을 쓸어내렸다.

'누가 중늙은이 아니랄까 봐……! 아니, 제논이 중늙은이는 절대 아니지. 헛갈려라. 내가 왜 이러누.'

두런두런.

상기된 얼굴을 들킬까 싶은 걱정에 두런거리는 천막 밖의 대화에 끼일 엄두도 내지 못한 엘다였다. 제논을 불러낸 아라드 남작의 보좌관이 그와 함께 자리를 뜬 후에도 그녀는 한동안 천막에서 나오지 못했다.

Chap. 8
전범(戰犯)의 도주

전범(戰犯)의 도주

"죄송합니다. 바워버드 가문의 둘째 공주님과 이야기 중이신 듯했는데. 휴식은 충분히 취하셨나요?"

'엉? 둘째 공주?'

엘다에게 오라비가 하나 있다는 것은 알고 있었다. 그 때문에 가문의 두 번째 직계이고 계승 서열도 2위인 줄로 알고 있었는데 둘째 공주라니? 엘다에게 언니가 있는 줄은 몰랐기에 제논은 순간 버적거리며 대꾸했다.

"어, 네. 덕분에."

랏시 집사의 누이인 지천명(知天命:오십 세의 나이)의 보좌관 앗시. 작달막한 키에 비슷한 연배의 아녀자들과 별다를 바

없는 외형이었으나, 조금만 더 자세히 보면 결코 평범치 않은 인상임을 알 수 있는 여인이었다.

걸핏하면 온갖 제를 올리거나 점을 치느라 박수무당과 같은 토속적인 복식을 즐겨 입던 토레노의 남동생과는 달리 그나마 차림새는 무난한 편이었다. 비를 가리고자 머리에 쓰고 있는 모자만큼은 빼고.

원래는 햇빛을 가리는 용도의 여성용 모자였는데 거의 우산만큼 챙이 넓은데다 무릎까지 늘어뜨려진 반투명한 베일이 자그마한 몸을 병풍처럼 에워싸고 있었으니까.

역시 비를 가리라는 뜻에서 그녀가 건네주는 비슷한 형태의 모자—다행히 하늘하늘한 베일은 안 달려 있었다—를 머리에 얹으면서 제논은 생각했다.

'아침 인사를 되돌려야 했나?

버적거리는 제논의 대답에 앗시가 깐깐한 인상의 이마에 속모를 주름을 만들었던 것이다. 하지만 잠시의 일일 뿐이었고 곧 사무적인 어조로 말해온다.

"전범(戰犯)이 도주했습니다."

"뭐, 새삼스런 일은 아니군요."

앗시가 말하는 전쟁범죄자란 케스윅 웰치였다. 어제 동틀 무렵 생포했던 케스윅 웰치, 그는 포박된 그대로 아라드 남작이 당도했던 그날 정오까지 '방치' 됐었다. 하지만 그땐 도망을 치래야 칠 수도 없는 처지였다.

 제논 프라이어

다레트의 마차에서 간수처럼 흘끔거리는 아가페의 시선도 시선이었지만, 용병들을 막느라 밤새 고생한 제논과 메탄과 각터를 위해 천막을 치거나 주변을 정리하느라 끊임없이 그의 곁을 오간 엘다의 기사들 때문이었다.

놈으로선 정말 견디기 힘든 시간이었을 것이다. 주위를 오가던 실력파 현역 기사들이 낮게 혀를 차거나 말없는 야유를 보내오기 일쑤였던 것이다.

개중엔 들으라는 듯이 수도의 사립아카데미를 나온 스스로의 경력을 언급하는 기사들도 여럿 있을 정도였으니 가시방석도 그런 가시방석이 아니었을 것이고.

못 견디겠는지 한번은 묶인 채로 벌떡 일어나 성큼성큼 자리를 뜨는 과감함을 보이기도 했다. 하지만 놈은 몇 미터 진행하지 못하고 볼썽사납게 바닥을 굴렀다.

'어이, 여기 부러진 창대가 하나 더 있네!' 라는 소릴 하며 느닷없이 창대를 휘둘러 온 기사와 '여긴 웬 팔뚝도 하나 굴러다니는데? 이것도 묻어!' 하는 소릴 하며 몽둥이처럼 딱딱해진 사람의 팔뚝을 던져 온 기사로 인해서.

그 경험으로 케스윅은 엎어졌던 자리에 뻣뻣이 주저앉아 눈을 질끈 감고 있기만 했다. 그러나 아라드 가의 지원병이 도착한 후엔 더 끔찍한 고문을 당했다.

황급히 달려왔다가 큰아들의 무사함을 확인한 아라드 남작. 팔짱을 끼고 케스윅 앞에 떡 버티고 서서 한참을 노려보던 그를 시작으로, 그가 대동해 온 아라드 가의 기사들마저 돌아가며 그를 구경했던 것이다.

그러다 아무리 큰 잘못을 저지른 죄인이라도 귀족 자제의 신분인데 계속 비를 맞게 할 수는 없다는 앗시의 주선으로 남작의 커다란 천막으로 자리를 옮겼다. 하지만 그 시점부터 놈은 아예 혀라도 깨물고 싶었으리라.

자잘한 상처들을 소독하고 약을 바르고—다레트의 하녀들이 치료해 주었다—요기를 한 후 만사 제치고 휴식을 취하고 있던 제논과 메탄과 각터.

쉬더라도 밥은 먹고 더 쉬어야 하지 않겠느냐는 아라드 남작의 권유를 받고 천막을 찾아온 자신들이 안부와 인사를 나누고, 치하와 감사를 듣고, 푸짐하고 먹음직스런 점심을 대접받던 자리에 꿔다 논 보릿자루 행색으로 동석해야 했던 것이다. 물론 여기서의 '동석'이란 같은 탁자나 의자가 아니라 그저 같은 천막 내부일 뿐이라는 뜻이다.

멍멍이 취급하듯 식탁 근처에 눌러 앉혀진 것만도 기가 막혔을 텐데 빵 쪼가리 하나 던져 주지 않았고, 허기만 돋우고 말았던 식사 후엔 또 어떠했던가.

어서 가서 더 쉬라며 제논을 포함한 세 사람을 내보낸 아라드 남작이 이를 쑤시며 보좌관 앗시와 함께 '전범 포로'의 처리를 놓고 왈가왈부했다.

이죽거리는 남작의 훈계와 동정하는 앗시의 충고가 곁들

 제논 프라이어

여진 토의였던 터라 놈으로선 아마 대놓고 흉을 보는 것보다
더한 모욕이 되었으리라.

하지만 딱 한 번, 놈이 자괴감과 비웃음으로 안면 근육을
실룩인 순간이 있긴 했으리라 본다.

그때를 묘사하자면,

"남작님, 말씀대로 포로 케스워 웰치 경의 행위는 전범(戰犯)
으로 다뤄져야 마땅한 일입니다. 결코 쉽게 용서할 수는 없는 노
릇이지만 그렇다고 일을 확대시키는 것도 좋을 건 없지 않을까
요?"

"그럼 어쩌라고?"

"황립아카데미생들을 시기하여 단체 아마자디 대결을 꾀한 사
립아카데미생의 패배, 그게 그나마 제일 무난한 조치가 되리라 봅
니다. 용서의 미덕을 행하는 측면도 있으니 동부의 웰치 가문도
고마워할 테고요."

"내 포로도 아닌데 용서는 무슨~"

"제논 프라이어 경의 포로이긴 합니다만, 그에게 끌고 다니라
고 할 순 없지 않습니까. 아가페 도련님과 다른 도련님들이 쉬고
나면 함께 의견을 물어서……."

"하지만 열 받잖나!"

"무엇에 또 그리 열이 나십니까?"

"우리 아가페만 해도 그래. 녀석의 안색을 보고 가슴이 철렁했

다고! 전투 중에 얼마나 마나를 써댔으면 빌어먹다 죽은 시체보다 못하게 질려서! 어지간했으면 밥시간에 나타나지도 못하고 잠만 자고 있겠어.”

“아가페 도련님은 전투에 전혀 참가하지 않은 것으로 아는데요? 다렛 아가씨, 아니, 조카따님도 뻔히 알고 계시는 눈치였는데, 남작님은 모르셨어요?”

“그게 무슨 소린가? 그럼 왜……? 뭐야! 녀석이 나 모르게 또 사고를 쳤었나? 그래서 다레트가 감추듯 녀석을 치마폭에 싸고돌았군! 내 이 녀석들을……!”

“남작님, 호위 기사들을 시키십시오. 그리고 조카따님은 안 됩니다. 이미 예전에 다른 집 아녀자가 되셨고 각별히 심신을 조심해야 할 때이지 않습니까.”

“알았네. 애 가진 다렛은 빼고!”

비 내리는 날은 어떤 소리든 더 크게 들리고 멀리까지 울리는 법이다. 건물 벽도 아니고 고작 얇은 천막의 천들을 사이에 둔 실외였던 지라 비몽사몽간임에도 제논은 놀리듯 말하는 다레트의 음성까지 구분했었다.

“아가페, 어쩌겠니. 순순히 오라를 받으러 나가렴.”
“젠장, 잠 와 죽겠는데.”

그렇게 하여 다레트의 천막으로 피신해 있던 아가페는 제 부친의 기사들에 의해 연행(?)되어 갔다. 연이어 선잠을 자고 있던 제논과 시끄러운 아라드 가의 소음에 뒤척이고 있던 메탄과 각터도 차례차례 다시 불려갔다.

아가페는 물론, 각터나 메탄, 그리고 제논도 고역이었지만 케스윅 놈도 못지않았을 것이다. 추궁당하고 질책을 듣고 돌려보내졌다가 도로 호출되는 소란스런 상황이 저녁때까지 한두 번 더 반복되었으니까.

그랬으니, 생포 당시에 비리비리한 아가페가 묶었던 포박을 손보지도 않고 은근슬쩍 도망치길 일부러 유도하지 않았더라도 놈은 탈출에 최선을 다했을 것이다. 남 보기에 조금이라도 더 그럴듯한 탈출로 보이게끔 하려면 어두워진 밤의 시각을 택하는 것이 나았을 테고.

'기사들이 취침하던 때였지?

놈을 지척에 두고 잠자리에 들었던 아라드 남작이 도주를 부추기듯 코를 골던 시각이기도 했다. 제논처럼 앗시 보좌관도 케스윅이 탈주하던 시각을 어젯밤의 그때로 단정 지으며 현재의 소재지를 추측한다.

"밤새 달렸을 테니 지금쯤 인가에 거의 다다랐을 겁니다. 마구는 내주지 않았고 붙잡혀 있는 동안 끼니도 챙겨주지 않았으니 가장 가까운 인가로 향했겠지요."

　가장 가까운 인가는 앞서 엘다와 내내 화제로 삼았던 '익룡들이 잠든 산' 이었다. 좀 더 정확하게는 그 산지의 남쪽 기슭에 있던 사람들의 캠프이리라.

　하지만 예상외로 산지의 남쪽에 있는 와이번 부대나 그 근경에 있는 인가로 곧장 도망쳤을 수도 있다.

　엘다와 합류한 제논과 남편에게로 돌아가야 하는 다레트를 위시해, 조카딸을 바래다 줄 겸 산의 북쪽 기슭까지 동행하기로 한 아라드 남작이―결국은 모두가―그곳을 경유할 것이라는 것을 케스웍도 알고 있었으니까.

　"추격이 있을 것으로 여기든 아니든, 뒤따라올 우리를 피할 생각이라면 남쪽 방향을 택했겠지만 그렇게 되면 꼬리를 내리고 완벽히 '도주' 하는 격이 되니 그럴 가능성은 적겠지요. 그의 사촌 누이도 아마 전장이었던 이곳과 가까운 산의 남쪽 기슭에서 기다리고 있을 것이고."

　"놈이 정신을 덜 차렸다면 또 붙잡게 되겠죠. 짐작하고 있던 일이니 일일이 설명하실 필요는 없는데."

　"물론 다른 도련님들에겐 애써 보고드릴 필요는 없겠죠. 하지만 제논 경에겐 보고를 드려야 도리입죠. 직접 상대해 생포한 포로였지 않습니까."

　"어쨌든 그럼 이제 출발하면 되겠습니까?"

　"서두르지 않아도 됩니다. 인가로 도망친 그가 어떤 식의 대응을 해올 것인지 알려면 시간을 넉넉히 주는 것이 좋을 테

니까요. 그래 봐야 며칠만 경계하면 되겠지요. 탈영병으로 전
락하지 않으려면 그도 부대로 복귀하긴 해야 할 테니까요. 조
반을 들고나면 캠프를 철수하고…….”

앗시 보좌관은 잠시 말을 멈췄다. 그녀가 건네줬던 우산용
모자를 벗은 제논이 그걸 천막의 입구에 걸어두면서 양해를
구하듯 중얼거렸던 것이다.

“비가 그쳤으면 좋겠군요.”

안에 있는 바워버드 가의 공주를 위한 배려였고, 밖으로 얼
굴을 내밀지 않고 있는 그녀를 위해 차라리 자리를 옮겨서 이
야기하자는 뜻이기도 했다. 그 때문에 앗시도 별말없이 걸음
을 옮기는 제논을 따라왔다. 자신이 쓰고 있던 모자의 챙을
제논의 머리와 나누면서.

“우리 다렛 아씨를 뵈러 가시는가요?”

“다레트 부인은 아직 기침하지 않으셨을 테니 아라드 남작
님을 뵈러 가야지요. 케스윅 웰치도 도망치고 없으니 내가 계
속 아라드 가의 가보를 지니고 있을 이유는 없으니까요. 남작
께서도 그러길 바라신 듯했고.”

포박된 케스윅의 앞에서 예의 포션에 관한 사항도 언급됐
었다. 거짓 정보를 흘리려는 앗시와 남작의 고의적인 대화가
한때 벌판을 쩌렁쩌렁 울렸으니까.

앗시는 ‘남작님, 몇 방울 안 남은 것 같습니다’ 라고 거짓부
렁을 했고, 제논에게 건네받아 귀에 대고 직접 흔들어보던 남

작은 '세상에 이런 기막힌 일이! 조상님들을 어찌 뵐꼬!' 라는
말로 통탄하는 시늉을 했던 것이다.

　뒤이어 죽일 놈 살릴 놈 하는 남작의 질책이 아가페에게로
쏟아졌다. 하지만 피곤에 지친 아가페는 어른들의 수작을 얌
전히 방관하는 것으로 동조했고 제논도 묵묵히 남작의 성화
에 반성하는 척 입을 다물고 있었다.

　멍청하게 그걸 동강나지도 않은 팔의 상처에 다 들이부었
느냐는 우회적인 남작의 문책을 받으면서 도로 돌려받을 때
는 제논도 솔직히 짜증이 좀 났었다. 하지만 애써 떠벌리고
있는 그들의 수고를 방해하지는 않았다.

　"가문의 가보이지 않습니까. 얼마 남지 않았지만 그래도 남작
께서 지니고 돌아가십시오."

　라고 말하며 정중히 사양했던 것이다. 그런 제논에게 다혈
질의 아라드 남작은 망설이는 척하다가 고개를 저으면서 속
보이는 인심을 써왔었다.

　"아니네. 우리 어머니가 자네에게 특별히 내주신 거지 않나. 그
걸 내가 어떻게 뺏나. 잘 간수했다가 토레노로 돌아가면 어머니께
돌려 드리든지 하게."
　"하지만 남작님, 귀가하실 때까지 제논 경에게 계속 지니게 하

시는 것은 무리라고 봅니다. 탐욕스런 무리들의 표적이 되어 계속 쫓기게 될 게 아닙니까."

"그렇군. 그럼 어쩌지? 다시 밀봉을 하더라도 효능이 오래가진 않을 텐데. 차라리 그냥 자네의 몸보신에 마저 써버리게. 말짱 남에게 뺏기는 것보단 낫겠지."

효능이 오래가지 않네, 어쩌네 하는 말들도 말짱 거짓부렁이었다. 하지만 제논은 역시 맞장구쳐 줬다.

"말씀하시는 바에 의하면, 유효기간이 얼마 남지 않았던 모양인데…… 마셔도 되는 겁니까?"

"그럼! 오랜 세월 보관만 하다가 마개를 딴 거라 명약까진 못 되겠지만 보신용 보약쯤은 충분히 될 걸세."

"알겠습니다. 감사합니다."

그렇듯 진지하게 답한 제논은 그 조그만 은색의 호리병을 품에 다시 갈무리했었다. 그랬던 어제의 일을 떠올렸는지 앗시도 멋쩍은 어조로 딴소리를 한다.

"출발할 쯤엔 날이 개일 겁니다."

"네, 근데……."

미안함과 감사의 표현인지 모자의 챙을 모두 제논의 머리를 향해 뻗으며 보조를 맞춰 오는 그녀에게 제논은 질문 한

가지를 했다. 힐링 포션을 남작에게 돌려주는 문제는 어려운 일이 아니나 정말 그래도 되겠느냐고.

케스윅은 제대로 뭉개어 쫓아버렸지만 마법스캔 따위로 또다시 염탐해 올지 모를 아무개 황족의 존재는 여전하지 않은가. 아라드 남작에게로 그것이 넘어가면 추적의 방향도 그를 중심으로 바뀌지 않을까 하는 지적이었다.

그러나 제논은 이내 걱정할 일이 아님을 인정하게 됐다. 어딘지 자조적으로 들리는 웃음을 픽 웃은 앗시가 무덤덤하게 대답해 왔던 것이다.

"남작께 돌려 드린다고 해도 보관은 제가 할 겁니다. 그런데 내 감각을 피해 마법탐색을 성공시킬 마법사가 토레노든 황성에든 과연 있을지 궁금하네요."

"아……."

"설사 있더라도 상관은 없습니다. 나나 랒시는 마나의 흐름에 가장 민감한 커뮨 계열이니까요."

"커뮨 계열의 응용으로 대비할 수 있는 겁니까?"

"네. 마나의 흐름을 단절시키거나, 스스로를 포함해 타인의 마나흐름도 그 경로를 속이거나 빗나가게 할 수 있고, 흔적없이 지우거나 숨기는 응용법도 체득하고 있지요. 이제껏 아라드 가의 가보가 세상에 알려지지 않고 온전히 비전(秘傳)될 수 있었던 이유이기도 합니다."

고개를 끄덕이던 제논은 존경스런 눈빛으로 작달막한 그

 제논 프라이어

녀를 내려다봤다. 객관적으로 몹시 대단해 보이는 마법사 여인이었던 것이다.

어쨌든 그렇게 하여 문제의 힐링 포션은 아라드 남작에게 전달되었고, 아침 식사 후 맑게 갠 북방의 푸른 하늘을 올려다보며 느긋이 출발하기에 이르렀다.

점심때쯤 익룡들이 잠든 산의 남쪽 기슭에 도착한 제논은 새로운 시비나 습격에 대비해 긴장을 되살렸다. 그러나 케스윅 웰치를 다시 붙들지는 못했다.

놈이 나타나지 않았던 것이다. 산의 남쪽 기슭에서도 그랬고 엘다와 다레트의 거처가 있던 북쪽 기슭으로 가서도 별다른 마찰이 생기지 않았다.

이상한 일이었다. 토레노에 있는 랏시와의 통신으로 앗시가 알아본 바에 의하면, 케스윅 웰치의 소재지가 미궁에 빠지고 있었던 것이다.

용병들을 앞세운 전투에서의 승패를 떠나 제가 소속되어 있던 몬스터 부대로 복귀쯤은 해야 할 일이었는데 놈이 부대로 돌아간 기미는 없다고 했다.

그렇다고 제가 따르던 토레노의 모모 황손에게로 득달같이 도망쳐 갔을 리도 없는 일이었다. 그러고 싶어도 현실적으로 불가능했으리라.

케스윅 웰치의 신분은 병영 실습 중인 사립아카데미의 휴학생, 혹은 연수생이었으니까. 단순한 실습이 아니라 '군복무'에 해당하는 연수라는 것이 문제였다.

출신 내력과 학력을 내세워 아무리 휴가를 넉넉히 받았더라도 부대 복귀를 하지 않고 있는 현재의 상황이라면 '탈영병'이 되는 셈이 아니고 무언가. 토레노는커녕 중부와의 경계선도 넘지 못하고 검거될 것이 틀림없음을 그도 모르진 않을 터이니 수도나 토레노로 향했을 리는 없었다.

그러니 이상한 일이라는 것이다. 전투가 있었던 벌판에서 놈이 오라를 풀고 밤을 틈타 도주한 이후, 어느 시점엔가 홀연히 자취를 감춰 버렸으니.

"그냥 내버려 두지? 놈이 자진해서 제 인생에 불명예스런 오점을 만들고 있는데 말릴 필요가 뭐 있나!"

아라드 남작의 결론이었다.

회임한 사실에 금이야 옥이야 귀히 여기던 조카딸도 바래다 줄 겸 북쪽 기슭까지 동행해 왔다가, 조카사위며 제논이며 엘다며, 모두와 함께 부대끼며 시간을 죽이던 그는 결국 놈이 어딘가로 완벽히 '도주'했거나 제 분에 겨워 '탈영'했음으로 단정짓곤 슬슬 귀성하겠음을 밝혀왔다.

말썽쟁이 큰아들의 요양을 위해서이기도 했겠지만 그는 토레노로 이주한 자작 형님을 대신해 아라드 가의 본성(本城)을 책임지고 있는 입장이었으니까.

제논은 전혀 말리지 않았다. 말릴 이유도 없었지만 엘다가 다레트와 나눈 신용거래라는 문제가 있었기에 그의 귀성 의사를 차라리 성대히 환영하는 쪽이었다.

작은아버지인 아라드 남작이 귀성해 주변이 조용해지면 그때 차분히 협의해도 늦지 않다고 다레트 플레임이 제논과의 면담을 계속 미루고 있었던 것이다.

덕분에 귀한 시간을 마냥 허비하는 기분으로 인적없는 곳을 찾아 체력 단련을 하거나, 어머니 메를린에게 보내는 전상서를 위시해 마리와 키라와 폴과 헤리슨과 수지와 아일린에게도 그동안 미뤘던 편지를 쓰거나 했다.

또는 하루가 다르게 멋들어진 형태를 갖추고 있는 신축 건물들을 돌아보기도 했고, 원주민이 된 마을 사람들이 주로 취급해 왔던 식자재들의 자체 생산과 타지로부터의 주문 과정을 기웃거리는 것으로 소일했다.

물론, 채굴 작업이 시작된 산지를 순찰하는 기사들을 따라 인근 광산을 두루 돌아보는 것도 잊지 않았다.

그러나 엘다와 다레트가 나눈 신용거래에 끼일 목적이라기보다는, 토레노의 위버 교수가 내주었던 과제물을 의식한 '답사' 에 더 가까웠다.

과연 어떤 광물이 터질지 궁금하지 않은 것은 아니지만 땅을 파고 돌과 흙을 나르는 그들 '광부' 들은 그날그날의 일당이 어떻게 계산될지에 더 큰 관심을 보였다. 그러다 보니 좀 더 능동적인 채굴이 될 방도에 관해 궁리하게 되었고, 위버 교수가 내준 숙제의 '주제'와 연관 짓기에 이르렀다.

실용 과학 측면의 사례 조사와 그에 따른 이론정리, 또한 학계의 새롭게 제시하거나 응용할 만한 주제의 연구 논문이 그것이었는데, 광부들의 사기 진작과 일의 능률을 위해 '음악'을 도입하는 문제에 생각이 미쳤던 것이다.

'새벽종이 울렸네~ 새 아침이 밝았네~ 너도나도 일어나~ 으음, 꼭 필요한 노래야. 마리와 쌍둥이들에게 부르게 해서 틀어준다면 금상첨화겠는데?

그러려면 먼저 노래를 녹음하는 문제와 스피커의 제작 문제가 해결되어야 했지만, 불가능할 것 같진 않았다. 음성을 녹음하는 묘책은 아가페에게 궁리하라 하면 될 것이고, 자신은 '스피커'를 만드는 일을 담당하면 되었으니까.

저쪽 동네에서 현진의 아버지가 집안 사업으로 벌렸던 일이 바로 '스피커' 공장을 운영하던 일이 아니던가. 입시 학원에서 과학 과목을 가르치던 강사로서의 경력도 있으니 소리를 녹음하는 문제도 사실은 혼자서도 가능했다.

하지만 이 동네에선 획기적인 발명이 될 그와 같은 사안을 제논 혼자 구상했다간 튀어도 너무 튈 것이고, 완성될 스피커의 '전력' 공급 문제도 있었다.

현재의 아젤론에 느닷없이 전기를 발명해 실용화시키는 것은 지나치게 비약적인 발전이 되지 않겠는가. 그러니 '마나'와 마법을 동력원으로 모색할 수 있는 아가페와의 합작이 현명한 판단이 될 것이다.

'괜찮겠는데?'

생각할수록 괜찮은 아이디어다 싶은 제논은 짬이 나는 대로 아가페와 의논해 보리라 마음먹었다.

또한, 하루 한 끼 정돈 엘다와 식사를 했고 각종 업무를 보는 그녀의 주변도 틈틈이 맴돌았다. 하지만 그녀와의 개인적인 시간을 꾀하기엔 장애물이 너무 많았다.

상관인 엘다를 한결같이 흠모하는 기사들도 기사들이지만 그림자처럼 그녀와 함께하는 보좌관 차스키의 존재가 가장 큰 걸림돌이었다. 공주인 엘다와 잡담이라도 나누려면 보좌관인 그를 반드시 거쳐야 했던 것이다.

물론 그런 성가신 사회적 형식이야 무시해 버리면 그만이었지만 차스키는 도통 무시할 수가 없었다. 그렇다고 제논이 그를 두렵게 여겨 꺼리게 된 탓에 그런 것은 절대 아니다. 딱 잘라 정의할 순 없지만 그가 은연중에 발산하는 뭔가의 의사를 감안해서라고 해야 맞으리라.

불혹의 차스키는 묘한 기백을 풍기는 사내였다. 젊은 기사들의 기를 짓누르기 일쑤인 그의 경륜과 무력의 고하를 떠나, 세상에 불만을 품은 스스로의 삐딱함을 의무와 책임으로 덮어만 두고 있는 듯한, 그 사실을 못 견뎌하면서도 곪은 고름이 터지는 것엔 회의적인 듯한.

자신을 포함해 어느 누구도 믿지 않음을 침묵에 싣고 눈빛에 싣고 언동에 실어 표출하는 남자였다. 쉽게 말하면 '접근 금지'의 오라를 항시 묻히고 있달까?

그런 그의 내적 세계를 존중하다 보니 엘다를 채가도 되는 상황이 되어도 제논은 매번 점잖게 물러나기만 했다. 그저, 이런저런 업무를 보는 엘다의 모습을 어깨너머로 지켜보는 정도로 만족해야 했던 것이다.

하지만 욕구불만에 가까운 그런 상황도 오래지 않아 끝날 조짐을 보이고 있었다. 시간을 황금처럼 여기던 제논으로선 반가운 일이 아닐 수 없었다.

＊　　　＊　　　＊

퍼퍽! 퍽!

난데없이 무슨 소리일까? 일면, 겨우내 묵혔던 이불을 두들겨 먼지를 터는 듯한 타격음이었다. 하지만 빨래 방망이를 든 아낙네들은 없었고 햇빛 찬란한 실외도 아니다. 그저 분명한 것은 사람들이 내는 소리라는 것.

"그, 그만! 말했잖소! 다 설명했잖아! 더는 없어! 내가 아는 건 그게 다라고! 몇 번을 말해야……!"

"젊은이, 정말로 없나?"

"어, 없대도!"

"그럼 더 두고 볼 것도 없지. 안 그런가?"

"그렇지~ 더 나올 게 없다면 심문도 그만둬야지. 비켜보시게, 점잖은 양반. 이번엔 우리 차례라고! 이래 봬도 아직 이깟 놈 하나 작살내 줄 힘은 있거든. 야압~!"

퍼억! 퍼퍽!

"억……! 이 몹쓸 놈들이……!"

"뭣이라?!"

어둠침침하고 음습한 냄새가 진득이 배어 있는 지하 창고 같은 실내. 창문이 하나도 없어서 하루의 어느 때인지 구분도 잘 가지 않는 그런 구조였다.

그런데 그런 으슥한 공간에서 나잇살이나 먹은 서너 명의 남자가 의자에 꽁꽁 묶인 청년 하날 에워싸고 순번까지 매겨 가며 복날에 개 패듯 두들겨 패고 있었으니.

"이 후래자식이 이제 뵈는 게 없네. 너 방금 뭐라고 그랬냐! 우리가 몹쓸 놈이야? 몹쓸 놈들이니 가만 안 두겠다는 게냐? 아놔~ 이 위아래도 모르는 놈아!"

철썩! 철썩!

퍽퍽! 퍼억!

"그만두라 했소! 그만……!"

"이 싸가지없는 자식이 곧 죽어도 잘난 척이네! 오냐, 두고 보자. 우리가 먼저 지치나 네놈이 먼저 뒈지나! 이보게, 그 부지깽이 다시 줘보게! 주리를 틀고 주둥아릴 찢어놔도 이놈이 계속 주절거리는지 함 봐야겠네."

한편에서 팔짱을 끼고 구경하고 있던 우람하고 험상궂은 용병들에게 한 소리였다. 그들은 등지고 있던 다른 포로를 겁주느라 보란 듯이 쥐고 있던 그것을 기꺼이 건네줬다. 고소한 미소를 띤 얼굴로 능청스럽게 당부하면서.

"어르신들, 버르장머리를 고치는 것도 좋지만 방심하진 마십시오. 꼴에 귀족이라고 마나를 발현할 줄 아는 놈이라. 왼팔의 힘줄은 끊어놨지만 오른팔도 있으니까요. 너무 싱겁게 죽여 버리지도 마시고."

"고럼~ 염려 말게나. 오늘도 자네들 몫은 남겨둬야지."

"도나! 말리지 않고 뭐 하는 게냐!"

"……."

그러나 용병들의 뒤에서 귀를 막고 있던 붉은머리의 '도나'는 겁에 질려 더더욱 움츠러들기만 했다.

그렇다. 모시던 주인 아가씨와 비슷하게 '붉은머리'인 그녀는 킴바의 하녀였던 도나이고, 보복성 구타에 만신창이가 되고 있는 그는 케스윅 웰치였다.

그렇다면 그에게 단물 빨아먹듯 정보란 정보는 다 빼내면서 분풀이를 잇고 있는 이들이 누군지도 짐작하리라. 케스윅에게 고용되었다가 전장에서 도망쳐 왔던 용병 생존자들이었고, 그들을 고용하는데 들어간 비용을 킴바 웰치를 통해 꿔주었던 대금업자들이었다.

킴바야 오라비인 그에게서 서명 받았던 신용거래 위임장

을 빚쟁이들에게 던져 주고 애저녁에 북부를 떠나 버렸다지만 도나는 그렇지 못했던 것이다.

킴바의 배신을 알지 못한 채 아라드 남작의 천막을 탈출했던 케스윅은 가까운 인가로 도주하다가 기다리고 있던 대금업자들에게 덜미가 잡힌 형편이었고.

케스윅으로선 정말 대단히 재수가 없는 일이었다. 부아를 돋우긴 했지만 차라리 아라드 남작이나 제논 프라이어의 포로였을 때가 훨씬 나았다.

훈계와 충고를 빌려 모욕을 주긴 했어도 기본적인 인권만큼은 침해하지 않았던 그들과 달리 이들은 사는 세계가 애초에 다른 자들이었다.

고리대금을 주업으로 하는 사채업자들이 아니던가. 세상에 그들만큼이나 양면의 얼굴을 가진 자들이 있으려고.

제때 원금과 이자를 갚아오는 사람들에겐 얼마든지 호인이 되고 은인이 되고, 상대가 원한다면 굽실거릴 수도 있는 자들이었지만 그렇지 못한 채무자들에겐 지옥의 악귀보다 무서워질 수 있는 게 그들이었다.

그리고 현재 그들은 케스윅에게 그랬다. 너무 큰 손해를 끼치고 있는 채무자라 귀족 신분이라거나 현역 군인이라는 점까지도 안중에 없을 정도였으니.

"도나……!"

"이놈이 그래도 정신을 못 차리네! 끝끝내 계집애들 치마

폭에 숨겠다는 거냐? 말리긴 뭘 말려?"

"네놈이 저 불쌍한 아이를 함부로 농락했던 일은 말짱 까먹었냐? 말릴 수 있어도 안 말리고 말겠다! 이 천하에 양심이라곤 없는 놈! 때려죽여도 시원찮을 놈!"

"치, 치워…… 악!"

"시끄러, 이 후레자식아! 하늘을 찌르는 네놈의 건방 때문에 앞길 창창하던 용병 사내들이 몇이나 죽고, 몇이나 병신이 되었는지 아냐? 그런데 뭐? 돈이 없어? 갚을 돈이 없다고?! 없으면 어쩔 건데? 엉?"

"나, 나중에 갚겠다고 했잖……."

"나중에 무슨 재주로? 니 어미아비라도 팔아서 갚을래? 엉? 그래, 갚아라. 부모친지 팔아서라도 갚아!"

푹!

퍽! 퍽퍽!

"악! 욱! 그, 그만……!"

"그만은 무슨 얼어 죽을 그만! 네놈이 정녕 죽고 싶어서 환장한 게지? 귀족나부랭이면 돈 떼어먹어도 되는 거냐고! 우리가 네놈들 밑이나 닦아주는 시다바리인 줄 알어? 갚을 재간이 없으면 애당초 빌리질 말았어야지!"

"우…… 네놈들……."

"이 비렁뱅이만도 못한 놈이 그래도?!"

철썩철썩!

차마 입에 담기도 무색한 적나라한 욕설들과 끊임없이 이어지는 구타와 따귀와 몰매들.

그러나 얻어맞고 찔리고 걷어차이는 것보다 케스윅이 더욱 견디기 힘들게 느낀 것은 따로 있었다. 부모친지들이 거론된 모욕적인 언사들? 물론 출신 가문을 욕되게 하고 있는 그들의 소행에 분노한 것은 사실이다.

하지만 그보다 더 케스윅의 인내심과 인간성을 무너뜨리고 있는 것, 그것은 바로 '허기'였다.

갖은 욕설과 모욕들은 말뿐인 것으로 치부하면 그만이었다. 구타와 매질의 고통스러움도 감각이 무뎌져 점점 그 힘을 잃고 있었다. 그러나 배고픔은 아니었다. 대체 언제부터 굶었는지 기억나지 않을 정도였다.

'그때… 그때가 마지막이었어.'

탈출해 왔던 북서쪽의 벌판. 황립아카데미의 그들이 야영지로 잡았을 것이라던 그곳으로 출발하기 전에 익룡들이 잠든 산의 남쪽 기슭에서 '킴바'와 함께 먹었던 저녁, 식사다운 식사는 그것이 마지막이었다.

'그리고 도나를 보낸 후……'

그리고 격전이 벌어지고 있는 전장을 배경으로 도나를 취한 후 먹었던 육포와 건량도 있었다. 눈물범벅의 얼굴로 흐트러진 옷매무새를 추스르곤 가만히 제 조랑말에 오르던 그것에게 장난 삼아 던졌던 건량이 기억난다.

물론 도나는 그것을 주워 먹지 않았고 그대로 조용히 용병들의 함성이 메아리치고 있던 그곳 벌판을 떠났었다. 뒤늦은 일이지만 케스윅은 후회막급이었다.

'그때 그거, 버리지 말 것을……'

수일 전에 땅에 버렸던 건량을 그릴 정도로 그는 아사직전이었다. 그러나 적어도 갈증은 심하지 않은 편이었다. 이렇게 정신이 가물가물해질라치면 어김없이.

촤악!

'엇……'

어김없이 물이 끼얹어졌던 것이다. 의자에 묶인 채로 넘어져 있던 케스윅은 홍건한 바닥의 물에 찢어진 입술을 축였다. 그리 고르지 않은 바닥이었던지라 자의완 상관없이 그런 식으로 갈증이 해소되곤 했다. 가끔은 탈수 따위로 죽어버리면 안 된다며 억지로 입 안에 부어지기도 했고.

탱강!

빈 물동이가 바닥에 팽개쳐지고 쓰라린 물세례를 범해온 사내 하나가 능글능글 안부를 물어온다.

"어이~ 케스윅 경, 정신이 드나?"

"물……"

"음? 그래, 물이다. 설거지한 물이긴 하지만 나머지도 인심 쓰지 뭐. 자아, 마시게!"

"읍!"

"어허! 이래 봬도 한 사발은 충분히 남았구만 왜 안 마셔? 내가 줘서 그러나? 싫으면 바닥의 물이라도 핥아 마시던가. 응? 흐음~ 이거 재미있는 놈이라니까. 그렇게 맞고도 눈빛이 아직 죽지 않은거? 덜 맞았나?"

"쩝쩝! 이봐, 근성이 좋아서가 아니고 음식 냄새를 맡아서 눈이 뒤집힌 거겠지. 내버려 두고 요기나 마저 하게. 곧 출발할 테니까 아가씨도 얼른 들어."

"…네."

앞서 자신을 구타하는 일에 열을 올렸던 나이 지긋한 빚쟁이들은 보이지 않았다. 하지만 몇 걸음 떨어진 탁자에서 용병들과 앉아 있는 도나는 금세 눈에 들어왔다.

기막힌 냄새가 나는 수프를 떠먹고 있었던 것이다. 군침 돌게끔 모락모락 김이 나는 고기 수프를!

'도나! 정신이 있는 거냐? 난 네 상전이야! 내게 줘야지! 주인이 이토록 수모를 당하고 있는데 너만 끼니를 챙기면 어쩌자는 거냐! 도나! 여길 봐!'

그러나 도나는 구타와 매질을 당하는 자신을 외면하던 것처럼 식사 시간에도 매번 자신을 무시했고 이번에도 예외는 아니었다. 노여움과 배신감, 혹은 용서를 빌고 싶은 마음이 뒤죽박죽 뒤섞여 케스윅은 외마디 비명이라도 지르고 싶었다. 체면 버리고 구걸이라도 하고프다.

그런 자신이 두려워진 케스윅은 배은망덕한 도나의 옆얼

굴을 갈기갈기 찢어발기듯 노려봤다.

저 간사한 년은 따귀 한 대 안 맞는 아주 안락한 포로 생활을 하고 있었다. 자신은 귀족으로서의 존엄성은커녕 사람 같지도 않은 취급을 받다 못해 마나유동마저 재기 불능을 의심할 만큼 엉망진창이 되어버렸는데.

이곳에서 빠져나가기만 하면 그 즉시, 제일 먼저 저년을 죽도록 욕보이고 신음하는 목구멍에 자신의 팔다리를 꿰뚫었던 부지깽이를 찔러 넣고 말리라. 그리고 앞뒤 없는 용병 놈들과 돈독 오른 대금업자들도!

또한 킴바 년도 붙잡아 세상에 난 것을 후회하게 해주리라. 감히 가문의 후계이자 제 지아비이기도 한 자신을 눈 하나 깜짝 안 하고 배신하다니!

그러나 케스윅은 복수를 벼르고 있을 때가 아님을 깨닫게 됐다. 용병들과 도나의 대화 때문이었다.

"어때, 아가씨? 마음은 굳혔겠지?"

"…네."

"그래, 역시 착하다니까. 하지만 알지? 동부까지 가서 딴 맘을 먹었다간 이 아저씨들도……."

"저는 걱정 마시고, 빚을 받아낸 후엔 약속하신 사례금이나 꼭 주세요. 그 돈이 아니면 저는 또 어딘가의 저택에 고용돼서 평생 하녀로 살아야 해요. 운 없으면 또 상전들의 대용품이나 노리개로 굴러먹어야 할 테고."

‘어……?

자신을 욕보이고 고문하는 자리에 필히 도나를 참관케 하고, 자신의 밤 상대가 되었던 일을 꼬치꼬치 캐물어 편을 들어주기도 하고, 꼬박꼬박 넉넉하고 맛있는 식사로 어르고 달래던 놈들의 수작이 이제야 이해가 간다.

자신을 팔아넘기라는 놈들의 꾐에 넘어간 것이 아니라면 저런 말을 할 리가 없지 않은가!

“도나! 너 지금 무슨 소릴 하는……!”

퍽~!

“쿨럭……!”

쓰러진 자세로 복부를 걷어차인 케스윅은 기침과 함께 비릿한 피 맛을 보았다. 이미 인간의 형상인지 의심될 만큼 찢어지고 붓고 멍투성이가 된 안면이었던 터라 항시 입 안에 피가 고여 있곤 했지만 이번엔 심각했다.

얼굴을 맞은 것도 아니고 복부를 채인 것인데 피를 뱉어냈지 않은가. 나잇살 먹은 돈놀이꾼들이 아니라 용병으로 잔뼈가 굵은 건장한 사내의 제재였던지라 끔찍할 만큼의 충격이 됐다. 게다가 ‘마나홀’이 자리한 부위였다.

눈앞이 하얘지도록 끔찍한 통증이 온몸을 뒤덮는다. 사지가 뒤틀리도록 고통스럽다. 너무 아팠다. 마나홀이 짜부라지는 듯했다. 두렵도록 아프다!

‘틀렸어. 내상이 너무 심…….’

“자식이 맞을지 모르냐? 끼어들긴 왜 끼어들어?”

“쿨럭!”

케스윅은 바삐 심호흡을 했다. 덕분에 또다시 비릿한 피 비린내가 실린 기침이 튀어나왔지만 돌아서던 용병사내의 발목을 붙들 수는 있었다.

“무, 무슨 일을 꾸미고 있는……?”

“무슨 일이긴? 네놈이 부채를 갚을 능력이 없다니 네 아비와 어미를 찾아가 빚 상환시키려는 게지. 멀쩡한 신용거래장을 그냥 썩혀서야 되겠냐?”

“거기에 왜 도나가…….”

“그야, 네놈의 행적을 낱낱이 까발려 네 어미아비가 딴소릴 못하게 하려는 게지. 북방 연맹의 전범으로 신고하겠다고 협박하면 빠져나갈 꼼수 따윈 꿈도 못 꿀걸?”

“나, 난 그저 그들과 아마자디를…….”

“그거야 네 생각이고, 황립아카데미의 신사적인 네 적들이나 동조해 줄 핑계이지. 동부까지는 꽤 머니 도착할 때쯤이면 아마, 원금의 몇십 배로 빚이 불어나겠지? 이런 것을 보고 배보다 배꼽이 더 크다고 하던가?”

“이, 이…….”

“이? 이놈이 이제 맛이 갔나? 이는 무슨 이?”

“나, 난 황족의 명을 받드는…….”

퍽!

또다시 걷어차인 케스윅은 목구멍까지 치미는 비명을 삼키느라 이를 앙다물었다. 하지만 그것으로 끝나지 않았다. 진짜로 때려죽이기라도 하려는 것처럼 급소와 상처 부위만을 골라 발길질을 하던 그들이 말해왔던 것이다.

"네놈이 아직 모르나본데, 아니, 알 리가 없지. 네가 말한 그 황족이 무서워서 이제껏 죽이지 못하고 감금만 해둔 거였거든. 하지만 말이야. 우리들은 너희 귀족쪼가리들이 생각하는 것보다 훨씬~ 발이 빠르다고."

"이봐, 정보가 빠르다고 해야 알아들을 게 아니여! 놈이 원체 비싼 교육을 받던 놈인감?"

"그거나 저거나~"

"어쨌든, 너희 귀족들보다 월등히 머릿수가 많은 우리 평민들의 소식통에 의하면, 네가 바짓가랑이 붙들고 충성하던 그 황손은 '명' 을 철회했단다. 아냐?"

'그, 그럴 리가! 왜……?'

"왜였을까~? 잘은 모르지만 짐작은 하지. 타고난 신분을 빌어 너만큼이나 무모하고 건방지게 군 그 황손이 황성으로부터 호출을 받았거든. 아마 모르긴 몰라도 황실의 윗선들에게 너처럼 혼쭐이 나고 있을 거다."

"……!"

"혼쭐만 났으려고? 그나마 있던 쥐꼬리만 한 서열권도 벌칙 삼아 차압당하지 않았을까 싶던데?"

"응? 그건 또 왜?"

이제 그들은 입을 뻐끔거리고 있는 케스웍을 내버려 두고 자기들끼리 토론을 하기 시작했다.

"이놈이 주절거리던 그 힐링 포션이라는 거 말이야. 제논 프라이어를 추적하고 감시하라고 했던 이유가 그것 때문이었던 것 같지 않았어? 물론 처음엔 아가페 아라드가 이유였다지만 그게 그거고! 그런데 그 보물을 거의 다 써버린 눈치였다면서? 황실에서도 그걸 알아낸 거겠지."

"일리가 있군. 많이 남았다면 이야기가 다르겠지만, 황족이나 되는 놈이 남의 보물을 가로채려고 미행을 붙이고 훔칠 기회를 염탐했던 격이니 도둑질이잖아."

"많이 남았더라도 문제였을걸? 병석에 누워 있는 고령의 황제에게 바치려고 했을 게 아니야. 그런데 다른 쟁쟁한 황족들이 그걸 가만두고 봤겠느냐고."

"하긴…… 암튼 머리에 피도 안 마른 것들 때문에 우리 같은 사람들만 욕을 봤구먼. 전사한 내 친구 놈은 딸린 식구만도 열 손가락을 넘긴다고! 제일 먼저 몫을 떼어줬다지만 그걸로 몇 해나 버티겠어? 짠해서 원."

"돈 걱정은 이제 하지 말어~ 이놈의 본가를 찾아가서 놈의 아비어미며 일가친척들까지 탈탈 털고 쥐어짜면 톡톡히 더 받아낼 수 있을 테니께."

'마, 말도 안 돼! 이 날강도 같은 놈들이 우리 가문을 날로

집어삼키려고……!'

끼이익— 탕!

컴컴한 실내를 쩌렁쩌렁 울리는 갑작스런 마찰음! 여전히 옆으로 넘어져 있던 케스윅은 저도 모르게 움찔했다. 그저 계단 위의 출입문이 열리는 소리였지만 워낙 많이 맞다 보니 또다시 자신의 몸에 가해진 뭔가의 폭력으로 착각했던 것이다. 조건반사랄까?

"이보게들! 출발 준비 다 끝났네!"

"네, 어르신! 곧 나가겠습니다!"

"흠, 놈은 죽었나?"

"아니요, 아직… 어떻게 할까요?"

"뒤처리해야지. 뒤탈 없도록 해야 하네."

'아, 안 돼!'

그러나 마음속 케스윅의 단말마와 같은 외침은 입 밖으로 새어 나오지 못했다. 새어 나온 것은 차라리 다른 것이었다. 겁에 질려 잔뜩 쪼그라든 아랫도리가 의지를 배반하고 뜨끈한 액체를 조르륵 흘렸던 것이다.

"응? 이놈, 오줌을 지렸나 봐."

"에이그! 더러운 놈! 냄새나게…… 자아, 아가씨는 먼저 올라가요. 우린 청소 좀 해놓고 나갈 테니까."

"그래, 도나 양은 이리로 오게나. 나랑 먼저 나가지. 도나 양이 탈 마차도 준비해 놨다오."

“저, 잠시만요.”

타박타박

계단 위의 빚쟁이를 기다리게 한 그녀가 타박타박 다가온다. 일순, 케스윅은 희망적인 생각을 품었다. 내내 외면만 하더니 겨우 자신을 향해 오지 않은가.

‘그래, 도나! 나 좀 구해줘. 나 좀 살려줘. 제발!’

“저기, 일으켜 주실래요?”

“왜?”

“저도 작별 인사쯤은 해야죠.”

“흐음, 그쯤이야 뭐.”

후끈! 탁!

미간을 모으던 용병들 중의 하나가 케스윅이 묶여 있는 의자를 후끈 들어 바로 세워준다.

“어이, 눈깔이라도 제대로 떠라. 아가씨가 작별 인사를 해 주신다고 안 하냐. 여복도 참 많은 놈이라니까?”

“도나, 나 좀… 도와…….”

짜악—!

어렵사리 입을 떼어 구원 요청을 하던 케스윅은 다짜고짜 목이 돌아갔다. 게슴츠레하게 떴던 눈에선 별이 번쩍였다. 하지만 케스윅은 찰나간이나마 스스로에게 일어난 일을 이해하지 못했다. 그러다 이내 현기증을 느꼈다.

이제까지 맞았던 따귀 중에서 가장 화끈하고, 가장 모욕적이고, 가장 굴욕적이었다. 하녀에게 손찌검을 당하다니! 놀란 것은 용병들도 마찬가지였다.

"에고, 깜짝이야."

"에궁, 아가씨도 쌓인 게 많았지? 우리가 생각이 짧았네. 괜찮아, 괜찮아, 더 때려도 돼. 훌훌 털고 고향으로 돌아가려면 마음속 앙금 정돈 정리해야지."

"소, 손이 아파요."

"에궁, 잘못 때렸나 벼. 그러게 손찌검도 해본 사람이나 하는 거여. 자아, 그럼 발을 써봐. 이렇게 뒤로 한 발 물러서서. 그렇지. 그리고 무릎을 살짝 굽히면서……."

실실 쪼개는 용병 놈들의 코치까지 받으면서 도나 년이 발차기 준비를 한다. 케스윅은 퉁퉁 부은 눈꺼풀을 애써 들어 올리고 있던 수고를 그만두었다.

퍽!

"……!"

연이어 케스윅은 이를 악물어 신음을 삼켰다. 그렇지 않아도 뼈가 온전할지 의심하고 있던 정강이에 도나의 발길질이 작열했던 것이다. 몸서리쳐지는 통증이 또다시 온몸을 좀먹어온다. 아무래도 다리 병신이 된 것 같았다.

그 사실을 아는지 모르는지 후련해졌다는 투로 빌어먹을 년이 말을 잇고 있다.

"됐어요. 이제 가볼게요."

"그걸로 되겠어?"

"충분해요. 예전부터의 소원 풀이였는걸요."

"그래그래, 먼저 나가 있어. 어르신! 우리의 멋진 동료 아가씨입니다요. 새 드레스라도 사주시죠?"

"그런 거야 기본이지. 도나 양, 가세."

"…네."

끼이익— 탕!

타박타박 계단을 오르는 발자국 소리에 이어 출입문이 닫힌다. 허공에 을씨년스런 울림을 선사해 둔 채로.

죽음을 뜻하는 그 묵직한 울림에 케스웍은 까무러치려는 의식을 초인적인 노력으로 가다듬었다. 그리고 손가락까지의 감각이 아직 남아 있는 오른손에 정신을 집중했다. 이렇게 개죽음을 당할 순 없었으니까.

'어떻게든 오라만이라도 풀면……!'

그러나 집중력이 자꾸만 흩어지고 마나홀도 뜻대로 다뤄지지가 않는다. 지속적인 고문과 영양실조 등으로 쇠약해질 데로 쇠약해진 데다, 인정머리없는 놈들의 발길질로 위험천만한 충격을 받았었으니 당연한 일이었다.

'안 돼, 말 좀 들어라 좀!'

그러나 주인의 의도에 따라 정상적으로 작동되기는커녕 몸의 센서들이 일제히 위험을 경고해 온다. 이대로 계속 마나홀을 자극했다간 자멸하게 될 것이라고.

하지만 케스윅은 멈출 수 없었다. 반항 한 번 제대로 못해 보고 세상 하직하는 것보단 낫지 않은가.

설사 평소처럼 마나홀을 깨울 수 있다고 해도 문제가 없는 것은 아니었다. 오른손을 통한 마나발현을 성공해 본 적이 없었던 것이다. 이제까지 항상 왼팔과 왼손으로 이어지는 마나 경로에만 치우쳐 수련해 왔으니까.

왼손을 통한 마나발현이 만족스러운 수준에 이르면 오른손의 마나 경로를 개척하려고 했었다. 대대로 가문의 직계비속에게만 전승되어왔던 웰치 가문의 마나 수련법. 특이하게도 양팔의 경로를 동시에 수련하는 종류의 비법과는 거리가 있었던 터라 케스윅도 어쩔 수 없었다.

여하튼, 시간이 없으니 어서 서둘러야 하는데 마음대로 되지 않은 마나홀 때문에 케스윅은 애가 탔다.

'그때 저항하지 말걸. 저항해 봐야 승산도 없었는데. 왼손의 힘줄에 칼집만 나지 않았어도……!'

출렁~

탁! 탁탁!

"음, 이게 좋겠군. 난 이걸로 할래. 근데 이놈, 왜 이렇게 조용해? 이제 완전히 포기했나? 그럼 재미없는데~ 야, 싸가지 없는 애송이 귀족 놈아, 눈 떠봐라. 널 위해 우리가 준비해 둔 게 있단 말이다. 뭔지 안 궁금하나?"

또 자신에게 끼얹을 구정물쯤 되겠지. 그리고 부러질 때까지, 혹은 자신의 숨통이 끊길 때까지 휘둘러 올 각목 몇 개와. 뻔히 아는데 뭐 하러 궁금해하겠는가.

"에이, 그냥 끝내 버려. 우리도 짐은 싸야 하잖아."

"그러지, 뭐. 슬슬 지겹기도 하고……."

"하, 한 가지……!"

"오~ 손 떼려니 당장 반응을 하네? 그래, 한 가지 뭐?"

"한 가지 더, 아, 알려줄 게 있다."

놈들에게 목숨을 구걸해 봐야 통하지도 않을 것이고, 차라리 시간만이라도 벌어보자는 생각에 케스웍은 다시 말문을 열었다. 예상처럼 용병들은 호기심을 비춰왔다.

"응? 뭘 알려줘?"

"날 살려준다면……."

"알았어, 안 죽일게. 그런데 뭘?"

간악무도하고 얍삽한 놈들! 사채업자들에게도 말하지 않은 뭔가 중요한 것을 알려줄 모양이다 싶었는지 솔깃 하는 기색이 완연하다. 걸려들었다는 생각에 힘겹게 침을 삼킨 케스웍은 침중한 어조로 말을 꺼냈다.

"우리 가문의 비기, 웰치의 마나 수련법…… 그걸 전수해 주겠다. 그러니, 살려다오. 날 풀어……."

그러나 케스웍은 말을 맺지도 못했다. 느닷없이 손찌검과 주먹질이 날아와 턱이 또 돌아갔던 것이다.

철썩철썩!

펑! 퍼억!

"에라잇! 후래자식아! 목숨을 구걸해 보겠다고 머리 굴린 게 고작 그거냐? 후래자식, 후레자식 했더니 정말로 네놈이 후레자식이 다 됐구나! 세상 빛 보게 해준 집안의 비전을 팔아? 줘도 안 갖는다, 싸가지없는 놈아!"

"제 목숨이랑 바꿀 만큼 대단한 비기라도 되면 또 몰라! 하지만 제발 주제파악 좀 해라! 제논 프라이어가 그런 말을 했다면 또 모르겠다."

"맞어! 그 청년은 단체로 덤빈 우릴 끽소리도 못하게 만들어놓고도 끝까지 대단하기 짝이 없었지. 그런데, 있는 대로 체력이 고갈된 그를 상대로도 묵사발이 나서 맨발로 도망쳐 왔던 네가 익힌 그걸……? 아놔~!"

케스웍은 기가 막힘을 떠나 이해할 수가 없었다. 비록 자신이 놈(제논 프라이어)에게 패배하긴 했지만 특권층들만이 입문할 수 있는 '마나 수련법'이지 않은가.

각 가문의 마나 수련법은 그 내실이 하늘과 땅만큼 차이가 극명하다는 객관적인 뭔가의 증빙이 없는 한, 그 각각의 가치를 비교해 단정지을 수는 없는 일이다.

그저, 각각의 마나 수련법을 익힌 개개인의 성취 수준과 실력 고하가 비교될 뿐인 것이다. 그런데 난데없이 이런 모욕과 구타를 또다시 받게 되다니.

'무식한 놈들이라……'

　그런데 그게 아니었다. 이어진 용병들의 느글느글한 발언! 스스로의 어리석음을 뼈저리게 느낀 케스윅은 비통함으로 얼굴이 일그러져 흡사 괴물딱지처럼 되었다.

　"하지만, 별 볼일 없는 그거라도 우리처럼 아예 없는 것보단 낫겠지. 그거라도 아예 모르는 것보단 훨씬 낫긴 할 거야. 너만 봐도 그래. 몇 날 며칠을 피죽 한 그릇 못 삼키고 얻어터지고만 있는데 아직도 꽤 팔팔하거든?"

　"그러게 말이여. 마나 수련법이란 게 꽤나 괜찮은 비법이긴 했나 벼. 하지만~ 그걸 왜 너만이 전수할 수 있다고 생각한겨? 우리가 지금 어디로 가서 뭘 하겠다고 했는지 그새 까먹었냐? 전혀 이해를 못 한 것이여?"

　"아… 안 돼."

　"안 되긴? 결론은 후레자식인 게지? 네놈이 진 빚 때문에 너보다 먼저 마나 수련법을 익혔을 네 아비가 그걸 넘겨주지 않고 배길 수 있겠나?"

　"설령 안 넘겨주면 또 어쩔 거야? 땅도 집도 다 뺏길 텐데. 거리에 나앉은 귀족거지가 되면 제 장남인 이놈처럼 헐값에 팔아치우려 할 게 뻔하지. 안 그래?"

　"고럼~"

　"자아, 그럼 이만 끝내볼까?"

　"좋지~ 퉤!"

　손에 침을 뱉으며 각목을 집어 드는 용병들. 케스윅은 힘없

이 눈을 감았다. 그리곤 현실을 등지고자 하는 노력을 시도했다. 최선을 다해 마인드 컨트롤에 임했다. 뒤이어질 폭력에 영혼까지 뺏길까 두려웠던 것이다.

'난 지금 고향의 그곳에 있는 거야. 예전처럼 거기에서 향긋한 꽃향기와 풀냄새를 맡으며 명상을……'

퍽……!

'명상을 하고 있는 거야. 오른팔, 오른손! 왼팔, 왼손이 아니라 오른팔을 기점으로 한 마나유동을……'

퍽! 퍽! 퍽!

의식을 잃어가면서도 케스웍은 공상과 같은 딴생각을 멈추지 않았다. 이렇게 고통스런 구타를 당하다가, 이렇게 위태롭게 요동치는 마나홀을 흔들어 깨우다가, 죽기밖에 더하겠는가. 죽기밖에 더하겠는가 말이다!

그러니 마지막 일격이라도 가해보자. 마지막으로 원없이 발악이라도 해보자. 비록 한낱 미물이라도 밟으면 꿈틀한데 아젤론 제국의 남아로 태어나 까짓것!

퍼억—!

"…잠깐! 이놈, 완전히 뻗었다."

"야야, 고개 들어봐. 아직은 죽으면 안 돼. 우리 손에 죽어버리면 곤란하다고. 안 그래?"

"암～ 전쟁범죄자라도 귀족이잖어. 탈영병이라도 귀족이고 말이지. 행여나 귀족나부랭이를 살해한 죄목으로 쫓기고 싶진 않거들랑. 그러니 목숨 가닥은 붙여서 풀어줄게. 그러다 혹시 아냐? 구사일생으로 살아남게 될지.”

“이봐, 그런 희망은 주지 말자고. 어떻게 살겠어? 제논 프라이어가 가지고 있는 힐링 포션이라 해도 놈을 소생시키긴 힘들걸? 왜냐~ 우리에겐 이게 있으니까!”

출렁~!

‘…풀어준다고? 좋아, 계속하자. 난 지금 고향에 있어. 살기 좋고 경관 좋은 그곳 휴양림에서 마나 수련법을 단련하는 중이야. 이번엔 성공…….’

촤악—!

탱강~!

‘성공할 거야. 거의 다 됐어. 거의…….’

아득하고 아련해지는 놈들의 인기척 속에 쾨쾨하고 고약한 냄새가 뒤섞인다. 몸에 끼얹어진 구정물 때문이리라. 어쨌든 그마저도 무시한 케스웍은 의도적인 딴생각을 멈추지 않았다. 의식을 깨끗이 잃은 후에도 멈추지 않았다.

어릴 적, 맨발로 뛰어다니던 고향 산천에서 물고기도 잡아먹고 나무 열매도 따먹으며 마나를 수련하던 꿈을 꾸었으니까. 아주 달콤하고 신나는 꿈이었다.

결코 깨고 싶지 않았다.

정말로 깨고 싶지 않았다. 그런데, 깨어나야 했다. 누군가 뾰쪽한 뭔가로 콕콕 찌르며 정신 좀 차려보라고, 눈 좀 떠보라고 자꾸만 닦달을 했던 것이다.

“이보세요. 정신 좀 차려보세요!”

“파프리카 아가씨, 그냥 내버려 두는 게…….”

“조셉, 어떻게 그러니? 이렇게 많이 다친 사람은 처음 봐. 엄청 아파 보이잖아. 얼른 치료하지 않으면…….”

‘시끄러워.’

“앗! 움직였다! 살아 있었나 봐요.”

“정말? 이보세요! 이보세요?”

콕콕!

케스윅은 뿌득 이를 갈았다. 감각이 느껴지지 않거나 조각조각 끊어질 듯한 통증이 몰아쳐 오는 팔다리를 힘겹게 꿈틀거리기도 했다. 그러면서 생각했다.

‘오냐. 또 깨어나 주마. 깨어나 준대도!’

슈학—!

“꺅…… 컥!”

푸악~!

털썩.

“헉?! 아, 아가씨……!”

소스라친 누군가의 외마디 비명이 귓전에 울린다. 본능적으로 팔을 저어 왱왱거리던 지척의 소음을 내쳐 버린 케스윅. 저릿저릿한 오른팔의 통증과 뭔가로 끈적끈적한 오른손의 불편함 속에 도로 정신을 놓았다.

　잠시간 그는 정말로 다시 혼절했었다. 하지만 어느 순간 뭔가를 깨닫곤 번뜩 눈을 떴다.

Chap. 9
불운의 파프리카 파탈

불운의 파프리카 파탈

"파프리카, 끝까지 동행해 주지 못해서 미안."

"내가 더 미안하지. 이 먼 곳까지 실습을 오게 만들었잖아. 마을에 들러 호위병들과 합류하면 바로 갔다가 돌아올게. 두 사람, 이삼 일 후에 다시 봐."

"그래, 천천히 조심해서 다녀와."

"조셉, 아가씨를 잘 모셔다 드려야 한다."

"네, 염려 마세요!"

와이번 부대의 검문소였다.

파프리카 파탈과 함께 입소 신청을 했던 동아리의 남자 학우들은 입소 절차를 밟자마자 외출과 외박 허가를 받는 것이

불가능했다. 하지만 두 사람과 일행이고 여학생인 파프리카
는 부대 측의 선처를 기대할 수 있었다.

그렇게 된 데엔 순전히 제논 프라이어의 현재 소재지가 그
리 멀지 않음을 알게 돼서라 할 수 있었다. 목표한 와이번 부
대의 인근 마을에서 지친 여정을 풀었을 때만 해도 결국 그들
을 따라잡지 못했음을 확인해야 했다.

여행객들을 위한 숙소에 투숙했다가 그들의 이름을 기억
하던 종업원 소년—조셉이었다—에게 앞서 다녀갔다는 그들
의 소식을 접했던 것이다.

마을에서 하루를 유하고 떠난 지 이미 수일이 지났다는 소
리에 내심 실망하던 파프리카는 동행들과 미리 합의한 대로
다음날 와이번 부대를 찾아가 입소 신청을 했다. 그런데 되돌
아올 제논 프라이어를 기다리기로 하고 인가에 남았던 호위
병들이 그날 바로 소식을 전해왔다.

오가는 여행객들이 말하기론 이곳 와이번 부대와 그리 멀
지 않은 새 광산 지역에 그들이 여러 날 체류하고 있더란 사
실이었다. '익룡들이 잠든 산'이라고 불리는 그곳 북쪽 기슭
까지만 가면 제논 프라이어를 만날 수 있다는 사실에 파프리
카는 서둘러 외출 신청을 하였다.

마냥 기다리기만 하다간 그곳에 있다는 제논 프라이어의
일정이 바뀌어 아예 만나지 못할 수도 있었으니까. 함께 입소
한 일행 학우들은 그냥 인편으로 편지를 보내는 것이 어떻겠

느냐고 말해오기도 했다.

하지만 그렇게 권하던 그들도 그리 적극적인 만류는 하지 않았다. 이제까지 레티샤의 부탁을 핑계대어 부지런히 북상해 왔던 수고도 있겠다, 가능한 최선으로 토레노와 멀어지고 싶어하던 파프리카의 속내와 개인적인 속사정을 대충이나마 알고 있었기 때문이다.

그렇지만 그녀와 달리 외출 신청이 거절돼 더는 동행할 수 없게 되자 그들은 다른 점을 신경 써줬다. 이삼 일이나마 안락한 여행이 되도록 마차를 구입해 주었던 것이다.

제논 프라이어의 행선지를 알려주러 부대를 찾아왔던 호위병들은 주인들의 지시에 충실히 따랐고, 여행 준비까지 완벽하게 갖춘 마차를 새벽같이 배달해 주었다. 자신들이 직접 마차를 끌고 마중 나와야 했지만 사정상 그러질 못하고 숙소의 종업원인 조셉을 보냈다.

새 광맥의 발견으로 최근 갑자기 늘어난 여행객들로 인해 말을 포함한 마구와 마차의 가격이 껑충 뛰어 주인 청년들이 쥐어준 경비가 부족했던 것이 이유였다. 잔금을 치르지 않은 채로 마을을 떠났다가 다시 오려니 장사치들의 눈초리가 곱지 않아 어쩔 수 없었던 것이다.

조셉을 통해 호위병들의 사정을 들은 파프리카는 그들의 주인인 학우들에게 대금을 돌려주려 했다. 그러나 명색이 귀족 자제들인데 받아들였을 리 없다.

하는 수없이 잔금만큼은 파프리카 자신이 부담하기로 하고 마차에 올랐다. 그런데 막상 출발하려고 보니 안심이 안 되는 모양이었다.

"파프리카! 부대에서 내준 외출증은 잘 챙겼지? 가다가 혹시 무슨 일이 생기면 당당히 제시해. 넌 와이번 부대의 비호를 받는 대(大)황립아카데미의 실습생이야!"

"응, 걱정 마!"

마음써 주는 동기들에게 파프리카는 발그레해진 얼굴로 활기차게 대꾸했다. 그들이 말한 외출증은 품에 잘 간직하고 있었다. 유사시엔 신분을 증명할 서류이기도 했으니까.

행정아카데미의 그들은 여리고 착하고 순종적인 여자 동기의 출발을 오래도록 배웅해 주었다.

창문으로 고갤 내밀곤 그런 그들에게 마주 손을 흔들던 파프리카는 조금 후회가 되었다. 벌써 아카데미의 3년차가 되어버린 자신. 조금만 더 빨리 그들과 친해지고자 노력했다면 좋았으리라. 조금만 더 빨리 껍질을 깨고 세상 밖으로 나왔으면 좋았지 않겠는가.

하지만 아직 늦지는 않았다.

이른 아침의 햇살은 이토록 눈부시고 귀여운 산새들은 자신의 앞길을 축복하듯 경쾌하게 지저귀고 있지 않은가. 울창하지는 않아도 싱그럽게 느껴지는 연두색 숲길도 파프리카의 마음에 들뜬 행복감을 선사하고 있었다.

 제논
프라이어

"워워!"

그 일은 마차에 승차한 귀한 행정아카데미의 여학생이 와 이번 부대를 나선 지 얼마 되지 않아서 일어났다. 커브를 돌자 웬 불그죽죽한 인영(人影)이 길을 막고 있는 것이 보였다. 군부대로 통하는 길이라 마차가 다니기 편하도록 잘 다져져 있었지만 피해갈 만한 공간이 마땅치 않았다.

조금 앞의 전방만 되었어도 다른 방향으로 통하는 갈림길이었으니 모른 척 지나갈 수도 있었으련만. 웬 술주정뱅이가 길을 막고 있나싶은 생각을 하며 조셉은 마차를 세웠다. 치고 지나갈 수는 없었으니까.

"조셉, 왜?"

"사람이 쓰러져 있어서요. 잠깐만 기다리세요!"

탁탁탁!

그러나 조셉은 널브러져 있는 행인을 길가로 치워 버릴 수가 없었다. 손을 댈 엄두가 안 나는 '시체'였던 것이다. 온통 피범벅에 끔찍하도록 붓고 쥐어터진 얼굴에다 벌써 썩기 시작했는지 날벌레까지 잔뜩 꼬이고 있다.

"아가씨! 시체예요. 사람이 죽어 있어요!"

"뭐?!"

놀란 남부 출신의 아가씨가 마차에서 내려와 황급히 다가온다. 조셉은 그녀의 너머와 코앞의 시신을 번갈아 쳐다봤다.

뚫리고 찢기고 더러워지긴 했지만 군부대의 병사들이 입고 있던 옷과 비슷한 형태의 군복을 입고 있었던 것이다. 외박 나왔던 와이번 부대의 병사인 걸까?

"아니야, 조셉. 아직 죽지는 않은 것 같은데?"

"으아, 손대지 마세요! 불결하잖아요."

"얘는? 손 안 댔어. 그냥 숨을 쉬고 있나 본 거야."

"그래도……."

시신(?)의 코밑에 손가락을 대었던 파프리카는 하인 소년의 주의에 항변하듯 손을 움츠렸다. 사실, 시체든 부상자든 외간 남자인 것은 분명하지 않은가.

멀쩡한 외형이었더라도 직접 손을 댈 생각은 추호도 없었다. 그래서 주변의 나뭇가지를 주워 들고 무릎을 꿇은 파프리카는 그걸로 정체불명의 사람을 깨우기 시작했다.

"이보세요. 이보세요?"

그러나 아무런 반응이 없다. 파프리카는 정말로 죽은 시신인가 싶어 불길한 기분이 들기 시작했다. 그래서 더욱 조급하게 이름 모를 그를 깨웠다.

"이보세요. 정신 좀 차려보세요!"

"파프리카 아가씨, 그냥 내버려 두는 게……."

"조셉, 어떻게 그러니? 이렇게 많이 다친 사람은 처음 봐. 엄청 아파 보이잖아. 얼른 치료하지 않으면……."

"앗! 움직였다! 살아 있었나 봐요."

“정말?”

조셉을 올려다보고 있던 파프리카는 화들짝 놀라며 고개를 바로 했다. 그리고 좀 더 열심히 사람을 깨웠다.

“이보세요! 이보세요?”

뿌득!

기절해 있던 타인이 뿌득 이를 간다. 연이어 파프리카의 육안으로도 구별될 만큼의 꿈틀거림을 보인다.

다행이었다.

죽음의 강을 건너기 직전에 돌려세운 것인지도 모른다. 안도감과 기특한 스스로를 뿌듯해하며 파프리카는 그를 깨우는 데 쓰던 나뭇가지를 회수했다.

그런데 그 순간.

슈학—!

“꺅……”

난데없이 상대방 남자가 팔을 뿌려온다. 본능적으로 주춤하며 상체를 젖히긴 했지만 파프리카는 목덜미를 할퀴고 지나가는 엄청난 힘에 노출되어 버렸다.

“컥!”

푸악~!

‘왜? 왜, 갑자기……?’

믿을 수 없는 일이 스스로에게 벌어졌음을 깨닫던 한순간, 파프리카는 황망한 눈길로 그를 내려다봤다.

단 한 번의 휘저음에 목덜미가 뜯겨 나갔다. 뜨거운 핏줄기가 분수처럼 분사된다. 겨우 스칠락 말락 했던 손길로 목뼈가 드러나도록 살점을 도려냈다.

치명적이었다.

그런데 대체 왜?

그러나 파프리카는 답을 들을 수 없었다. 흉기나 다름없는 손을 뿌리듯 저어왔던 코앞의 사람은 눈을 뜨지 않았고, 자신은 꾸룩꾸룩 피거품을 물며 의식을 잃고 있었으니까. 파프리카는 그렇게 거의 '즉사' 했다.

털썩.

"헉?! 아, 아가씨! 아가씨……!"

너무도 갑작스럽고 충격적인 광경에 일순 경직되어 있던 조셉은 소스라쳤다. 하지만 쭈그린 자세로 엎어져 버린 아가씨는 목까지 기이하게 꺾여 있었다.

"이, 이 개자식……."

잠깐이지만 얼마나 맘씨 고운 아가씨였던가. 잠깐이지만 그녀의 마차를 모는 것에 자부심까지 가졌었다. 그런데 이렇게 어이없게 죽음을 맞는 꼴을 지켜보게 되다니. 두 눈 멀쩡히 뜨고 가만히 서서 '지켜만' 보다니!

경악이 가실 새도 없이 몰아쳐 온 분노에 조셉은 발을 쳐들었다. 놈을 짓밟아주고 싶었던 것이다. 그러나 다음 순간 조셉은 마음을 바꿔먹었다.

놈은 다시 혼절했는지 더러운 시체처럼 그냥 누워 있기만 했다. 하지만 또 건드렸다간 아가씨에게 했던 것처럼 자신에게도 무지막지한 공격을 가해올 수도 있지 않은가.

보복보단 먼저 알려야 했다. 도움을 청해야 했다. 그녀는 이미 숨이 끊긴 듯했지만 지금이라도!

'누구에게 가지……?'

한순간 고민하던 조셉은 왔던 군부대로 되돌아가기로 결정했다. 마을이 더 멀었고 놈이 입고 있는 군복도 참고한 결정이었다. 그러나 안타깝게도 조셉은 말을 타지 못했다. 그렇다고 좁은 길에서 마차를 돌리고 있을 틈도 없다.

어쩔 수 있는가. 말들이 묶인 마차를 방치해 둔 채 그는 무작정 뛰기 시작했다.

그렇게 조셉이 자리를 뜬 지 수 초 만에 문제의 케스윅은 번쩍 눈을 떴다. 저릿저릿한 오른팔의 통증!

낯익은 통증이었던 것이다.

하지만 그렇다고 놈들이 선사하던 종류의 통증은 아니었다. 수 년 전, 프리―아카데미를 다닐 때 이미 체험했던 감각이다. 태어나 처음으로 마나발현에 성공했을 때! 왼손을 타고 방출된 마나의 경로가 일으킨 잔재와 같은 후유증!

'어? 그럼……!'

케스윅은 벌떡 일어났다. 아니, '벌떡' 일어나려고 했다.

하지만 활화산처럼 뜨거운 온몸의 통증이 몰아쳐 신음을 토하며 다시 드러누웠다. 그리곤 현재 자신이 처해 있는 상황을 이해하고자 자꾸만 혼미해지는 정신을 그러모았다.

'여기가 어디지?

짹짹짹.

푸르르.

수일간 갇혀서 고문을 당하던 예의 지하 공간이 아니다. 향긋하도록 반가운 땅바닥의 흙 냄새. 길가에 드리워진 나뭇가지에선 새들이 지저귀고 있었고 푸른 잎사귀들 사이로 쏟아지는 아침 햇살이 눈부시도록 밝다.

"푸, 풀려났나……?"

믿을 수 없는 사실에 케스윅은 소리 내어 웃음보라도 터뜨리고 싶었다. 그러나 아직 무작정 기뻐할 개재는 아니었다. 조금 전, 자신을 뾰족한 뭔가로 아프게 콕콕 찌르며 깨우던 사람이 있지 않았던가.

고개도 못 돌릴 만큼 힘이 없는 데다 시야도 흐릿해 알아볼 순 없었지만 얼마 떨어지지 않은 곳에선 투레질하는 말[馬]들의 움직임도 느껴졌다.

그리고 무엇보다, 피를 흘리고 있었다. 비릿하고 미지근한 액체가 어깨와 등을 적시고 있었으니까. 정확하게는 등을 대고 누워 있는 '땅바닥'을 흐르고 있다.

그런데 불안에 떨며 기다려 봐도 다른 사람들의 기척은 다

시 느껴지지 않았다. 그렇다고 케스윅 자신이 기억하지 못하는 새로운 부상이 몸에 생긴 것도 아닌 듯했다. 그럼 자신이 느낀 핏물은 무엇인지?

'일어나자. 일단 일어나서……'

지독한 현기증 속에 조심조심 몸을 일으키던 케스윅은 고통스런 육신의 통증을 깜박 잊게 만드는 광경을 접했다.

"어? 이 여잔 뭐야."

그는 낯선 길 위에 버려져 있었다. 그런데 불과 몇 뼘 앞에 웬 여자가 엎어져 있다. 땅을 흐르다 스며든 핏물은 그 여자의 목덜미에서 뿜어 나오던 것이었다.

어리둥절하던 케스윅은 곧 상황을 파악했다. 마나발현을 성공시켰던 자신의 오른손, 피가 묻어 있었던 것이다. 피만이 아니라 손톱과 손가락에는 사람의 살점까지 한 움큼 걸려 있다. 여자의 목덜미를 할퀸 결과가 아니겠는가. 그녀가 쥐었던 듯한 나뭇가지도 떨어져 있었다. 자신을 콕콕 찌르며 깨우는 데 썼던 그것이리라.

'애꿎은 행인을 죽여 버렸네.'

하지만 미안해하고 있을 겨를은 없었다. 가물가물한 기억에 의하면, 일행이 있던 여자였으니까. 근처에 세워져 있는 마차만 봐도 그 사실은 극명했다.

'신고하러 갔나?'

적어도 도움을 청하러 자리를 뜬 것임에는 틀림없었다. 그런데 왜 마차는 두고 갔는지 모를 일이다. 어쨌든 그거야 낮모를 그쪽 사정이고, 케스윅은 서둘렀다.

몇 걸음은 포복자세로 기어서, 몇 걸음은 오른손으로 땅을 짚어가며 결국 그는 남의 마부석에 올랐다.

그리곤 고삐를 잡았다. 마차를 돌리기엔 길이 좁았기에 그대로 진행해야 했다. 하지만 그러려면 앞에 죽어 넘어져 있는 여자를 치고 가야 하는데…….

'훙! 흉악무도한 놈들, 길 한복판에 날 버려둔 이유가 있었군. 감히 마차사고 따위로 위장하려고 해?

"이랴!"

히이이잉!

덜컹덜컹, 텅!

케스윅은 주저없이 고삐를 휘둘렀다. 은인이나 다름없는 여자의 시신이 말굽에 차이고 바퀴에 걸리느라 마차의 덜컹거림이 심해졌지만 아랑곳하지 않았다.

'어디로 가지?

그저 어질어질한 머리로 차후의 향방을 궁리하는 것만으로도 바빴던 것이다. 놈들이 자신을 언제 버려두고 언제 동부로 떠났는지 알 수 없으니 고향인 동부로 갈 수는 없었다. 놈들을 따라잡을 자신은 없었으니까. 설사 따라잡는다 해도 놈들의 수작을 막아낼 방도도 없었고.

그렇다고 수도나 토레노로 가고자 중부와의 경계선으로

향할 수도 없었다. 오늘이 정확이 며칠인지는 모르나 자신은 이미 '군법'을 어긴 상태였다. 북부의 전범으로든 탈영병으로든 체포될 수는 없지 않은가.

그래서 케스윅은 '서쪽'을 택했다. 서부라면 당장 피신하는데 큰 무리는 없으리라. 갈림길에 이른 그는 서쪽과 가까운 길을 택해 진행했고 길을 벗어나도 됨직한 부근에 이르자 과감히 말머리를 틀었다.

'뭐, 먹을 건 없나?'

실수로나마 마차의 주인 여자를 해쳐 버렸으니 가다가 인가가 나온다면 역시 피해가야 했다. 하지만 길을 벗어나서인지 인가는 나오지 않았다.

'앗! 있다!'

그래도 굶어죽으라는 법은 없는 모양이었다. 잠시 마차를 세운 케스윅은 죽은 여자가 앉았을 자리에서 달짝지근한 크림까지 발라진 과자 바구니를 찾아냈다.

게다가 배 터지게 먹고도 남을 넉넉한 식료품이 지붕에 실려 있기도 했다. 어딘가로 여행이라도 떠나던 참이었는지 야영 준비까지 완벽히 갖춰놓은 마차였다.

'나머진 가면서……'

허겁지겁 남의 과자를 입 안에 쑤셔 넣던 케스윅은 물병을 찾아 꿀꺽꿀꺽 삼켰다. 그리고 과자 바구니와 놓여 있던 여성용 여행 가방도 끄집어내 마부석으로 돌아갔다. 그렇게 달리는 마부석에서 여자의 간식을 우적거리던 케스윅은 가방을 뒤지다가 뜻밖의 것을 찾아내기도 했다.

겉봉에 '제논 프라이어에게 토레노에서 레티샤 하버가' 라고 쓰인 편지 한 통이 그것이었다.

발견하자마자 밀봉을 뜯어 내용을 훑던 케스윅은 입을 실룩이며 구깃구깃 구겨 버렸다. 기왕이면 갈가리 찢어버리고 싶었지만 힘줄이 끊긴 왼손의 도움이 시원치 않다 보니 그럴 수가 없었던 것이다.

그런데 그것만이 아니었다.

평범한 신분의 여자가 들고 다니기엔 지나치게 많은 액수의 금화 주머니도 찾아냈다. 그쯤 되니 케스윅은 그녀의 신상이 궁금해졌다.

죽어 있던 그녀의 차림새만 떠올려 본다면 극히 평범했는데 이상한 일이 아닌가. 초라하도록 수수한 회색 원피스, 그것도 펑퍼짐한 박스형 옷을 걸치고 있었다.

그 외에 기억에 남는 특색이라면 시골의 촌부처럼 거뭇거뭇 탄 피부색이었다는 것 정도?

'아, 그럼 혹시……?

남방 출신의 여자는 아니었을까 생각하는 케스윅이었다. 하지만 그렇든 저렇든 무슨 상관인가. 게걸스럽게 과자 바구니를 비우고 식량 보따리도 풀어서 한 움큼씩 건량을 집어 우적거리던 그는 다시 마차를 세웠다.

아직 충분한 거리를 도망쳐 온 것은 아니었으나 몸이 너무 아프고 간간이 경련까지 일어서였다.

온몸의 타박상과 곪고 있는 상처들과 골절이 의심되는 부상들은 그렇다 치고, 열이 너무 심했다. 계속되고 있던 어지럼증과 경련이 고문과 영양실조 등으로 쇠약해진 탓이라 여겼는데 그 때문만은 아닌 모양이다.

하는 수없이 열이 내릴 때까지만이라도 쉬어가자는 생각에 케스윅은 마차에서 엉금엉금 내려왔고, 시원하게 느껴지는 풀밭에 엎어져 열을 식혔다.

그러다 그대로 뻣뻣이 굳은 채 잠이 들었다.

그리고 다시는 일어나지 못했다.

그를 죽인 것은 용병들의 '구정물' 이라 할 수 있었다. 몸의 온갖 상처를 통해 감염이 된 상태였으니까.

*　　　*　　　*

"저기예요! 저기 저 모퉁이만 돌면……!"

따각따각따각!

조셉의 신고를 받고 출동한 부대의 병력들은 뒷자리에 태운 그의 외침에 묵묵부답이었다. 소년의 말이 사실이라면 보통 일이 아니었던 것이다.

병영 실습을 왔던 아카데미 여학생이 외출을 허가받자마

자 비명횡사를 하다니? 그것도 햇빛 환한 시각에 군부대가 그리 멀지도 않은 길 한복판에서!

한사코 따라오겠다던 황립아카데미의 남학생들을 진정시키고 떼어놓고 오느라 시간을 지체했다. 말단 병사나 하사관들로는 안 되리란 판단에 장교 급 기사들을 동원하느라 조금 더 지체하였고, 소년 조셉의 증언에 진실성을 제기한 누군가 때문에 또다시 지체하였었다.

하지만 어쨌든 최대한 빨리 달려왔는데.

"어? 없다. 없어요!"

"뭐가 말이냐. 저기 저 아가씨가 아니냐?"

"놈이 없잖아요! 마차도 없고요! 말들도 없고! 놈이 깨어나 도망친 것이 분명해요!"

다각.

일단 말을 세운 장교들은 안장에서 내려섰다. 그리곤 쓰러져 있는 파프리카 파탈의 시신을 내려다보다 조셉을 손짓해 불렀다. 이러다 놈을 놓치겠다 싶어 초조해하던 조셉은 안장에서 뛰어내리듯 다급히 달려왔다.

"왜, 왜요?"

"아가씨가 원래 이렇게 넘어지셨었나?"

"아, 아니요. 그 나쁜 자식! 아가씨를 치고 갔나 봐요! 우린 제놈이 시체라도 그냥 안 지나쳤는데……!"

"하사! 즉시 조를 편성해 추적을 실시한다. 얼마가지 못했을 거다. 새 마차 바퀴 자국을 찾도록!"

"옙!"

하사관들을 위시하여 병사들에게 명을 내린 두 명의 장교는 파프리카 파탈의 시신 앞에 쭈그렸다. 그리고 조셉의 증언들이 모두 사실임을 인정해야 했다.

평민 소년인 조셉으로선 날고 기어도 절대 꾸밀 수 없는 흔적이 여학생의 목덜미에 남아 있었으니까. 아무리 그럴듯한 정황을 꾸며 이 흉악한 범죄를 은폐하려 해도 불가능했다. 이런 식으로 사람의 목덜미를 손으로 도려내려면 마나를 다루는 수준 급 실력은 되어야 했던 것이다.

"비슷하긴 해도 우리부대 군복은 아니야. 이웃한 부대들에 탈영병이 있는지 문의해 봐야겠군."

"그건 그렇고, 이 일을 어쩐담."

"이 아가씨가 운이 없었던 거겠지. 사전에 계획한 살인은 아닌 것 같잖아."

"그렇더라도 우리 부대는 비상일세."

"부하들이나 따라가 보세. 궁지에 몰린 놈이 이보다 더한 피해를 주기 전에."

고개를 끄덕인 그들은 다시 말에 올랐다. 하지만 한 명은 남아야 했다. 찔끔찔끔 눈물을 훔치는 조셉을 죽은 아가씨 시신 곁에 혼자 남겨두고 갈 수는 없었으니까.

마나를 다루는 흉악무도한 살해범은 오래지 않아 꼬리가 잡혔다. 하지만 도난당한 마차와 함께 병사들이 발견한 것은 놈의 불결한 시신뿐이었다.

전염병이 의심되어 유체를 실어올 수도 없었고 신원을 파악할 만한 뭔가도 찾아내지 못했다. 그래서 민가의 그림쟁이들을 불러 놈의 모든 것을 낱낱이 종이에 옮겨 그리게 하곤 불태웠다. 그러다 몬스터 부대로부터의 정보로 죽은 흉악범의 신상명세를 어림하기에 이른다.

확신은 할 수 없었다. 몸의 부상들과 죽기 전부터 썩기 시작한 것으로 보이는 놈의 변형된 외형 때문에.

무엇보다, 몬스터 부대에서 탈영한 '케스웍 웰치' 는 왼손으로만 마나를 발현하는 특징이 있다 했다. 하지만 파프리카 파탈은 놈의 오른손에 당했던 것이다.

그렇든 저렇든 국가적 손실이 아닐 수 없었다. 제국 최고의 엘리트 교육을 받던 전도 유망한 황립아카데미생의 죽음이 아니던가. 열여덟, 채 피지도 못한 꽃다운 나이에 실로 어이없이 사망해 버린 파프리카 파탈.

직후 제국 전체를 술렁이게 한 역사적인 사건이 발발하여 그녀의 죽음은 이슈화되기도 전에 묻혀 버리기까지 했다.

와이번 군부대 측으로선 그녀의 동행이었던 다른 실습생들에게 고인의 유체를 유가족들에게 돌려주러 가는 길에 동승해 줄 것을 당부하는 수밖에 없었다.

 제논 프라이어

후회와 자책감으로 실의에 빠져 있던 행정아카데미의 3년
차 남학생들은 그녀라면 그냥 이곳에 묻히길 바랐을 것이라
고 웅얼거리곤 눈시울을 붉혔다.

그러나 파프리카의 시신은 군부대의 장엄한 호위 속에 토
레노로 호송되었다. 그녀의 관을 마중하여 그녀의 장례식에
상주(喪主)로 나선 것은 그녀보다도 어린, 그녀의 약혼자라는
남방 출신의 재수생이었다.

그는 파프리카의 사망 사실보다 죽은 여자와 맞선을 보게
된 스스로의 팔자에 연민을 보내듯 내내 내키지 않는 낯빛이
었다. 덕분에 공식적이나 비공식적으로 그녀의 장례식에 참
관했던 '관계자' 들은 더욱 씁쓰름한 눈빛이 되어야 했다.

Chap. 10
매혹적인 올가미

매혹적인 올가미

산지의 남쪽 기슭엔 탄광 채굴을 위해 모여든 사람들이 캠프를 치고는 있었어도 사실상 불모지나 다름없는 풍경이었다. 하지만 북쪽 기슭엔 인가가 자리하고 있었다.

남쪽 기슭을 끼고 돌다 좁은 산길을 거치고, 때론 산의 등선을 타다 졸졸 흐르는 계곡도 만나면서 도착한 인가였다. 몇 달 전만 해도 여행객들이 쉬어가는 산골 마을에 불과했으나 광맥이 발견된 후론 사정이 달라졌다.

채굴권 경매가 있었던 커다란 간이 건물이 들어선 것을 시작으로 그곳을 찾는 객들이 발 딛을 틈 없이 늘어나 짧은 시간에 몇 배로 규모가 커졌던 것이다.

졸속으로 지어지거나 증축된 건물들이 대부분이었지만 착실히 기반을 다져 제대로 된 건축양식을 갖추고 있는 건물들도 없지 않았다. 근방의 광산을 소유하여 지역의 지주가 된 플레임 가문의 별장이 그 대표적인 신축 건물이다.

하지만 완공이 되려면 아직 한참 남은 탓에 다레트도 엘다도 촌구석의 재래시장처럼 북적북적 복잡해진 마을의 여관에서 체류하고 있던 참이었다.

그나마 두 사람 모두 재력이나 무력이 남다른 측이었던지라 각각의 여관 객실을 상당수 확보하고 있었던 것이지, 방을 구하지 못해 마을 주변에서 야영을 하는 상류층도 있을 만큼 숙소가 부족했고 물자도 부족했다.

그런 판국에 기사단을 대동한 아라드 남작까지 동행해 왔으니 지난 며칠간 어떠했겠는가. 다레트의 거처나 엘다의 거처가 미어터지지 않았던 것이 더 이상한 일이었다.

하지만 불편했던 숙식 문제도 오늘로서 상당 부분 해소되게 되었다. 건축자재와 생필품을 가득가득 실은 상인들의 유입 속도가 시시각각 빨라지고 있었고, 무엇보다 다레트의 남편―스물셋밖에 안 먹은 놈이었다―이 떠나는 아라드 남작을 배웅하고자 말에 오르고 있는 중이었으니까.

"서방님~ 너무 멀리까지 배웅 가진 마시고 해지기 전에는 돌아오셔야 해요?"

"걱정 마시오, 부인. 너희들! 마님 잘 모셔야 한다."

 제논 프라이어

"걱정일랑 마세요, 주인님!"

'쪼그만 것들이 닭살 돋게.'

먼 길 떠나는 지아비 배웅하듯 신파조의 광경에 제논은 슬그머니 고개를 돌렸다. 그랬더니 이번엔 눈두덩에 멍이 든 채로 불만스럽게 입을 다물고 있는 메탄과 각터의 얼굴이 눈에 들어와 웃음이 삐져 나온다.

간접적이나마 차스키 보좌관의 작품이라고 할 수 있었다. 부친에게 끌려가듯 귀성하게 된 아가페와의 동행보다는 엘다와 합류한 제논에게 들러붙기로 작정했던 것이 원인이라면 원인이었다. 혹은 제논이 그들과의 동행을 지속시키는데 열의를 보이지 않았던 탓이기도 하리라.

'제논! 자네, 두고 보자고!'

'흠, 녀석들, 잡아먹을 것 같은 눈빛이네. 그래 얼마든지 두고 보자꾸나.'

그동안 함께 여행해 온 데다 함께 전쟁도 치른 바 있으니 자신들과의 동행을 탐탁지 않게 여길 줄은 추호도 몰랐으리라. 하지만 제논은 그들이 성가셨다.

그래서 동행 여부의 판단을 남에게 전가해 버렸다. 마침 그때 차스키가 가까이 있었던 터라 그에게 의견을 물었고 그는 매우 만족스런 대꾸로 기대에 부응해 왔었다.

"황립아카데미도 예전과는 많이 달라졌나 보군요. 5년차면 졸업 시험을 준비해야 할 테고 2년차면 교관들에게 한참 훈련받을 시기인데. 모험도 좋고 여행도 좋지만 교정을 너무 오래 떠나 계시는 것은 아닙니까?"

"아, 야외 실습인 셈이니까요. 단순한 여행은 아니고 제논과의 아마자디를 위해 팀을 이룬 실습 파티로 허가받았었고 결석 사유서도 정식으로 제출했으니……."

"그렇다면 이제 돌아가셔야겠군요. 제논 프라이어 경과의 아마자디는 끝났지 않습니까. 아니었던가요?"

"아니, 그게……."

"하지만 대선배이신 엘다 경을 비롯해 모교 선배님을 여럿 뵙게 되지 않았습니까! 선배님들의 조언과 가르침을 받을 수 있는 절호의 기회입니다. 놓칠 순 없……!"

"거기 부관들! 들었나? 자네들의 조언과 가르침을 꼭 받고 싶다네. 기특한 후배님들 거둬가서 스스로의 분수와 처지를 필히 일깨워 드리도록 하게."

"넵, 그럽지요."

그렇듯 피식피식 웃는 선배들과 나갔다가 돌아왔던 각터와 메탄은 기가 팍 죽어 있었다. 기합이라도 받았는지 땀으로 흠뻑 젖은 데다 출신 배경을 믿고 선배들의 화를 돋우기라도 했는지 눈두덩엔 멍까지 들어 있었고.

'큭큭, 꼬락서니하고는.'

하지만 계속 쳐다보며 웃음을 흘렸다간 후환이 두려울 수 있었기에 제논은 또 슬그머니 고개를 돌렸다.

그러자 이번엔 호송되는 죄수마냥 마차에서 턱을 고이고 있는 아가페가 눈에 들어온다. 부유한 제 사촌 누이가 내준 그 마차에서 창문으로 밖을 내다보고 있다가 제논과 눈이 마주치자 팩 토라진 시늉을 한다.

'녀석, 계집애가 따로 없다니까. 언제나 철이 들꼬.'

'제논! 너, 또 혀 차는 거지!'

'오냐, 인마. 조심해서 가고 학교에서 보자.'

'누가 애늙은이 아니랄까 봐. 흥! 너랑 다시는 말도 안 해! 약삭빠르게 저만 속 편한 이곳에 남냐……?'

눈짓에 손짓까지 동원해 열심히 의사소통을 해오던 아가페가 제풀에 지친 것처럼 갑자기 흐물흐물 동작을 멈춘다. 엘다에게 깍듯이 작별 인사를 하던 아라드 남작과 앗시 아줌마가 제논에게로 돌아섰던 것이다.

"신세만 지고 가는 것 같군."

"별말씀을."

"만나서 반가웠네. 나중에 아가페랑 놀러오게. 아라드 가의 손님으로 언제나 자넬 우대할 것이야."

"감사합니다. 살펴 가십시오."

굳건한 악수 속에 짧은 인사치레가 끝나자 사십대 중반의 아라드 남작은 미련없이 말에 올랐다. 그 틈에 앗시도 가볍게 목례하며 작별의 말을 해온다.

"제논 경, 여러모로 고마웠습니다. 다음에 만날 땐 프라이어 남작님이라고 부르게 되겠지요?"

"네, 살펴 가십… 아니, 거듭 말씀드렸다시피 그 사항은 제 뜻대로 정할 수 있는 사안이 아닌……."

"우리 다렛 아씨가 부족한 점이 많습니다. 아가페 도련님도 폐만 끼쳤는데 엘다 공주님과 더불어 사업적으로 연계되면 그보다 더한 트러블도 겪을 수 있겠죠."

"아아~ 앗시 아줌마, 근엄하게 잔소리하는 것 좀 그만둬요. 듣고 있으려니 또 멀미가 나려 하네."

다레트가 버릇없게 끼어들었지만 그녀에게만은 앗시도 무어라 야단을 치지 못했다. 워낙 귀하신 몸이어야지. 덕분에 잠시의 간격 후 앗시가 말을 이어온다.

"그래서, 미리 양해를 구하는 뜻에서 이걸 드리고자 합니다. 돌려 드린다는 말이 맞겠지만 원래의 주인에게 돌려주는 문제는 제논 경의 판단에 따른 일이니 일단 선물인 셈입니다. 케스윅 웰치의 행방이 아직 묘연하니 지니고 계십시오. 유사 시 요긴하게 쓰실 수 있을 겁니다."

"……?"

앗시 보좌관이 건넨 것은 색실로 묶음 포장된 손가락 없는 장갑 한 짝이었다. 에드릭 란스와 데비스 던컨에게서 전리품으로 챙겨 아가페가 소지하고 다니던 마법 무구다. 그런데 그

 제논 프라이어

걸 어떻게 요긴하게 쓰라는 것인지?

제논이 배틀 계열의 마법을 익힌바 없음을 그녀가 모르는 것도 아닌데 말이다. 제논의 의아함을 이해한다는 듯이 아가페의 마차에 오르던 앗시는 곧 덧붙여 왔다.

"마법 계열의 마나유동이 아니더라도 제논 경이라면 사용하실 수 있을 겁니다. 우리 남작님이 기사들의 마나 수련법으로도 발동되게끔 손을 봐두셨거든요."

"아… 아, 감사합니다."

"흠! 그럼 이만 출발하지. 다레트야, 몸조리 잘하여라. 출산하면 꼭 연락하고."

"네, 작은 아빠. 살펴 가세요!"

앗시의 선물, 아니, 실은 아라드 남작의 선물인 그것을 만지작거리던 제논은 고갤 들었다. 아라드 남작이 답례를 사양하듯 서둘러 말을 몰아갔던 것이다. 연이어 아가페와 앗시가 탄 마차도 굴러가기 시작한다.

다각다각!

덜컹덜컹.

"제논! 위버 교수의 숙제 잊지 마!"

"알았다. 또 보자!"

"으아, 나도 그냥 남아서 숙제나 했으면~!"

"시끄럽다, 아가페! 우리는 당장 등교할 것을 명령받은 판인데 집에 쉬러가면서 말이 많다!"

"아가페 도련님, 고개 너무 내밀지 말고 몸을 바로 하세요. 창문에 목이 끼겠습니다."

마지막으로 한번 반항해 보는 것처럼 머리를 쥐어뜯던 아가페는 마차와 나란히 보조를 맞추어 출발하던 메탄의 편잔과 앗시의 주의에 우는 시늉을 했다.

그렇게 그들은 마을 어귀에서 정렬 중이던 아라드 가의 기사단에게로 향했고, 오래지 않아 시야에서 사라졌다. 가장 늦게까지 손을 흔들며 배웅하던 다레트도 곧 돌아섰다.

"엘다 경, 잠시……."

"잠깐 기다리게."

채굴권이나 광산 지분의 매도를 요청하며 접촉해 오는 광산업자들은 지금도 끊이지 않았다. 그들의 처리(?)와 더불어 엘다가 맡고 있던 업무는 채굴 작업이 시작된 광산의 경비와 보안을 점검하는 일이라 할 수 있었다.

산지에 배치된 기사들과 규칙적인 순찰과 교대 업무를 보는 기사들을 관리 감독하는 일련의 업무, 이번에도 그 비슷한 일로 호출을 하는 부관들을 기다리게 한 그녀가 다레트를 바라본다. 무언(無言)의 독촉을 해오는 그녀에게 방긋 웃어 보인 다레트는 곧 말해왔다.

"제논 프라이어 경, 저 좀 보실래요? 식후 차는 마셨으니 다과가 좋겠네요. 에스코트 부탁합니다~"

자기에게 잘 보이라는 듯이 거드름 피우듯 내민 다레트의

오동통한 손끝을 제논은 어정쩡하게 붙잡았다. 그리곤 엘다
를 향해 우스갯소리 하듯 말했다.

"엘다 공주님, 앗시 보좌관의 의미심장한 주의도 있었고,
왠지 겁이 좀 납니다만, 다녀오겠습니다."

"어머? 유머 감각도 있었네요?"

"설마 잡아먹기까지야 하려고. 안 그런가요, 다렛 부인? 잠
시 빌려 드릴 테니 무사히 돌려보내 주십시오."

"호호! 생각해 보구요."

설핏 웃으며 맞장구쳐 온 엘다는 목례 삼아 고개를 까닥하
곤 부관들과 함께 스스로의 거처를 향해 멀어져 갔다. 그리고
제논은 등지고 있던 다레트의 숙소로 올라갔다.

달각.

"하아~! 좋다. 이렇게 편하고 조용할 수가! 그렇지 않나
요, 제논 프라이어 경?"

줄기차게 군것질을 하는 그녀와 마주앉아 차를 마시던 제
논은 대꾸하지 않았다. 그러든 저러든 상관하지 않는 것처럼
다레트 플레임이 조잘거림을 잇는다.

"친정 식구들은 다 좋은데 시도 때도 없이 시끌벅적한 면
이 있다니까요. 전엔 그걸 관찰하는 일에 재미를 느끼곤 했는
데 아기를 가지니까 소란스러운 게 싫더군요. 체질도 변하고
입맛도 바뀌고 사물을 보는 관점도 달라지고."

"실례된 질문일지 모르겠습니다만, 엘다 경과의 신용거래에 대한 생각은 안 변하셨습니까?"

"흐음."

뜸은 그만 들이자는 뜻으로 곧장 본론을 꺼내는 제논에게 다레트는 어깨를 으쓱하며 말했다.

"안 변했지요. 공주님과의 친숙 의사가 변할 리가요. 그런데 요지(要旨)는 제논 경을 후원하겠다는 그분의 의사를 무작정 수용하기가 난감하다는데 있으니."

"내 생각을 말씀드려도 되겠습니까?"

"그럼요. 그걸 묻기 위한 자리이기도 한 걸요. 제논 경은 어떻게 하면 좋으시겠어요?"

"엘다 경의 호의를 곧이곧대로 받아들이기엔 너무 과하다 사료됩니다. 그렇다고 무작정 거절한다면 부인과의 신용거래가 성립되는데 있어 방해가 되겠지요."

"그렇겠죠. 그래서요?"

"그래서 제안합니다. 채광에 관한 이익은 어떤 비율로든 두 분의 뜻대로 두 분에게 귀속할 것을. 대신에 저는 채광이 완료된 후의 산지 소유권을 선(先)매입하는 것으로."

"폐광될 부지를 말인가요?"

"네, 거기에 한 가지 덧붙이자면 향후 채굴에 고용될 광부들이 소비할 물자, 예를 들면 야채나 과일과 같은 식자재와 부식 상품들의 납품 계약이면 충분합니다."

"…덧붙이신 납품 계약이야 선(先)매도 문제를 떠나 수용이 가능하겠습니다만, 폐광될 광산을 미리 매입하시겠다고요? 채굴이 완료될 때까지 몇 년이 걸릴지도 모르는데? 보석이나 금광이 터질지도 모르는데도?"

"네."

재고의 여지를 두지 않은 듬직한 답변에 다레트 플레임은 도리어 약간 머뭇거리는 기색을 띠었다. 그러다 양해를 구하는 투로 말해온다. 예상하고 있던 반응이었기에 제논은 역시 시원스럽게 대꾸했다.

"향후 폐광될 광산이라도 현시점에선 헐값에 넘기거나 공주님에게 했던 제안처럼 신용거래는 약속드릴 수 없어요. 시작부터 이미 지출이 꽤 크거든요."

"그건 걱정하지 않아도 됩니다. 토레노로 돌아가면 즉시 지불이 가능하니 가격을 제시하십시오."

"제가 알기론 예전과 달리 가업이 호황을 이루고는 있다지만 아직은 프라이어 가문의 재력이 그리…… 그런데 그 말씀은, 도로 불모지가 되어버릴 산지나마 통상적인 토지 시가(市價)로 매입할 여력이 있으시다는?"

"네."

"…일거리를 잃게 될 광부들과 이곳 마을의 원주민들도 자연히 딸려와 그들의 생계까지 책임져야 할 매매가 될 텐데, 그래도 괜찮다는 말씀인가요?"

"네, 모르는 일은 아니죠."

"……."

빤히 쳐다보는 눈길을 거두지 않은 채 다레트 플레임은 잠시 침묵했다. 제논은 수지타산을 저울질하는 그녀의 암산(暗算)이 끝나길 기다렸다. 오래지 않아 다레트는 다시 입을 열어왔다. 그런데 웬일인지 굴곡없는 어조다.

"경도 사심이 별로 없는 강직한 기사 타입이시군요. 라고 칭송드려야 할 일이겠지만, 잠시 실례하는 의미에서, 또한 외람되지만, 한두 가지 여쭤도 되겠습니까?"

"네? 무엇을……?"

"경의 최종 목표는 무엇입니까. 제국과 황제의 최고 관료이십니까, 행정아카데미 출신으로 검의 세계를 평정할 희대의 검객이십니까, 전무후무한 영농(營農) 개척자이십니까? 아니면 그저 주체 못할 욕심과 자만으로 사람들을 현혹시키는 천하에 둘도 없는 기회주의자이십니까."

"……."

순간 황당해진 제논은 눈을 끔벅였다.

최고 관료니 희대의 검객이니 영농 개척자라는 것은 그렇다 치고, 대체 자신이 왜 천하에 둘도 없는 기회주의자란 소리 들어야 하는가 말이다.

다방면의 소질을 지니고 다방면에 두각을 나타내는 것도 개인적으론 질타를 받을 만한 죄가 되는 것인가?

　제 사촌 남동생(아가페)에게 들었던 이야기들을 토대로, 그나마 보통의 젊은 아녀자는 아니겠거니 생각했는데 이리도 경우 없는 발언을 해오다니.

　가벼워 보이는 평소의 언동 뒤에는 그럴 만한 이유가 있을 것이라 여겼건만 아주 버르장머리가 없다. 비슷한 또래와의 소꿉장난 같은 결혼으로 일찌감치 애를 가진 예비 엄마가 되었다고 어른이 다 된 줄로 아는가?

　새파랗게 어린 유부녀에게 얼토당토하지 않은 면박을 들었다는 생각에 제논은 눈살을 찌푸렸다.

　그런데 그러자,

　"흐음, 불쾌하세요? 제가 무례했나요? 하지만 그렇게 보이는걸요. 이제껏 아무도 경의 그런 면을 지적해 주지 않았나요? 그럴 리가~ 그저 지적해 준 사람들이 맘이 좋거나, 스스로가 느낀 바를 정확하게 표현 못했거나, 듣는 입장인 제논경이 제대로 못 알아들었던 거겠죠."

　"…협의의 요지를 벗어난 화제 같습니다만."

　"정확히 협의의 요지를 다루기 위한 화제랍니다. 평소 그런 말을 자주 듣지 않았나요? 나이에 비해 너무 어른스럽다. 혹은 중늙은이 같다. 젊은 사람이 너무 철두철미하다. 혹은 너무 철저해서 인간미가 없다. 또는 나이에 걸맞지 않게 자존(自存)이 강하고 책임감도 너무 강하다."

　"이해가 안 가는군요. 그런 평들이 기회주의적인 것과 관계가 있습니까?"

"그럼요. 나이에 비해 너무 어른스럽다는 것만 봐도 그렇지요. '어른'은 결코 순수하지 않으니까요. 그러니 순수하지 않은 바탕으로 행하는 겸손이며 친절이며 배려 등의 덕목들을 결코 미덕으로 볼 수는 없겠지요."

순수하지 않다는 점만큼은 인정해야겠다는 생각을 하는 '현진'이었다. 틀린 말은 아니었으니까.

"너무 철두철미하고 철저하다는 것도 사실 말 그대로 '인간미' 없음을 대변하는 것이나 다름없죠. 그런데 인간미 없는 사람이 진짜 호인일 리는 없겠고."

그 말도 부인할 수가 없는 현진이었다. 자신이 호인이라고 생각해 온 적은 없었으니까.

"또한, 나이에 걸맞지 않게 자존이 강하고 책임감이 강하다는 것은? 자존이 강하다는 것은 외골수의 다른 표현이 될 수도 있고 자만심이 높다는 뜻도 되지요."

'그랬던가……?'

"지나친 책임감도 문제예요. 그만큼 사람들과의 친밀에 진심이 결여되어 있다는 것일 수 있고, 그만큼 사람들을 믿지 못한다는 것이 되니까요. 믿지 못한다는 것은 언제든 배신할 수 있다는 소리도 되지 않겠어요?"

"……."

누구든 이유없이 배신할 생각은 없는 제논이었다. 하지만

 제논
프라이어

그렇게 반론할 개재는 아니었다. 젖내 나는 이십대 유부녀의 풀이를 잠자코 듣다 보니 천하의 제논이라도 헛갈리기 시작함을 부인할 수 없었던 것이다.

—주체 못할 욕심과 자만으로 사람들을 현혹시키는 천하에 둘도 없는 기회주의자.

그러한 다레트 플레임의 비평에 경우없느니, 버르장머리 없느니, 하는 생각을 하며 불쾌감을 가졌던 것 자체가 자만은 아니었을까? 애초에 자신의 표면적인 연령은 그녀보다도 다섯 살이나 어린 연하의 소년이 아니던가.

또한 원판의 탈을 빌려 원판의 가족이며 신분이며 미래까지, 원판에게 허락되어 있던 모든 것을 완벽히 챙겨 버린 '현진' 이기도 하고 말이다.

'하지만 어쩌라고? 죄다 어쩔 수 없는 일이었잖아. 이 이상 얼마나 더 충실했어야 하는데?'

쉬이 인정하기엔 자존심이 용납지 않는 현진이었다. 저쪽 동네에서부터 천성적으로 물려받은 '똥고집' 이 있는데 그라고 어쩔 수 있는가. 그래서 속으로 투덜거리기만 하고 있으려니 상대편 여자가 말을 잇는다.

"같은 맥락으로 좀 더 현실적인 예를 들어볼까요?"

'맘대로 하라지.'

"듣기론 토레노의 제 친정 아버님과 '퇴비' 에 관한 계약도 하셨다더군요. 귀 얇고 낙천적인 아빠라면 흔쾌히 경의 제안을 받아들이셨을 테고 무조건적인 대박을 기대하고 계실 겁니다. 하지만 행여 실패하게 된다면?"

"…모든 사업적인 시도엔 위험이 따르게 마련이고 성공하리라 확신한다고 해도 결과를 장담할 수는 없는 일이 아닙니까. 더구나 그 안건은 내가 아니라 부인의 사촌 남동생이 먼저 생각해 낸 것이었죠."

"책임 회피이신가요? 정작 우리 친정아버지께 제안하여 거래를 성사시키신 쪽은 경이신데요?"

"……."

"경의 말씀이 틀리다는 것은 아닙니다. 아빠도 사업에 따른 위험도를 무시한 채 계약하진 않으셨을 테죠. 그런데 제가 말씀드리고픈 것은 '결과'의 측면이에요. 성공하게 된다면 위대한 영농 개척자의 탄생이 되겠지만, 실패하게 된다면 전례에 없던 '사기꾼'이 될 테니까요."

'그래서 어쩌라고?

누가 일부러 사기꾼이 되려고 노력이라도 한단 말인가? 그렇다고 퇴비 사업이 틀림없이 성공할 것이라는 확답은 할 수 없는 노릇인데 어쩌라는 것인지.

달칵.

그런데 목을 축일 겸 차를 한 모금 마시고 내려놓은 다레트 플레임이 또 뜬금없는 소릴 한다.

"어쩌면 문제는 경이 아니라 내게 있는 것인지도 모릅니

 제논 프라이어

다. 만약 내가 아직 미혼의 레이디였다면 관점이 달랐을 테니까요. 하지만 이미 결혼해서 배까지 불러오고 있는 판이니 외간 남자일 뿐인 경의 개성이 장점으로만 비쳐져야 말이죠. 어찌 보면 참 아쉬운 일이에요. 그죠?"

"뭐가 말입니까."

"다섯 살 차이쯤이야 극복할 수 있었다는 말이죠. 마침 맞게 우리 아가페의 학우이시기도 하고."

"……."

이 어린 유부녀가 지금 진지한 투로 추파를 던지는 것인가? 아니면 깎아내리기만 하다가 반대로 띄워주려는 의도인가? 어쨌든 제논은 원래의 화제를 상기시켰다.

"내 됨됨이와 사업적 측면에 대한 신용을 확신하기 힘드신 모양이군요. 그렇다면 굳이……."

"그럼에도 경과의 사업적 연계를 수용할 용의가 있답니다. 그래서 이토록 장황하게 이야기를 나누고 있는 것이죠. 하지만 결정을 내리기 전에, 이번엔 꼭 답을 해주셨으면 하는 질문이 하나 더 있습니다."

'뭐냐고 묻기가 겁나오~'

하지만 제논은 물었다, 그녀처럼 기복없는 어조로.

"무슨 의문입니까."

"실은 이제껏 가장 궁금했던 사항이고, 경을 받아들이는 문제를 좌우지할 수 있는 대표적인 조건이기도 한데, 앞서보다 더욱 외람된 질문이라……."

말꼬리를 흐리며 뜸을 들이던 그녀는 이내 '질문'을 해왔다. 굴곡없던 어조에 호기심을 담뿍 담아서.

"엘다 바워버드 공주님과 진짜론 무슨 사이신가요?"

"……."

제논은 조금 이가 갈렸다. 아라드 가문! 그 가문의 일원들! 정말 하나같이 자신을 놀래는데 일가견이 있는 사람들이 아닐 수 없었던 것이다.

인사차 들렀다는 상류층 언저리의 방문객이 다녀갔다. 그를 돌려보내고 나니 또 다른 방문객이 엘다를 찾아왔다.

마을의 대표인 이장이란 노인이었는데 날이 갈수록 복잡해지고 있는 마을의 치안에 대해 조언을 구해왔던 것이다. 치안도 치안이지만 조금씩 외지인들에게로 넘어가고 있는 상권의 비호를 청하기 위해서이기도 했다.

그들의 안전과 재산권마저 직접 지켜주는 호위 책임자가 되기엔 엘다의 신분이 너무 높았다.

하지만 도움이 될 만한 방도를 알아봐 주겠다고 약속하여 돌려보낸 그녀는 부관들과 함께 산지가 포함된 부근의 지도를 펼쳐 두고 머리를 맞댔다. 마을의 경비와 순찰에 필요한 기사들의 인원을 계산하기 위해서였다.

"교대 근무로 두 명이면 충분하겠습니다. 각자에게 배당시킬 병력은 마을 청년들 중에서 뜻대로 고르라고 하면 될 테니까요. 아마 서로 하겠다고 난리일 걸요?”

“그래도 두 명은 너무 적지 않나? 마을 청년들 중에서 하관으로 삼을 병사를 뽑는다는 것도 그렇고. 정식으로 검을 배운 사람은 없을 게 아니야.”

“마을 사람들은 그저 우리가 마을의 치안에 나서주고 있음을 전시해 주는 정도면 족할 겁니다. 이장 할아범도 아까 그랬지 않습니까. 가끔씩 산책이나 구경 삼아 동네랑 시장을 돌아주시기만 해도 감사하겠다고.”

“그럼 일단 두세 명으로 시작해 보지. 누가 좋을까……?”

똑똑.

엘다는 잠시 말을 멈췄다. 부관들과 의논을 하고 있는 자신의 이번 업무에도 끼고 싶지 않은지 객실의 문지기 역할을 고수하고 있던 차스키가 문을 연다.

“실례합니다, 차스키 보좌관님.”

“뭔가.”

다레트 플레임의 낯익은 하녀였다.

꽁지발을 지어 차스키의 어깨너머로 엘다의 모습을 확인한 그녀가 용건을 말해온다.

“우리 마님께서 공주마마를 뵈었으면 하시는데요.”

“무슨 일로?”

“어머, 그건 저도 모르죠. 하지만 뵙자고 하시면 오실 거라고… 아니, 항상 오셨잖아요."

"공주님이 플레임 부인의 꼭두각시라도 되느냐……?"

"지금 가마."

남의 하녀를 무안 주던 차스키는 엘다의 의사 표현에 어깨를 으쓱하며 물러났다. 나머진 보좌관인 그와 의논할 것을 지시한 엘다는 부관들과의 탁자를 떠나며 문밖의 하녀에게 질문을 던졌다.

"제논 경과의 이야기는 끝나셨더냐?"

"제논 프라이어 경이요? 네, 끝나셨겠죠. 한 시간쯤 전에 마을을 떠나셨잖아요."

멈칫.

"…마을을 떠나?"

되묻는 엘다에게 문턱 너머의 하녀는 어서 행차하시라는 듯 허리를 굽히고 옆으로 물러서며 답해왔다.

"예. 인사하러 오시지 않았던가요? 공주께서 소개해 주신 드래곤 부대엔가, 아니, 비룡 부대라고 하셨던가? 암튼 사업차 다녀오겠다고 가신 것으로 아는데."

"아, 그래……."

곧 납득한 엘다였지만 기분이 좀 상했다. 더는 못 미루고 있을 일이긴 하지만 왔다 갔다 왕복에 며칠은 걸릴 그곳에 다니러가면서 자신에게 말도 없이 가다니.

그런데 그렇게 거처를 나간 엘다도 웬일인지 감감무소식이 됐다. 그러다 기다릴까 싶어 알려 드리러 왔다면서 다레트 플레임의 하녀가 다시 와서 말하길,

"마님과 함께 점심을 드시고 담소하시다가 나들이 삼아 우리 주인님을 마중 가시는 길에 동행하셨답니다. 어두워졌으니 멀리까지 가셨다면 달구경이라도 하고 오시겠죠. 죄송해요. 우리 마님이 워낙 변덕이 들끓어서."

"뭐 하는 짓인지."

혀를 차며 대꾸한 차스키는 스스로의 본분을 되살렸다. 엘다가 부재하게 되었으니 그녀의 업무를 대리해야 했던 것이다. 자신은 엘다 공주의 보좌관이었으니까.

*　　　*　　　*

제논은 떠나온 마을에서 두세 시간쯤 떨어진 숲 속에 있었다. 마차를 타고 남쪽 기슭으로 가고자 마을을 벗어나려면 꼭 거쳐야 하는 산길이 내려다 보이는 지점이었는데 그곳을 지나치면 작은 계곡을 넘어 길이 나눠졌다.

"가자. 때아닌 등산이지만 이해하려무나."

푸르르.

나뭇가지 사이로 보이는 산길을 내려다보던 제논은 말을 끌고 숲 속으로 좀 더 들어가 고삐를 묶었다.

이끼 긴 바위 옆의 움푹한 자리를 물색해 엘다의 기사들에게 얻어 소지하고 있던 군용 천막을 치고 나뭇잎과 나뭇가지들로 위장하기도 했다.

'이제 뭘 하나……'

너무 빨리 야영 준비가 끝나는 바람에 할 일이 딱히 없다. 나뭇잎의 진액과 흙으로 더러워진 손을 의식한 제논은 졸졸 흐르는 인근의 계곡을 찾아갔다.

'웃! 꽤 차갑네.'

찰박찰박.

그러나 얼음물에 냉수마찰 정도야 기본인 대한의 육군으로서, 아니, 대한의 육군은 아니지. 아젤론 제국의 준기사로서! 그쯤의 냉기야 아무것도 아니었다.

세수하는 김에 머리도 감고 목욕까지 해치운 그는 짐을 둔 곳으로 되돌아와 옷도 새로 갈아입었다. 그리곤 산길이 내려다보이는 지점으로 다시 가서 바위에 걸터앉았다.

'담배나 피웠으면.'

잠복 같은 기다림을 시작하자마자 간만에 담배 생각이 간절해진 제논은 머리를 긁적였다. 이게 다 다레트 플레임이 주절거린 이야기들 때문이었다. 제논은 지금과 같은 심리적 초조감을 야기시킨 그녀와의 대화를 떠올렸다.

엘다와 진짜론 무슨 사이냐는 물음에 또다시 답변을 못하고 있자, 다레트는 떠보듯 말했었다.

"근데 그거 아세요? 차스키 보좌관은 원래 엘다 공주님의 형부가 되어야 했던 사람이라는걸."

금시초문의 일이었다. 그리고 그 말을 시작으로 다레트는 그동안 뒷조사하듯 여러 경로로 수집해 왔던 바워버드 가문과 엘다에 대해 귀띔해 왔었다.

바워버드(Bowerbird)는 그 이름에 숨은 의미만큼이나 역사가 깊고 사연도 많은 가문이었다.

허리를 굽히는 사람, 머리를 숙이는 사람, 결국 '굴복자' 라는 뜻을 지닌 바워(Bower)에, 부정적인 의미의 속어 버드(bird)가 합해져 붙여진 이름이었으니까.

통상적인 의미의 버드는 날아다니는 '새' 였지만 바워버드에서의 버드는 비난과 야유 속에 추방을 당해 날아들었던 가문의 시조를 일컫는 의미였다.

그렇다.

바워버드의 시조는 과거의 아젤론과 국경선을 맞대고 있었던 타국에서 망명해 온 왕족이라고 했다. 수백 년 전에 이미 와해된 나라라는 그곳의 계승권 다툼에서 밀려난 왕자 하나가 기틀을 세운 소국(小國)이었던 것이다.

그랬기에 현재의 바워버드 가문이 가능했다. 왕위 찬탈에 실패해 도망쳐 올 때, 자신을 따르던 정예기사들과 왕가의 비전을 획득한 비(妃)도 만년설이 쌓인 산맥을 넘어 함께 왔다니까. 그 덕에 춥고 척박하여 아무도 살지 않던 미개척지에 여정을 풀고도 재기할 수 있었던 것이리라.

각박한 기후 환경 탓에 바워버드 가문은 지금도 토지 개간을 통한 생산력은 보잘것없는 수준이었다. 영지 내에서의 가축 방목과 맹수들의 사냥을 권장하고 1년의 절반은 얼어 있다는 바워버드의 산중 호수와 강에서의 낚시와 물고기 잡이 등으로 근근이 자급자족을 해온 영지였다.

하지만 바워버드 왕정은 부유하고 실로 막강했다. 웅장한 성채의 안팎을 채우고 있는 가문의 병력만이 아니라 그저 영주민인 사냥꾼과 어부들까지도 웬만한 정예병사들 못지않은 실력을 갖추고 있기로 유명했던 것이다.

영토를 넓힌 제국의 국경선을 수호하는 가문으로 지목된 후론 중앙정부의 막대한 예산을 지원받고 있을 뿐만 아니라 타지로부터의 용병 요청도 끊이지 않았다.

그랬기에 다레트 플레임도 엘다의 출신 배경을 믿고 선뜻 신용거래를 제안했던 것이다. 현재 엘다가 계승권 다툼을 회피하듯 본가를 떠나와 있다는 사실을 알게 되었지만 그래도 다레트의 생각은 바뀌지 않았다.

"계승권 다툼을 피하고 있다고요?"

"네. 모르고 계셨죠?"

"…네."

미적미적 대꾸하던 제논에게 다레트는 스스로의 정보력과 추리력을 의기양양해하듯 '귀띔'을 이었다.

엘다는 가문의 두 번째 직계로 태어났다. 하지만 실은 엄밀히 따져 가문의 셋 번째 자녀라는 것이 맞았다. 다섯 살 위의 오라비만이 아니라 오라비보다 세 살쯤 연상인 사촌 언니도 두고 있었으니까.

그리고 '벨다'라는 그 사촌 언니가 원래는 가문의 유일한 직계였다. 현재 후작의 지위인 엘다의 부친은 선대의 차남이었던 것이다. 그러나 어쩌다 후작 형님이 일찍 사망하게 되어 엘다의 부친인 그가 작위를 계승하게 되었다. 형님의 자손이라곤 외동딸인 벨다 공주뿐이었으니까.

하지만 당시 계승 서열 1위였던 벨다 공주가 가만있었을 리는 없지 않은가. 아니, 당시에 벨다는 겨우 열한 살이었으니 세상물정 모르던 그녀를 대신해 첫째 공주인 그녀를 보필하던 주변인들이 반발한 거였다.

그러나 작고한 형님과 견주어도 꿀리지 않은 지도자적 자질을 갖췄던 현재의 후작은 오래지 않아 분쟁과 암투로 시끄럽기 시작하던 왕정을 바로잡았다.

아군들의 희생이 아예 없지는 않았지만 가장 효과적인 방법으로 정권 교체에 따른 잡음을 잠재워 버렸다. 당시 여덟 살이던 큰아들을 정적(政敵)이 된 조카딸과 혼인시켜 버렸던 것이다. 그저 '정혼' 정도가 아니고 혼인을 말이다.

'그때라면 엘다는 세 살 경이었겠는데…… 엘다의 친모가 돌아가시던 시기였겠구나.'

토레노의 시청에서 유학생이었던 엘다의 신상기록을 훔쳐본 바로는 엘다는 병환으로 사망한 친모를 두었다고 했었다. 하지만 다레트의 이야기를 듣다 보니 과연 순수하게 '병'으로 어머니를 잃었는지 의심이 갔다.

여하튼.

"그렇게 사촌 동생인 어린 신랑과 결혼을 해야 했던 벨다 공주의 인생도 기구했지만 차스키 보좌관도 못지않았죠. 그는 전대 후작이 데릴사위의 재목으로 내정하여 키우고 있던 전도유망한 소년 기사였거든요."

당시 15세 남짓이었던 차스키는 바워버드 군대에서 중책을 맡고 있던 모모(某某) 장군의 아들이었다. 그래서 사실 그도 귀족 자제의 신분이었으나 정권이 교체되던 와중에 신분을 박탈당했다. 그의 아버지가 벨다 공주의 편에 섰다가 새로 등극한 엘다의 부친에게 굴복한 탓이었다.

그렇지만 적어도 그들 부자(父子)는 보통의 정권 교체에 따른 희생치곤 가벼운 형벌을 받았다. 아비는 명망있는 장군이고 아들은 장래가 기대되는 소년 기사였던지라 직위와 귀족 신분을 반납한 선에서 그쳤던 것이다. 울음 섞인 벨다 공주의 간절한 간청도 있었고.

"숙부님! 제 소원이에요! 쫓아내지 마세요. 사형시키지 마세요! 아저씨를 살려주세요. 차스키 오빠도 해치지 말아요! 그럼 뭐든지 할게요!"

그렇게 목숨을 부지한 차스키와 그의 아비는 새로운 지위와 새로운 신분을 하달받게 된다. 하지만 그래도 좌절하지 않을 수 없었으리라.

어제까지 직접 통솔하던 병사들 틈에서 그들과 같은 위치로 전락하여 함께 훈련을 받아야 했던 부친 쪽도 그랬겠지만, 약혼녀를 여덟 살짜리에게 뺏기고 그런 아버지와 나란히 정렬해야 했을 차스키의 심정도 오죽했겠는가.

그러한 아들의 고뇌와 절망을 모를 리 없는 차스키의 부친은 위험천만한 전선으로의 배치를 자원하여 영지를 떠나 버렸다. 그리고 단신으로 적군을 거의 섬멸할 만큼의 공적(功績)과 더불어 차가운 주검이 되어 돌아왔다.

그리고 그 후 차스키는 바워버드의 골칫덩이가 되었다. 그와 대련하는 병사들은 또래든 어른이든 죄다 죽어나갔다. 신분은 박탈되었다지만 어머니를 비롯한 식솔들은 그대로 저택을 지키고 있었고 집안의 재산 역시 그대로였음에도 불구하고 제 집으로 귀가하지 않았다.

영창에 가두면 뒹굴뒹굴하다가 철창을 부수고 탈출해 죄

없는 영주민들에게 온갖 민폐를 끼쳤다. 탈옥과 탈영의 죄목으로 다시 잡아들일라치면 정예기사들을 대거 출동시켜야 할 만큼 거센 반항을 해왔고, 겨우 붙잡아 도로 감옥에 가둬봐야 같은 일이 반복되기만 했다.

그렇다고 고문이나 체벌을 통해 죗값을 치르게 하거나 정신을 차리게 할 수도 없었다. 열 받은 선배 기사들이 묶어놓고 교육을 좀 시킬라치면 어떻게 알았는지 벨다 공주가 한달음에 달려와 팔짱을 끼고 지켜봤다.

'해치지 않겠다' 던 숙부의 약속이 지켜지는지 감시하는 거라는 말에 아무도 차스키에게 손을 댈 수가 없었다. 그렇다고 영지 밖의 전선에 투입시켜 버리고자 우리에 가둬 배달시켜 놓으면 싸우는 아군들의 뒤에서 군량을 축내며 빈둥빈둥 구경만 하다가 퇴출당해 돌아오기 일쑤였다.

끊임없는 상소와 신하들의 간곡한 처벌에의 권유에 새 후작은 결국 결단을 내리기에 이른다. 엉덩이에 뿔난 망아지 같은 차스키의 덜미를 잡고 질질 끌고 가 며느리가 된 벨다 공주의 발치에 던져 주었던 것이다.

"네가 거둔 목숨이니 네가 책임져라! 죽일지 살릴지, 하인으로 부릴지 경비병으로 써먹을지!"

숙부였던 시아버지에게 벨다 공주가 어떻게 대꾸했고 어

떤 대화가 오갔는지는 다레트도 알아내지 못했다. 하지만 어쨌든 당시 18세의 나이였던 차스키는 그 후 벨다 공주의 호위기사로 이삼 년간 재직하게 된다.

그러다 가문의 둘째 공주인 엘다가 검술에 두각을 나타내자 벨다의 강력한 추천으로 엘다의 호위기사로 이직하게 된다. 열한 살이 된 엘다가 토레노의 기사예비 학교로 유학가게 되자 엘다의 보호자이자 집사이자 보좌관으로서 차스키도 동행했고 오늘에 이르렀던 것이다.

어떤 면으론 차스키의 진짜 직위를 벨다 공주의 끄나풀로 어림해도 될 만한 전적이었다. 그 때문에 제논은 차스키란 인물에 대해 좀 더 이해할 수가 있었다.

그가 벨다 공주의 스파이든 아니든 엘다의 호위기사로 시작하여 지금까지 엘다를 보좌해 온 기간이 벨다 공주의 사람이었을 시간보다 훨씬 길지 않은가. 무려 이십 년 가까이 엘다의 곁을 지켰으니까.

그렇다고 꼬마 신랑의 신부로 시들어왔을 옛 약혼녀에 대한 의리를 완전히 저버릴 수도 없었으리라.

'그래서 그렇게 삐딱했구나.'

여하튼, 그런저런 집안 사정으로 계승 서열 2위인 엘다였지만 마음만 먹으면 얼마든지 후계의 자리를 공고히 할 수가 있었다.

1순위 계승자인 오라비는 올케이자 사촌 언니인 벨다 공주의 손에 자라다시피 하여 33세가 된 지금도 말 잘 듣는 꼬마 신랑이나 다름없었다. 또한 아버지가 재위 1년 만에 새로 들인 후작부인으로부터 얻은 이복동생들은 엘다와 견줄 만한 경력도 실력도 못되었다.

그러니 엄격히 따져 엘다의 적수가 될 만한 이는 한 명밖에 없었다. 코흘리개 사촌과의 이른 결혼으로 서열 자격을 흡수당해 버린 벨다 공주. 사촌 언니인 벨다밖에 없었던 것이다. 그런 계산이 타당한 다른 이유도 있었다.

벨다 공주가 엘다로서도 넘보지 못할 분야의 후진들을 양성하고 있다는 점.

"어떤 후진들이기에?"

"마법계열의 연구원들이라나요?"

아라드 가문이 친정인 다레트 플레임의 피식거리는 대답에 제논은 고갤 끄덕였다.

그들을 소개시켜 주겠다고 했던 엘다가 약속을 취소한 이면도 이해할 수 있었다. 경쟁자인 언니가 마법 연구원들을 조직해 후원하고 있었다면 시국이 시국인 만큼 제논과의 약속을 지키기가 난감했지 않겠는가.

지금은 멸망한 왕가의 비전을 획득해 가문의 시조와 함께 망명해 왔던 시조의 비. 그녀가 획득했던 '마나 수련법'이 그 근원일 것으로 다레트는 추측했다. 기사들의 것과 마법사들의 것으로 나눠져 전승되어 온 눈치였다니까.

그렇더라도 올케인 벨다 공주와의 경쟁을 미리 회피할 필요는 없었다. 이제껏 바워버드 가문은 마법으로 이름을 떨치거나 그 내실을 다져 온 가문이 아니라 기사들의 무력에 힘입어 번영해 온 가문이었으니까.

그런데 웬일인지 제대 후 '채굴권'의 경매를 핑계대어 이곳으로 흘러들어 온 엘다의 태도가 불분명했다.

물론 친부인 바워버드 후작이 아직 건재하니 벌써부터 후계 경쟁으로 마음 다치고 싶지 않아 어디에서든 잠시 피신해 있고자 한 의도일 수도 있다. 하지만 엘다가 그렇게 마음이 약한 보통의 레이디였던가?

'심경의 변화라도 있었나……?'

"제 제안에 적극적이시고 생각보다 장기간 체류하실 뜻을 비치기도 하시더라고요. 그러니 어찌 보면 '포기'하신 건지도…… 제논 경은 어떻게 생각하세요?"

"저야 모르죠."

"경과 엘다 공주님과의 관계도 여전히 모르겠고요?"

"그건……."

엘다의 입장과 평판도 고려하자면 차마 답할 수 없는 노릇이었다. 그렇게 제논이 계속 우물거리기만 하자 다레트는 말해왔었다, 인심 쓴다는 듯이.

"좋습니다. 그럼 이렇게 하죠. 엘다 경과 허심탄회하게 두 분의 관계에 대해 대화하여 정의 내릴 기회를 드리죠. 그 결

과에 따라 제논 경에게 향후 폐광될 산지를 매도하느냐 안 하
느냐를 결정짓도록 하겠습니다.”

“어떤 결과여야 하는 겁니까?”

“글쎄요. 제논 경이 ‘레이디 엘다’ 를 책임져야 할 만한 결
과의 도출이면 되려나요?”

“…책임질 일을 획책하라는 겁니까?”

“획책은 제가 하는 거고, 경은 그저 제게 동조한 입장으로
공주의 노여움을 무마해 살아 돌아오면 되지요. 혹은 두 분이
각자 아무 일도 없었던 것처럼 입 딱 씻고 주변 사람들을 속
이려 하신다면 더할 나위 없을 테고.”

밀회를 주선해 주겠다는 뜻인데, 대체 왜 그런 수고스런 책
략을 시도하려는 것인지 이해가 갈 듯 말 듯하다. 하지만 선
택의 여지는 주지 않겠다는 듯이 무조건 떠밀던 다레트 플레
임은 의미심장하게 덧붙여왔다.

“두 마리의 토끼를 잡는 법 아세요? 무례한 비유로 여기실
지 모르지만 그 비슷해요. 제 육감이 틀렸다면 둘 다 놓쳐 버
릴 수 있지만 그럴 가능성은 희박할 것 같군요. 왜냐하면~
제논 경이 대답을 하지 못했으니까요.”

“실은, 아무 사이도 아닙니다.”

“이미 늦었습니다. 하지만 아직 선택의 여지는 있겠죠. 자
아! 경을 위해 제가 아주 매혹적인 올가미를 준비토록 하겠습
니다. 거기에 걸리고 싶지 않다면 북쪽으로 가시고 기꺼이 포

 제논
프라이어

획되실 의사가 있다면 남쪽으로 가세요."

"북쪽으로 가겠습니다. 군량 납품 건으로 드래곤 부대와 비룡 부대를 방문해야 하니까요."

"네네, 그렇게 말해두겠습니다."

"아니, 그니까 정말 북쪽으로 가겠다고⋯⋯."

"어디로든 지금 출발해 주세요, 제논 경."

그렇게 하여 쫓기듯 다레트의 처소를 나온 제논은 자신의 숙소로 돌아왔다. 그리고 조금 느릿느릿 마구를 준비하다 끙끙거리며 안장에 올랐다.

'부담스럽도록 매혹적인 올가미.'

최대한 꿈지럭거리며 고민하지 않은 것은 아니지만 결국 마을을 벗어난 제논이 향한 곳은 '남쪽'이었다.

'제길, 어쩌다 내가 풋내기 유부녀의 올가미에 걸려서⋯⋯.'

덜컹덜컹!

그러나 실제론 다레트의 올가미가 아니라 '엘다'라는 올가미에 불가항력으로 걸려들고 있음을 제논도 모르진 않았다. 그리고 어딘지 참 어울리는 표현이다 싶은 그 '매혹적인 올가미'가 모습을 드러내고 있었다.

좁은 산길을 덜컹덜컹 달려오는 마차 한 대가 시야에 들어왔던 것이다. 계곡 너머 갈림길이 곧 나오는 부근이었기에 제논의 예상처럼 마차는 곧 멈춰 섰다.

"워워!"

벌컥!

"그러게 난데없이 소풍은 무슨 소풍입니까! 부군도 때 되면 알아서 돌아오실 것을 어찌하여……!"

"욱! 욱! 아아, 저도 입덧이 갑자기 이렇게 심해질 줄은 몰랐답니다. 근데, 이걸 먼저 받아주시겠어요?"

"이건…… 다렛 부인, 지금 여기서 도시락을 드시게요? 헛구역질을 그렇게 하면서……."

"내일 아침엔 모시러 오겠습니다."

"네……?"

"마부! 당장 출발하게!"

"네, 마님! 이랴!"

덜컹덜컹!

그러나 엘다가 어안이벙벙해하고 있는 사이에 다레트의 마차는 출발해 버렸다. 뛰어가면 물론 충분히 붙잡을 수 있는 거리였지만 엘다는 그러지 않았다.

엄청 큼지막한 도시락 보따리를 받아 든 형편이기도 했지만, 영문도 모르고 무작정 마차를 따라잡기엔 엘다의 몸에 밴 품위가 허락하지 않은 것이리라.

하지만 그래도 마차의 덜컹거리는 소리가 완전히 멀어지자 더는 못 참겠는지 화끈하게 언성을 높이는 엘다였다. 도시락 보따리를 팽개치듯 내려놓으면서.

"제에기랄~! 기가 막혀서! 기막히고 코까지 막혀서! 대체 어쩌자는 거야? 가다가 확 산적이나 만나라!"

'쿡쿡, 귀여워라.'

좀 더 지켜보고 싶었지만 아리땁고 신중하고 품격도 높은 우리의 엘다 아가씨가 볼거리를 제공해 주지 않는다.

스트레스 해소 삼아 짜증을 토하고 나니 한결 이성적이 되었는지 발치의 도시락 꾸러미와 길의 이쪽저쪽을 번갈아 쳐다보다가 골똘히 생각에 잠겼던 것이다. 그러다 의구심 가득한 얼굴로 주변을 쓱 둘러본다. 제논은 장난 삼아 입에 손을 모아 낮게 속삭여 봤다.

"꼼짝 마라. 가진 것 다 내놓지 않으면……."

"제논? 거기 제논이야?"

우리 엘다 아가씨는 참 눈도 밝고 귀도 밝아라. 숲의 나무들이 워낙 왜소하고 나뭇가지들도 잔가지 수준이라 작정하고 숨지 않으면 쉽게 눈에 띄는 곳이긴 했다. 하지만 그래도 너무 단박에 제논의 존재를 알아채 버린다.

대답 삼아 제논은 앉아 있던 바위에서 일어났다. 그러자 이해가 안 간다는 듯이 되묻는다.

"거기서 뭐 해? 사업차 북상한 게 아니었어?"

"음, 그러려고 했지요. 그런데……."

"…혼자야?"

"흠! 네, 홀홀단신이죠. 다레트 부인이 분별력이 조금만 더 있다면 틀림없이 조달해 올 도시락을 기다리고 있었죠. 점심도 못 먹고 있던 참이라 엄청 반갑네요."

"…직접 가져가!"

"넵!"

제논은 부리나케 달려 내려갔다. 그리곤 '산길에서 우연히 만난 아름다운 미아(迷兒) 아가씨, 저랑 점심이나 함께 하시겠습니까? 라고 추근추근 너스레를 떨었다.

대답으로 엘다는 다짜고짜 제논의 얼굴을 붙잡아 끌어당겼다. 한순간 키스를 받는가 생각하던 제논은 이내 신음을 흘렸다. 엘다가 사정없이 박치기를 해왔던 것이다. 눈에서 별이 번쩍이도록 세게 받은 거였다.

"으……!"

'그러고 보니 우리 엘다, 돌 머리였지……?

"밤톨만 한 게 까불고 있어!"

그렇게 한 방 먹여준 엘다는 의연히 그가 내려왔던 길을 따라 숲으로 들어갔다. 힘껏 박치기한 거라 제 머리도 상당히 아플 텐데 전혀 내색하지 않으면서.

'큭, 밤톨이라니?

이마를 문지르며 역시 사사건건 귀엽다는 생각을 하던 제논은 위장시켜 놓은 자신의 천막을 더듬어가는 엘다의 뒤를 따라갔다. 그러다 앞서 그녀가 그랬듯이 도시락 보따리를 거

 제논 프라이어

의 '팽개쳐' 버리곤 그녀의 허리를 낚아챘다.

　조금 당혹스러워하며 '배고프다며?! 밥은?' 하고 묻는 그녀에게 '네, 엄청 허기지긴 했나 봅니다. 그래서 지금 먹으려고요' 라고 능청스럽게 대꾸하기도 했다.

　엘다는 뭐라고 대꾸를 되돌리지 못했다. 제논이 입맞춤으로 입을 틀어막았으니까.

Chap. 11
새 시대의 개막

새 시대의 개막

짹짹.

풋풋하고 달콤한 나른함으로 가득한 아침이었다. 상쾌하고 싱그럽고 만사가 만족스런 그런 아침. 그러나 제논은 이내 깜짝 놀라 눈을 떴다.

보드라운 살결과 취할 만큼 맡았던 여성스런 체취가 아직 품 안에 있지 않은가. 숲의 정적을 깨는 희미한 인기척이 감지되고 있는 판인데.

"못 찾겠다, 꾀꼬리, 꾀꼬리~"

멀찍이에서 목청껏 외치는 다레트 플레임의 장난스런 홍얼거림이 들려온다. 이 일을 어찌하나! 저번처럼 때 되면 알아서 자릴 피하겠거니 했던 엘다가 늦잠을 자버렸나 보다. 그러나 황급히 일어나던 제논은 갈고리처럼 날아온 나긋나긋한 팔에 목이 채어 도로 드러누워야 했다.

"내버려 둬."

잠이 담뿍 묻은 음성으로 명령한 그녀가 벌거벗은 몸을 꿈지럭거리며 밀착해 온다. 말 그대로 여체의 올가미에 걸린 제논은 갈팡질팡하는 심정이 됐다.

"저기, 엘다……."

"으음?"

'주제넘도록 행복한 불평이긴 한데… 그러지 마시오, 엘다 아가씨. 어어, 이래도 되나~?'

목을 끌어안고 아예 몸 위로 기어오르는 엘다의 행동에 제논은 진땀이 났다. 약속 시간을 상기시키는 다레트 플레임의 노랫가락이 금세 바뀌고 있는데 어쩌려고?

"안 찾겠다, 꾀꼬리, 꾀꼬리, 나는야 토라진 술래~!"

"내버려 두라니까."

"…정말로요?"

"그래. 날 납치했다가 버린 것은 그녀니까 알아서 무마하겠지. 그럴 자신도 없으면 애초에 일을 꾸미지 말았어야지. 부관들을 납득시키려면 아마 진땀 좀 뺄걸?"

"진땀은 제가 나는… 읍."

흐느적흐느적 몸을 감아오는 엘다의 황홀한 포박과 입막

 제논 프라이어

음에 제논은 더 이상 이의를 제기하지 않기로 했다. 그런데 어느 순간 번뜩 떠오르는 생각이 있었으니.

'뭐야. 그 노래를 어떻게 알지?

동생들에게 가르쳐 줬던 조용필의 노래가 아니던가. 그런데 토레노와 한참 떨어진 이곳에서 다시 듣게 되다니. 그것도 엘다를 찾는 다레트가 인용하는 것을 듣게 되다니.

방과 후 연일 칼리지에서의 노래 시범으로 바쁘다던 마리의 안부 편지가 있었는데 그 때문인 걸까? 노래의 전파력에 새삼 놀라던 제논은 아무렴 어떠냐는 생각에 곧 짓눌린 신음을 흘리는 일에 주력했다.

강요하듯 독촉하듯 조여오는 검은머리 미녀의 압박을 무시해 버리기엔 너무 아깝고 유혹적이었으니까.

그 후에도 여러 차례 숲 너머에서 인기척이 감지되곤 했다. 하지만 엘다나 제논을 찾는 다레트 측의 시도는 아니었고 그저 산길을 지나치는 행인들의 소음이었다. 무슨 일로 저리 급하게 말을 모나 싶은 말발굽 소리도 곧잘 울렸다.

하지만 그럴 때마다 엘다가, 혹은 제논이 서로의 관심을 스스로에게 돌려 버리곤 했다.

그렇게 서로를 탐닉하고 서로에게 열중하다가, 지치면 남은 도시락을 까먹으며 잡담을 나누거나, 차가운 계곡물에서 물장난을 치며 몸을 씻거나 하는 일로 제논은 엘다와의 오붓

한 시간을 만끽했다.

　물론 바워버드 가문의 후계 경쟁에 따른 엘다의 심중을 떠보는 것도 잊지 않았다. 그런데 제논의 의문에 그녀는 대뜸 이렇게 대답해 왔었다.

“너 때문이야.”

“네?”

“내가 형제 자매들과의 경쟁을 피해 도피해 온 것을 인정해. 그런데 그건 순전히 너와 마리와 폴과 키라 때문이랄 수 있어. 프라이어 가문의 가족애와 형제애 때문에 흔들린 것이니까. 너흴 만나지 말았어야 했을까?”

“에…….”

“그러니 책임져라, 제논. 날 배신했다간 죽을 줄 알어.”

“큼! 여부가 있겠습니까.”

　자신이 꺼낸 이야기로 기분이 가라앉는 그녀를 제논은 따뜻하고 미덥게 꼭 안아주는 수밖에 없었다. 은근슬쩍 책임지길 강요했다 싶었는지 조금 민망해한 엘다는 전역 후 돌아갔던 본가에서 있었던 일도 이야기해 줬다.

　여덟 살, 너무도 이른 결혼을 했던 엘다의 오라비는 엘다에게 있어 있는지 없는지 모를 만큼 존재감이 없던 오빠였다.

　각자가 지내던 성채의 처소도 동떨어져 있었고 공부를 가르치던 선생들도 달랐으며 시중을 들어주던 주변인들도 전혀 달랐으니까. 간혹 불려갔던 아버지와 새어머니와의 정찬에도 오빠의 자린 비어 있기 일쑤였다. 올케인 벨다 공주가 매번 참석을 거절하곤 했으니까.

더구나 열한 살 경, 이복동생들을 둔 계모의 따가운 시선을 피해 엘다가 토레노로 유학을 가버린 후에는 서로 얼굴도 가물가물해질 만큼 교류가 없었다.

그런데 이번에 제대한 후 귀성한 엘다를 오라비인 그가 금의환향한 누이를 환영한다는 명목으로 찾아왔다. 그런데 격식을 갖춰 그의 환영에 대한 답례를 하고 가벼운 티타임을 나누던 중에 불쑥 물어왔단다.

"엘다, 실례지만, 안아봐도 되겠니?"

그리곤 장난을 거는 것처럼 과장스런 환영 포옹을 뒤늦게 해왔다. 꼭 끌어안고 놓지 않기도 했다. 또한 그는 토닥토닥 등을 두드려 주는 엘다에게 속삭이기도 했다.

"누이란 원래 이런 것이었구나."
"언니와의 사이는 여전하신 거예요?"
"…알고 있니?"
"어떻게 모르겠어요."

"…그녀는 점점 미쳐 가고 있는 것 같아. 하지만 차마 내가 먼저 배신할 수는 없어. 이해가 되니?"

침묵하는 엘다를 좀 더 꼭 끌어안고 놓아준 오라비는 아무 일도 없었다는 듯이 올케의 성으로 돌아갔다. 그리고 곰곰이 생각에 잠기던 엘다는 자신에게 충성을 맹세한 기사들로 작은 기사단을 구성해 본가를 떠나와 버렸다.

"오라버니의 그 행동과 그 말은 많은 것을 내포하고 있었지. 그는 벨다 언니의 '마법 연구원'이기도 해. 이미 예전에 그녀가 먼저 배신을 했다는 것도 알고 있었어. 그러니 언니에게 거의 종속된 신하의 입장이었는데……."

"벨다 공주가 이미 예전에 오빠를 배신했다고요?"

"차스키가 있었으니까."

제 보좌관을 언급한 엘다는 다레트 플레임도 알아내지 못한 옛 일화를 이야기해 주었다. 후작 부친이 사고뭉치의 젊은 차스키를 벨다 공주에게 던져 주었을 때.

"네가 거둔 목숨이니 네가 책임져라! 죽일지 살릴지, 하인으로 부릴지 경비병으로 써먹을지!"

그때 벨다 공주는 이렇게 대꾸했단다. 먹살이 잡혀 내동댕이쳐진 차스키를 보듬어 안으면서.

 제논 프라이어

"새 장가를 드시더니 인심이 후해지셨군요. 새 숙모님이 낳으신 둘째 왕자가 아장아장 걷기 시작했다더니 그 때문인가요? 여하튼 감사합니다, 숙부님."

그러자 바워버드 후작은.

"하지만 '며늘아', 아무리 내가 네게 미안한 감이 있다 해도 부정(不貞)은 용납 못한다."
"흥! 과연 누가 부정(不正)한 쪽일까요. 더구나 숙부님의 장남은 이제 겨우 열두 살입니다. 그런 말씀은 제 손으로 코나 닦을 수 있게 되면 하시죠?"

드러내 놓고 차스키를 정인(情人)으로 두겠음을 선언하는 벨다 공주에게 엘다의 친부는 씹어뱉는 어조로 말하곤 돌아섰다고 한다.

"세인의 손가락질을 받아 왕가에 누를 끼치진 마라. 내 아들을 망쳐선 너도 끝장임을 명심하고."

숙부이자 시아버지이자 새 왕의 경고였다. 그 때문에 이삼 년 후 벨다가 차스키를 엘다의 측근으로 이직시켰던 것이다.

둘의 관계가 슬슬 소문이 나려던 참이었으니까.

"복잡한 가족사지?"

"뭐, 엘다의 책임은 아니지 않습니까."

"…그래도, 그래서 내가 이곳으로 피신해 온 거야. 어떻게 생각해? 내가 어떻게 해야 할까?"

"뜻대로. 어떤 결정이든 난 무조건 엘다의 편이잖아요. 안 그럼, 죽여 버리겠다면서요?"

"하하."

너털웃음을 웃긴 했으나 그녀는 제논의 얼굴에 제 얼굴을 비벼왔다. 그러면서 덧붙였다.

"나도 그렇지만 차스키도 향후의 진로를 결정해야 할 때지. 그가 아직 언니를 잊지 못하고 있다는 사실을 확인했었거든. 다른 누구도 아닌 '키라'로 인해서."

"네? 우리 키라요?"

"응, 저번에 내 안부 편지를 들고 프라이어 가로 갔을 때, 키라에게 잡혀서 그가 문법 조언을 해준 일이 있었잖아. 그 후로 키라의 이름이 거론될 때마다 움찔거리지 뭐야. 키라가 벨다 언니의 어릴 적과 닮아서일 거야."

물론 용모가 닮았다는 뜻은 아니었다. 그 나이 또래의 어린 여자아이의 순수함과 사랑스러움, 그리고 맹목적일 만큼의 천진함이 닮았다는 뜻이겠지.

그나저나 이렇게 계속 그녀와 노닥거려도 되는지 모르겠

다. 음흉스런 허기를 실컷 채우고 보니 슬슬 뒷일이 걱정됨을
부인할 수 없는 제논이었다.

벌써 또 밤이 되고 있지 않은가. 다레트가 떨어뜨려 놓고
간 도시락은 진작 깨끗이 비웠고 상비 중이던 여행용 건량도
바닥을 보이고 있는데 어찌하나.

그렇다고 사냥할 만한 산짐승이 서식하는 숲도 아니다. 채
굴이 시작된 부근과는 한참 떨어져 있었기에 안심하고 그녀
와의 밀회를 즐긴 것까진 좋은데, 먹을거릴 구하는 문제에선
애로 사항이 많았으니.

'산새라도 잡아야 할까?'

"날이 밝으면 돌아가자. 이왕 늦었으니 하루 더 꾀부린다
고 큰일이 나진 않겠지."

"저도 함께요?"

"마을 부근까지 갔다가 조금 후에 오든지. 다렛에게 언질
해서 요깃거릴 조달해 줄 테니 하루 이틀 후에 오든지. 드래
곤 부대에 다녀오기로 한 거잖아. 그쪽 부대들은 다녀온 척만
해도 납품 계약을 하는 데 문제는 없을 테니까. 아니면… 내
친김에 그냥 바로 집으로 돌아갈래?"

"……그래도 되겠습니까?"

그렇지 않아도 그녀와 헤어질 때 아예 귀로에 오르면 안 되
려나하는 생각을 하던 중이었다. 그런 제논의 심중을 눈치 챘
는지 선선히 동의해 오는 엘다였다.

"안 될 거야 없지. 동생들로부터 오는 편지들도 점점 성화잖아. 이곳에서 제논이 할 일도 딱히 더 없는데 내가 계속 붙들고 있을 순 없는 일이고. 마을로 돌아가면 내 부하들에게 또다시 아마자디 신청이나 받으며 시달릴 게 뻔하니."

"그건 필히 사양하고 싶군요."

"후후, 아마자디에 진력이 났나 보네?"

"하지만 엘다는 진력 안 난……."

능청스럽게 말꼬리를 흐린 제논은 또 슬금슬금 그녀의 품으로 파고들었다. 엘다도 옷을 도로 벗기는 제논의 손길을 굳이 내치지 않았다. 둘만 있을 때의 일이긴 하지만 내숭을 안 떠는 여자란 얼마나 고마운 존재인지.

"어쨌든 그럼 오늘 밤이 마지막이겠군요. 이번에 헤어지면 당분간 한참 못 보겠지요?"

"……만나러 갈게."

"토레노에 올 일이 있나요?"

"일이야 만들면 되겠지. 아……."

"잘됐네요. 다음번에 만날 땐 엘다에게 줄 선물도 있거든요. 아직 구상 중인 물건이지만 돌아가는 길이라면 도면을 완성할 시간적 여유가 될 것 같아서."

"으음… 무슨 선물인데?"

"나중에……."

위버 교수에게 제출할 연구 논문의 주제, 광부들의 사기 진작과 일의 능률을 고취시키고자 구상했던 '스피커'를 염두에 둔 이야기였다. 동생들의 노래를 녹음해야 하는 문제도 있으니 이제쯤 귀로에 올라야 할 때이다. 위버 교수가 주었던 출석 유예 기간이 끝나기 전에 아가페와 토레노에서 다시 만나 관련 주제에 관한 토의도 마쳐야 했으니까.

'아가페 녀석, 대충 말해둔 것으로 알아듣기는 했나 모르겠네. 자칫 잘못 이해하곤 난데없는 아이템을 만들어오면 안 되는데. 아무튼 그건 가서 생각하고……'

아카데미 숙제에 관한 잡념을 밀쳐 놓은 제논은 코앞에 당면해 있는 성숙한 아가씨의 존재에 온 신경을 집중했다.

"아~ 으음~"

그러나 오래지 않아 그는 동작을 멈춰야 했다. 반복될수록 점점 노골적이 되고 있던 애무를 받느라 음탕하게 신음하던 엘다도 어느 순간 딱 경직되어 버린다.

누군가 또 밤길을 달리고 있구나, 왜 멈춰서 웅성거리고 있지? 하고 생각하며 숲 너머의 인기척을 무시했는데 느닷없이 '호명'하는 소리가 들려왔던 것이다.

"엘다 바워버드 공주! 근처에 계시면 대답하십시오!"

"이런, 차스키잖아."

"다레트 부인이 실토했나 보군요."

"이상한데? 설사 그녀가 실토했더라도 차스키라면 이렇게 빨리 날 찾으러 오진 않을……"

"열까지 세겠습니다! 답이 없으시면 다레트 플레임을 즉결시키겠습니다. 참고하십시오! 하나……!"

"비켜, 제논! 뭔가 일이 생겼나 봐."

설마 엄포겠지 했으나 제논은 물론 반라의 그녈 놓아주었다. 흐트러진 매무새를 가다듬으며 그녀는 밀월의 보금자리로 삼았던 천막을 뛰쳐나갔다.

'젠장, 조금만 더 늦게 올 것이지.'

아니면 애당초 조금만 더 빨리 왔거나. 불평할 형편은 아니었기에 제논도 바삐 셔츠를 걸치고 철수 준비를 했다. 정확하게는 '내뺄 준비'였다. 아직 자신의 존재는 안 들킨 상황일 수도 있었으니까. 나중에라도 들킬 수는 있지만 현장을 직통으로 들키는 것보단 낫지 않겠는가.

하지만 후닥닥 모포와 천막을 접고 짐을 챙기던 제논은 또다시 예상치 못한 '호출'을 들었다.

"야, 제논! 숨어 있는 거 다 알아! 좋게 말할 때 얼른 나와! 너 땜에 우리 누나가……! 캑캑."

숲을 향해 고래고래 악을 쓰느라 캑캑거리는 저 육성, 아가페였다. 아가페가 외치고 있었다. 아니, 왜 녀석이? 제 아빠에게 귀를 잡혀 끌려가는 식으로 귀성하러 갔지 않았던가. 그런데 왜 난데없이 그가 다시 여기에?

모른 척할까 했지만 말[馬]을 끌고 슬그머니 산길 쪽으로 간 제논은 고개를 뺐다. 그러다 눈을 끔벅였다. 아가페만이 아니라 각터와 메탄의 모습까지 보였던 것이다.

'뭐야, 다들 왜……?'

"아아, 아가페, 이래선 안 되겠지만, 저쪽을~ 보렴. 웬 금색 털의 토끼가 기웃거리고 있구나."

"어디어디? 앗! 저기 있다! 형들……!"

"어이~ 제논, 거기 있는 거 다 들켰네. 나오시지?"

'어이구.'

하여튼 눈치가 구단인 다레트 플레임 때문에 되는 일이 없다. 아니, 덕분에 좋은 시간 원없이 보내긴 했지.

하지만 아무리 제논이라도 태연하기만 한 얼굴로 내려갈 수는 없었다. 엘다 측 인물들에게까지 적발당한 격이라 머리끝이 쭈뼛 섰으니까. 차스키는 제쳐 두고 열 명이 넘는 엘다의 기사들이 굳은 얼굴로 정렬해 있지 않은가.

그들에게서 풀려나 있던 다레트 플레임이 배슬배슬 웃음을 흘린다. 비호하듯 그런 그녀를 등진 엘다는 젊은 부관들로부터 뭔가의 보고를 받고 있었다.

메탄도 각터도 심각한 얼굴이었는데 제논을 맞이하는 눈초리가 엘다의 기사들 못지않게 곱지가 않다. 어슬렁어슬렁 다가간 제논은 제일 만만한 아가페에게 물었다.

"아가페, 무슨 일이야?"

"…말에나 올라."

"뭐?"

그러나 이죽거리던 아가페는 반복하지 않고 훌쩍 말에 올랐다. 메탄과 각터도 묵묵히 말에 오른다. 그리곤 납득시키기 위한 부연 설명도 없이 각자 작별을 고한다.

"누나, 몸조리 잘하고, 잘 있어. 이번엔 진짜로 갈게."

"조심해서 돌아가렴."

"신세가 많았습니다, 누님."

"잘 가요, 메탄. 잘 가세요, 네리만 경."

"선배님들! 이만 가보겠습니다! 이랴!"

그렇게 셋은 제논을 지나쳐 곧장 달려가 버렸다. 엉거주춤하던 제논은 엘다를 돌아봤다. 그러나 제논을 돌아보는 대신 그녀는 줄을 이탈하려는—제논의 덜미를 잡고자 한 행동이었다—부관들과 기사들에게 대뜸 호통 쳤다.

"동작 정지! 불복하면 항명으로 간주하겠다!"

"제논 경, 어서 가요."

"다레트 부인, 왜……?"

"일단 출발하시고 설명은 나중에 들어요."

제 남동생을 따라가라는 소리였지만 제논은 물론 발을 뗄 수가 없었다. 엘다가 아직 아무런 말도 해오지 않고 있지 않은가. 그러나 그녀도 곧 같은 권유를 해왔다.

"제논, 그만 귀가해."

"…왜?"

앞서 그렇게 하기로 이미 합의를 본 사항이긴 하지만 되묻

 제논 프라이어

지 않을 수 없는 제논이었다. 무슨 일 때문인지는 모르나 너무 갑작스럽지 않은가. 하지만 곧 지체할 수 없게 되었다. 제논 자신을 빤히 쳐다보다가 난감한 표정을 짓고 있는 엘다를 흘끗한 차스키가 다짜고짜 배신(?)을 때렸던 것이다.

"이봐, 거기 자네들! 오늘 밤 비번이었지? 공주님도 돌아오셨으니 자네들의 임무는 내가 대리하지. 5분 후부터 모든 업무로부터 열외네. 편히 쉬어도 돼."

"넵! 감사합니다!"

'에고……'

시간은 5분, 초재기에 들어가는 비번 기사들의 눈초리가 살벌하기 그지없다. 보좌관의 빤한 흉계에 제논처럼 주춤주춤하던 엘다는 결국 뇌까리듯 말해왔다. 곤혹스러움에 머리가 지끈거린다는 듯이 관자놀이를 짚으면서.

"제논, 도망가."

그녀까지 그렇게 말할 정도면 가야 하리라. 하지만 말에 오르려던 제논은 생각을 바꿔 잠시 그녀에게 다가갔다.

"제논, 왜?"

"돌려 드릴 게 있어서요."

"뭐를……? 엇!"

다 보는 앞에서 제논이 대뜸 얼굴을 감싸오자 엘다는 한순간 더욱 당황했다. 작별 키스를 받는가 했을 것이다. 키스긴 키스였다. 머리통끼리의 키스.

딱!

"저, 저 자식이……!"

"스톱! 아직 5분 안 되었네."

"쿡쿡. 제논 경, 정말 황당하고 멋진 답변을 하시네요. 박치기하는 사이셨나 봐요?"

"폐광의 선(先) 매입금은 곧 보내 드리겠습니다."

다레트의 놀림에 그렇게 대꾸한 제논은 훌쩍 말에 올라 작별의 말을 던졌다. 웃음과 민망함과 난감함이 뒤섞인 얼굴로 부딪친 이마를 문지르고 있는 엘다에게.

"그럼, 또 뵙겠습니다, 엘다 바워버드 공주님!"

"그래, 얼른 꺼져 줘, 제논."

피식 웃은 제논은 박차를 가했다. 그리고 전속력으로 달리기 시작했다. 곧 뒤쫓아올 기사들을 따돌리기 위해서이기도 했지만, 앞서간 예전(?) 일행을 따라잡기 위해서였다. 무슨 영문인지 들어야 했으니까.

"황제 폐하께서 서거하셨다! 그래서 가다가 중간에 되돌아와야 했어. 황립아카데미생인 우린 가능한 빨리 교정으로 복귀해야 하니까! 됐냐? 이제 이해가 가냐?"

"어? 그럼, 그녀도……."

아젤론 제국의 노쇠한 황제가 사망했단다. 그럼 엘다도 황성으로 조문을 가야 할 게 아닌가. 그러나 저도 모르게 속력을 늦추던 제논은 그냥 도로 박차를 가했다.

엘다의 기사들이 쫓아오고 있었던 것이다. 더구나 메탄과 각터의 덧붙임도 있었다.

"그녀~? 뻔뻔스럽기 짝이 없는 놈! 엘다 경과 나란히 귀향해 볼 속셈은 버려! 넌 파탈 부족의 장례식에 먼저 가야 해! 너 때문에 죽었단 말이다. 알기나 하냐?"

"어? 그건 또 무슨……?"

"파프리카 파탈! 모르는 아가씨냐? 너희 행정아카데미의 3년차 여학생인데? 그녀가 레티샤 양의 편지를 전해주겠다며 널 찾아오다가……!"

"메탄! 나중에 이야기해 줘라."

"서라~!"

속 시원하게 제논이 해명을 들은 것은 추격자들을 피해 꽁지 빠지도록 질주한 후였다. 밤새도록 쫓아올 기세였지만 결국 그들은 자정 무렵 추격을 멈췄다. 차스키가 의도적으로 언급했던 '비번'의 시간적 여유가 다 되어서이리라.

엉덩이에 뿔난 불한당 같은 놈 때문에 덩달아 죽도록 달리기만 했다고 투덜거리던 아가페, 그리고 이게 무슨 생고생이냐고 역시 투덜거리던 메탄과 각터.

아가페는 겨우 쉴 수 있게 되자 만사 제치고 잠자리에 들어버렸고, 메탄과 각터는 파프리카 파탈의 죽음에 대한 전후 정황을 자세히 설명해 줬다.

아가페는 황제의 서거 소식을 발 빠르게 입수한 앗시의 권유로 되돌아왔던 것이지만 메탄과 각터는 토레노를 향해 남하하던 차라 접할 수 있던 소식이었다.

제논이 자신들의 주선으로 마나 테스트를 받았던 와이번 부대, 그곳과 가까운 예전의 그 인가—킴바 웰치가 나타났던 곳—에 이르렀을 때, 때아닌 검문 검색을 받게 되었던 것이 원인이었다 한다.

범인을 케스윅 웰치로 의심하고 있던 와이번 부대 측에게 메탄과 각터는 시신의 확인을 자청하였다. 하지만 전염병이 의심되어 소각해 버린 후였던 터라 그림쟁이들이 그려놓은 그림들을 가지고 식별해야 했는데.

"어? 케스윅 웰치가 맞습니까?"

"그걸 우리에게 물으면 어떻게 하나."

"…이렇게 심하게 쥐어터진 얼굴이라면 설사 낳아준 부모친지도 구별 못하겠는데요?"

"그래서 결론은? 자네들도 확신 못하겠는가?"

"…네, 잘 모르겠습니다."

각터와 메탄은 그렇게 똑같이 대답했다. 하지만 사실은 케스윅 웰치가 분명했단다. 다른 건 몰라도, 턱의 덧난 칼자국 상처는 제논에게 패할 때 얻은 것이었으니까.

거짓을 고한 이유는 따로 없었다. 전장에서 포로로 잡았다가 놓아준 놈이었는데 행방불명되었다가 너무 심각한 상태로 발견되어서였다. 현시점에선 제논을 포함한 자신들이 가해자로 몰려 자칫 일이 복잡해질 수 있었으니.

"피해 여학생의 시신이 이미 토레노로 호송될 준비를 하고 있기에 우린 레티샤 양의 편지만 받아왔었지. 자네에게 준기사 자격을 내줬던 장교가 유품에서 골라다 던져 주더군. 그것만 아니었으면 죽지 않았을 텐데, 하면서."

"놈이 구깃구깃 구겨서 가방에 쑤셔 넣어놨더래. 하지만 지금은 안 가지고 있어. 차스키 보좌관에게 되돌아온 이유를 설명하느라 그에게 보여줘야 했거든. 근데 제논, 이를 어쩌나~? 엘다 공주도 봐버릴 게 아니야."

"무슨 내용이었는데요?"

"연서지 뭐야! 열 받도록 복 터진 놈! 토레노로 돌아가면 볼만하겠다. '나 때문에 파프리카 언니가 죽었대. 어떻게 해, 제논?' 하고 울먹울먹 기대올 그녀가 눈에 선하네."

"그럼 그때 잽싸게 메탄 선배에게 밀어드리겠습니다. 그런데 진짜론 무슨 내용이었는데요?"

"어? 정말? 흠흠!"

메탄이 실토해 준 레티샤의 서신은 그저 열렬한 안부 편지에 제논의 작위 승계 파티를 제안하는 내용이었단다. 그에 필요한 모든 준비는 하버 백작가에서 도맡을 테니 아무 걱정 말고 몸 건강히 조심해서 돌아오라고 했다나?

'그것참⋯⋯.'

"근데 대체 레이디 엘다와는 거기서 뭘 하고 있었나? 그녀의 기사들도 이제 안 쫓아오니 이실직고를⋯⋯ 어? 어디 가? 제논, 말 좀 해줘! 도망치지 말고~!"

"쯧. 각터 형, 우리 누님에게 얼른 예단 준비 끝내라고 해 둘게. 부러워서 그냥 깜박 죽네, 죽어."

"으으, 위버 교수님, 용서해 주세요. 제논 때문에 숙제를 다 못했⋯⋯ 아야. 누구야? 음냐음냐."

"배타고 가면서 하면 되잖아, 인마."

그렇게 다시 일행이 된 그들과 티격태격하며 제논은 선착장이 있는 곳으로 향했다. 남하할수록 여름 냄새가 실린 대기의 흐름이 짙어지고 있었다. 또한, 황제의 서거 소식에 술렁이는 사람들이 많아지고 있었다.

"그럼 다음번 황제는 누구야? 누구래?"

"예정대로 황태자였던 황족이 즉위할 건가 봐. 그에게 반기를 든 황족이 있다는 소린 아직 없거든."

"좋은 게 좋은 거지. 누가 황제가 되든 우리 같은 사람들이 무슨 상관이겠어? 그저 조용조용 정권 교체 되서 불똥 튀길 일 없으면 감지덕지지. 안 그래?"

"다행히 이번엔 그렇게 될 것 같아. 잘하면 올해는 세금도 감면받겠는데? 황위를 두고 칼부림만 안 나면 우리에게 선심

쓸 재화도 훨씬 넉넉해질 게 아니야."

"그렇게만 된다면야 새 황제 만세~지. 하하!"

술렁이긴 했지만 대부분은 그렇게 희망적인 분위기였다. 한 시대의 폐막임과 동시에 새 시대의 개막이기도 했으니까. 파프리카 파탈의 사망 소식에 애도하지 않은 것은 아니지만, 제논도 설렘으로 마음이 훈훈해지는 것을 부인할 수 없었다. 새 황제의 등극 문제 때문은 물론 아니었다.

자신은 지금 '집'으로, 가족들이 기다리는 프라이어 가로 돌아가고 있었다.

*　　　*　　　*

"자매가 하나같이 참 수치도 모르십니다."

"흐음!"

"보통은 남자 쪽이 도둑놈 소릴 듣는 편인데, 공주님은 도둑년 소릴 듣겠군요. 열두 살이나 연하라는 것은 알고 계십니까? 능력도 좋으시지. 어찌 감당하시려고."

"큼! 크음!"

"사레라도 걸리셨습니까? 자꾸만 웬 헛기침?"

"아아, 다렛 부인에게나 가봐야겠……."

"출타 준비 안 하시고 어딜 가시겠다는 겁니까. 황성에 조문 가지 않으실 겁니까? 이거나 보십시오. 낯 뜨거워서 두문

불출하려 해도 생각이 바뀌실 테니."

대놓고 야유하던 차스키가 건네준 것은 구깃구깃 구겨진 레티샤 하버의 편지였다. 갸웃하며 그걸 펼쳐 읽던 엘다는 돌아나가는 보좌관을 멈춰 세웠다.

"나는 그렇다 치고, 차스키는 어떻게 할 거야?"

"…휴가를 신청하려고 했습니다만."

"휴가보다는, 해고해도 될까?"

"……."

"벨다 언니에게 돌아가. 내 오라버니를 구해주는 셈치고. 덩달아 나도 입신(立身)할 수 있게끔."

"…해고보단, 은퇴로 처리해 주시겠습니까?"

"기꺼이."

픽 웃은 차스키는 정중하게 절을 했다. 모시던 상관에게 하는 마지막 하직 인사였다. 엘다는 그렇게 간략한 예우를 비추고 퇴실해 가는 차스키의 뒤통수에 대고 나직이 답례했다.

"그동안 고마웠어요, 형부."

"……."

차스키는 그답게 아무런 대답도 하지 않았다. 편지를 원래대로 꾸깃꾸깃 '구긴' 엘다는 의자에 등을 기댔다.

누구의 주선으로 작위 승계 파티가 열리든 제논은 수도의 귀족의회 측으로부터 남작 작위를 인정받게 될 것이다. 새 황제가 곧 등극할 것이니 이보다 더 좋은 시기는 없게 되었고,

 제논 프라이어

무엇보다, 그의 옆 자리에 자신이 있을 테니까.

제논이라면 홀어머니인 메를린 부인의 손을 잡고 파티장에 입장할 공산도 있었지만 새 시대에 새 직위를 계승받는 자리가 아닌가. 연이을 황실 행사의 참석을 빌미로나마 뒤따라온 자신의 존재를 그가 모른 척할 리는 없었다.

'무슨 드레스를 입지?'

제논의 파트너로 파티에 참석할 궁리를 하는 엘다의 얼굴에 어딘지 멋쩍은 미소가 걸리고 있었다. 혹은, 숨길 수 없는 기대가 뒤섞인 미소이기도 했다.

『제논 프라이어』終

작가 후기

…….

달리 무슨 말이 필요하오리까.

이토록 부족하고, 이토록 무례한 제 책을 선택하여 마지막까지
보아주신 모든 분에게 열렬한 감사의 말씀드립니다.

어쩌다 보니 네버엔딩 스토리~ 식의 여운을 짙게 남긴 결말이
되었지만 그것이 인생인 게죠. 실은 그것이 세상 모든 삶의 '이야
기' 임으로 알고 있습니다.

끝나지 않는 이야기, 결코 계속될 이야기.

비록 막은 내렸지만 제논의 이야기도 이제껏 함께해 주신 독자
님들의 상상력 한편에 살포시 자리매김했길 빌며…….

그동안 너무너무 감사했습니다.

언제나 항상 건강과 함께 행복하시길. m(_ _)m

허락하신다면,

새로운 이야기로 다시 또 찾아뵙겠습니다. ^ ^;

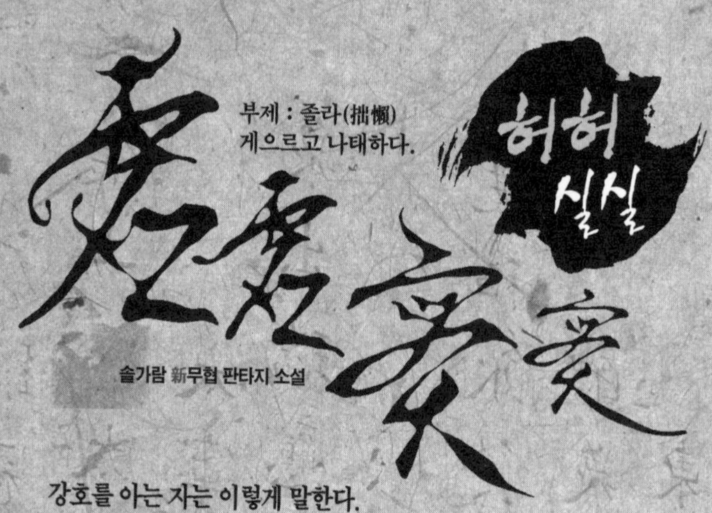

부제 : 졸라(拙懶)
게으르고 나태하다.
허허실실
솔가람 新무협 판타지 소설

시하 新무협 판타지 소설

춘추전국시대!

무공이 마법과의 친연(親緣)에서 벗어나지 못하고 신화와 전설이 강대한 영향력을 행사하던 미명(未明)의 시절!

"병사(兵士)는 음모에 죽고 전사(戰士)는 검에 죽는다.
너는 음모에 죽기를 원하느냐, 검에 죽기를 원하느냐?"
"검입니다."

음모에 빠져 일개 군사가 된 황산고(黃山高).
하지만 그것은 시작에 불과했다.
수없이 이어지는 인연과 깨달음은 그를 무제의 길로 인도한다.

Book Publishing CHUNGEORAM